Resistencia Humana

Julio Fuentes

RESISTENCIA HUMANA

PLAZA & JANÉS EDITORES, S.A.

Diseño de la portada: Dpto. Artístico de Plaza & Janés
Fotografía de la portada: Luis Collado Coch

Primera edición: febrero, 1998

Printed in Spain – Impreso en España

ISBN: 84-01-32715-6
Depósito legal: B. 3.453 - 1998

Fotocomposición: Fort, S. A.

Impreso en Hurope, S. L.
Lima, 3 bis. Barcelona

L 327156

A Mónica, vigía de la puerta oscura

Alfonso Navarro contemplaba absorto la bandera que colgaba sobre la chimenea. Era un trapo desgarrado con las iniciales RH bordadas en hilo rojo dentro de un círculo de estrellas amarillas. Bajo aquella antigua enseña de la Unión Europea colgaba la fotografía de Diego Alvarado. Sus músculos se imantaban al cuero de una cazadora abrochada hasta el cuello. Un revólver enfundado ceñía su pecho.

Navarro se acabó el segundo vaso de vino y aspiró una bocanada de hachís. Era su ceremonia de renacimiento tras diez horas de trabajo como operario de grúas robotizadas. A izquierda y derecha de la chimenea colgaba su santuario. Los muertos de una causa en la que aún militaba cada noche antes de quedarse dormido con el cerebro narcotizado.

Se hundió en el viejo sillón y llenó otro vaso hasta el borde. La humedad y el frío de Wick, en la costa norte de Inglaterra, aceleraban su artrosis hasta hacerla insoportable. Al caer la noche sus hombros parecían traspasados por gruesas agujas. El alcohol y el cannabis consumidos junto al fuego eran el último remedio para un hombre que había decidido morir.

Su propia foto, colgada a la izquierda de la chimenea, permanecía cubierta por una gasa negra. Antes de que el alba gris se levantara sobre el mar la galería de retratos se habría convertido en cenizas. No se la cedería al enemigo. En su cerebro golpeaban los versos de un poema de Bertolt Brecht memorizado en la clandestinidad: «Cuando creas que vas a morir, cuídate. / Otra vez te lo digo: / Borra todas las huellas. / Esto me enseñaron.»

Navarro esperó diez años a su ejecutor dispuesto a dejarle hacer en paz el trabajo. Sus manos reposaban hinchadas sobre un viejo revólver Smith & Wesson 357 Magnum. ¿Por qué no le mataron también a él? La vigilancia de los servicios secretos se mantuvo durante años. Cada viaje, cada nuevo domicilio, cada hijo nacido o cambio de pareja, cada llamada telefónica o salida al supermercado era archivada en un ordenador del Servicio de Inteligencia de la Unión Europea Continental.

En diez años sólo recibió un mensaje del General. Se lo había transmitido en la fábrica un joven americano de ojos verdes. «Mi padre dice que sigue siendo su comandante favorito, señor», le dijo en tono casual mientras orinaban de pie en los servicios.

Navarro era Satán 20, denominación de un misil nuclear soviético del siglo XX. Intentaron pactar con él, comprarle, reciclarle. Incluso planearon una reconciliación publicitaria. «Métasela por el culo», respondió a Hopper, el controlador que Inteligencia le asignó para cortejarle y amenazarle durante años.

El minucioso espionaje montado a su alrededor fue inútil. Satán nunca reveló el destino de los desaparecidos ni tampoco ofreció pistas sobre sus nuevas identidades. La información que le arrancaron bajo efecto de la Droga Cerebral era inservible o describía sucesos históricos conocidos. La Cúpula de los Viejos había planeado las cosas de otra manera. Navarro sólo se activaría cuando el enemigo le considerara inútil como fuente de información.

Se mantuvo congelado convirtiéndose en un obrero viejo y anónimo. Los informes de Inteligencia mencionaban su buena conducta laboral y su intranscendencia social. No tenía sensotelevisión. Su ordenador sólo servía para hacer la compra. Le asignaron un viejo modelo de vivienda Bouteille-Hafkemeyer que ni siquiera era inteligente. Compraba Evasónicas en el supermercado del barrio. No recibía visitas ni viajaba. No existía.

Los registros periódicos en su domicilio arrojaban resultado negativo. Satán era un hombre acabado que sólo conservaba su galería de fotos y sus recuerdos. Ya no era material subversivo. Los informes se espaciaron y la vigilancia se convirtió en rutina. Luego se olvidaron de él. La Guerra Civil Europea les mantenía demasiado ocupados.

Un analista del servicio de Inteligencia, okupa de segunda generación sin antecedentes, le confirmó que habían archivado su expediente. Se comunicaba con Navarro usando un equipo Siemens de transmisión militar del año 1990. Aquello era tan viejo que no figuraba en los manuales de Inteligencia. La señal no podía interceptarse porque la tecnología para hacerlo había desaparecido.

El otro teléfono Siemens KV-111 estaba en casa de Navarro, junto a una radio Sony World Band de 1995 y una caja registradora National del catorce. Los del servicio siempre consideraron aquellos objetos como antigüedades. La Siemens ni siquiera fue identificada como equipo de comunicaciones. Simplemente no sabían qué era aquel instrumento que competía en antigüedad con la máquina registradora a manivela. Sólo la Resistencia conocía el manejo básico de la tecnología de mediados y finales del siglo XX.

Navarro se levantó tambaleándose del sofá y arrastró los pies hasta la tosca mesa de caballetes donde estaba apoyado el Siemens. Era un teléfono de campaña rectangular con una larga antena plegable y un sencillo marcador de claves digital embutido en plástico. Para hacerlo funcionar, Navarro usaba una excéntrica fuente de electricidad de 12 vatios. Lo más difícil era recargar las baterías del siglo XX que alimentaban el radioteléfono.

Conectó los cables pelados al alimentador. Una luz verde brilló pálidamente bajo el plástico. Navarro tecleó el código de su contacto y esperó la señal. La voz del okupa le llegó a través de la línea sucia.

—Oriental despejada.

Navarro respondió con voz ronca. Era su última clave.

—El guerrero ha muerto. Se cierra la tumba.

Se produjo un tenso silencio. Navarro sólo oía un leve chispeo eléctrico. La detonación de un relámpago ahogó la respuesta que esperaba.

—Tumba cerrada —respondió el okupa.

Cortó la línea y depositó el Siemens boca abajo sobre la mesa. Aspiró hachís mientras destornillaba la tapa del radioteléfono.

Usó unas pinzas finas para extraer el procesador y lo golpeó con un martillo hasta convertirlo en una masa amorfa. Luego lo arrojó a la bolsa trituradora de basura. Aquella radio de campaña era ahora lo que Inteligencia siempre había pensado. Plástico muerto. Satán volvió a arrastrar los pies hasta el sofá.

El mar rugía en los negros acantilados. La noche helada, sin estrellas, oprimía la costa al norte de Wick. La luz de un faro automático revelaba el oscuro color violeta de las nubes apretadas contra el mar. A través del ventanal, Navarro contemplaba el fluido de los relámpagos derramándose en la oscuridad. La luz del velador filtraba débilmente un aliento amarillo. El tronco que ardía en la chimenea se partió en dos pedazos.

Fijó aquella noche como la última de su vida. Cuando la luz plomiza del amanecer se filtrara por la ventana, él estaría muerto. Seis gruesos cuadernos forrados con hule negro reposaban sobre sus piernas, bajo el peso del compacto Smith & Wesson. Le llegaron de su remoto escondite aquella mañana, metidos en un bolsa del supermercado. Sobre la tapa del primero figuraba la inscripción «Diario de Brez».

Los ojos del errehache se posaron sobre el marco de plata apoyado en la base de la chimenea. Claudia Contardi seguía iluminada por la luz de las montañas. Era la única mujer que había transformado su alma de matador alucinado. Por una sola noche de guerra. No podía mirarla demasiado tiempo sin derrumbarse. La sentía tan reciente como la luz metálica del relámpago que acababa de impregnar la habitación. Apretó los párpados y volvió a verla entregándole un contenedor de cincuenta granadas. «No quería morir virgen», le susurró en medio de la batalla.

Sus hombros se sacudieron contra el sofá. Una amarga pelota de fuego le subió por la garganta extendiendo aquel odio en todo su cuerpo como un veneno recién ingerido. Tocó la fría culata de la pistola. Jamás les perdonaría. El veneno comenzó a diluirse hasta dejar de quemarle la garganta.

El breve mensaje en clave llegó por la mañana: «El Borei ha helado el palo mayor.» Kulikov había muerto en la isla ártica de Nueva Tierra. Tachó el nombre del ruso en la página final de un grueso bloc y lo arrojó al fuego. Sólo quedaba un nombre, pero no contaba. Era leyenda. La misión encomendada a Navarro por la Cúpula de los Viejos había terminado. La Resistencia Humana ya no era asunto suyo.

Abrió la tapa negra del primer cuaderno y empezó a leer. Antes de que despuntara el alba sobre Wick estaría muerto.

Los dos viejos Domke navegaban a ciegas entre la niebla que cubría Brez. El sistema de detección de obstáculos parpadeaba en el tablero de control trazando formas de rocas incrustadas en la carretera y señalando las distancias. El de navegación no funcionaba. Palmer volvió a golpear el tablero.

—He pagado mil euros por estos viejos vehículos siguiendo tu consejo, Alexander. Espero que seas capaz de arreglar el piloto automático antes de que nos despeñemos —dijo mirando de reojo al ruso.

Kulikov encendió un cigarrillo en la penumbra del asiento trasero.

—Olvídalo. Le falta una pieza. Hay que hacerlo manual —respondió. Palmer sudaba. Conducir sin asistencia inteligente le producía temor. No veían más allá de la muralla blanca donde rebotaba la luz de los focos. Los pilotos rojos del Domke trazaban estelas elásticas que engullía la luminiscente oscuridad.

El primer Domke, conducido por Gunter Hagen, superó el último tramo de empinada carretera y se detuvo en seco. Hagen abrió la ventanilla y sacó la cabeza intentado percibir el zumbido eléctrico del jeep que guiaba Palmer, pero sólo oyó el silbido del viento al borde de un valle hundido en la niebla.

—Creo que nos hemos perdido —dijo volviéndose hacia sus dos compañeros.

Laura McGregor echó un vistazo al mapa holográfico proyectado sobre la pantalla de navegación.

—La casa está en la parte más alta del pueblo. Al llegar al siguiente muro de piedra hay que desviarse a la derecha, avanzar unos cien metros y volver a torcer por un camino estrecho y empinado. El muro de la última curva está roto y es fácil resbalar sobre el hielo. Son cuatrocientos metros de caída libre —dijo girando el cuerpo sobre su estrecha cintura.

Alfonso Navarro encendió y apagó su linterna en el asiento trasero. El resplandor iluminó los ojos de Laura. Dos manchas negras rasgadas bajo los finos arcos de las cejas. Había un brillo de frivolidad en su mirada.

—Pásame el volante, Gunter. He conducido transportes pesados sobre pistas heladas —dijo Navarro somnoliento.

—Eso tendrías que haberlo dicho cuando empezamos a subir sin piloto automático —le reprochó Hagen haciéndole sitio.

—Me daba pereza —respondió el errehache. Saltó al asiento del conductor mientras Hagen hacía lo mismo en sentido contrario. Cuando estuvo sentado frente al volante aceleró manualmente oprimiendo un pedal con el pie izquierdo.

El Domke patinó sobre el hielo y comenzó a ascender de nuevo entre la niebla.

—Recuerda que este Domke no vuela —le recomendó Palmer con aprensión mientras miraba de reojo el precipicio cubierto por la niebla que se abría a la derecha del vehículo, fabricado cuando ninguno de los tripulantes que lo ocupaban aquella noche habían nacido.

El jeep penetró en las tinieblas de Brez a paso de hombre. Entre las sinuosas calles se erguían muros de piedra con terrazas de madera asomadas al vacío. Las callejuelas ascendían en violentas pendientes que hundían las espaldas de los errehaches contra los respaldos. El pueblo cántabro estaba atornillado a la montaña. Sus casas y murallas de granito se alzaban como gigantes dormidos en la niebla.

—Ten cuidado. El detector indica que estamos a cincuenta metros del agujero. También detecta un socavón en la carretera —advirtió Laura. Navarro detuvo el jeep y abrió la ventanilla. Un brazo de niebla penetró en la cabina.

—Es mejor que bajéis a inspeccionar esa curva. No confío en el navegador —sugirió Navarro mientras el Domke se desplazaba medio metro hacia la izquierda dejándoles un rastro de vértigo en el vientre.

—Yo iré —respondió Hagen abriendo la puerta trasera.

—Te ataremos con una de las cuerdas —propuso Laura. Hagen había pasado quince años de su vida en Berlín escribiendo panfletos subversivos contra la Unión Europea Continental. Aquello le convirtió en un hombre precavido. Se ató la cuerda lumínica alrededor de la cintura y salió del Domke empuñando una potente linterna. Programó una combinación amarilla y naranja fluorescentes. La luz perforaba la niebla como un foco estelar.

Ascendió por la calle apoyándose en los salientes de los muros. Nadie le perseguía. Pero no podía sacudirse su condición de fugitivo. El flashback le estalló en los ojos mientras subía. Una calle oscura en Berlín. Los perros de la Secretaría de Interior ladrando a sus espaldas. Los pits láser cerrándole el paso. Aquella vez se ganó la medalla al deshonor. Ana cubrió su huida. Antes de rematarla los soldados dejaron que los doberman la despedazaran.

Resbaló en el hielo acumulado en las grietas del pavimento y rodó unos metros hasta detenerse contra una superficie sólida y fría. La linterna seguía colgando de su muñeca izquierda. La elevó para orientarse y la luz perforó la niebla ante sus ojos.

Lo que vio sobre los muros le produjo un golpe de miedo atávico. Miedo a ser descubierto mirando aquello y condenado a una sonda cerebral perpetua.

Era demasiado salvaje incluso para un errehache. Algo inimaginable para un hombre de su tiempo. Le reveló la verdad de un solo golpe. Siempre pensaron que los Libros Prohibidos exageraban. Era ideología. Propaganda que había que asimilar como antes se hizo con la fe en Dios y la fábula de la costilla de Adán. La Resistencia Humana mistificaba la historia para crear la mitología de la causa. Pero en aquel muro estaba escrita otra historia. Y no podía ser una fábula.

—Es mejor que vengáis. Tenéis que ver esto. No es un agujero pero debió ser el infierno —comunicó Hagen a sus amigos a través del comunicador que llevaba sujeto en el hombro.

—Vamos —respondió Navarro saltando del Domke.

Llegaron en pocos minutos hasta la posición de Hagen, que había programado en la linterna potentes fogonazos de localización. Se levantó y volvió a apoyarse contra el muro que detuvo su caída.

—Mirad eso —dijo a sus compañeros programando de nuevo la combinación amarilla y naranja fluorescente.

La pintada escrita a brochazos decía en el español anterior a la EuroLengua: «Defiende la rebelión. Segrell al paredón.» Hagen había leído todo sobre el período inicial de las guerras civiles. Los ideólogos de la RH las desvirtuaron hasta convertirlas en mito. Pero se equivocaron. Hagen extrajo del bolsillo el Programa XX y tecleó el apellido. El ordenador sólo contenía una referencia a Segrell.

—Era un fanático partidario de la línea radical dentro de la Primera Presidencia Unionista de Europa. Se menciona una frase: «En este tiempo sólo hay una razón de Estado y unos intereses, los de la Unión Europea Continental. Los derechos exigidos mediante actos de violencia popular serán aplastados sin piedad» —leyó Hagen en voz alta, mientras Laura y Navarro contemplaban la sucesión de murales que cubrían la fachada de la calle.

La luz de las tres linternas iluminó el testamento de los últimos hombres libres. Figuras de muertos, prisioneros, barricadas y armas escupiendo fuego sobre ellas. Escenas de lucha.

—Pero... ¿qué significa todo esto? —preguntó Laura hipnotizada ante la visión.

—Somos el producto de los que ganaron esa guerra —respondió Hagen.

—Tal vez todo sea una fantasía. Se lo pueden haber inventado —intervino Navarro.

Nadie respondió. Los tres contemplaban absortos lo que las linternas revelaban en el siguiente muro.

Hagen lo reconoció de inmediato. Era uno de los grandes mitos políticos de la Resistencia Humana. Un fetiche ideológico que representaba el holocausto. Sintió un puñetazo en el estómago. Sus amigos no reconocieron la grotesca reproducción del *Guernica* tatuada a brochazos en el muro. La linterna de Hagen temblaba en su mano izquierda mientras la luz le iba desvelando todo el dramatismo de la obra.

Aquel urgente garabato de insurrectos era el núcleo de la epopeya tatuada en los muros a todo lo largo de la calle. Los haces de las tres linternas saltaban alocadamente entre las imágenes. Se detuvieron en una escena pintada en rojo, negro y amarillo que brillaba pálidamente bajo una fina capa de hielo. Era un fusilamiento.

Siete hombres con las manos alzadas se alineaban contra una pared. Frente a ellos, rodilla en tierra, varios soldados les apuntaban al pecho. Iluminaban la escena los focos de un jeep militar. Los rostros de los ajusticiados fueron trazados con especial detalle. Los nombres de los fusilados estaban más abajo, escritos con gruesas letras negras pintadas a brocha. Eran siete. «Los mejores fueron los primeros en caer», decía el epitafio.

—¿Qué significa todo esto? —repitió Laura atemorizada ante la visión.

La voz que respondió surgió a sus espaldas. Fría y baja.

—Dictadura.

Los tres giraron la cabeza a la vez. Pero sólo vislumbraron una figura envuelta en niebla. Navarro esperaba tenso.

—Las últimas barricadas se alzaron al final de esta calle, cerca del lugar donde patinó Hagen. Las hicieron con traviesas de ferrocarril y automóviles. Contuvieron diez días el último asalto. Los muertos y los heridos se mezclaban en los portales y los sótanos. Cuando cayó la última línea de defensa se batieron desde los tejados. Los que se negaron a acatar el ultimátum de rendición se suicidaron.

Diego Alvarado surgió de entre la niebla.

—Bienvenidos a Brez —dijo estrechándoles las manos.

Laura la sintió grande y firme sobre la suya mientras le miraba a los ojos. Eran verde claro. Cristalinos. Rasgados sobre una piel curtida. Una cicatriz atravesaba su mandíbula cuadrada endureciéndole el rostro. Aquella rudeza sólo se apagaba en los labios, gruesos y sensuales, entreabiertos en una sonrisa de baja intensidad. Aprendió a reír demasiado tarde. Pero llevaba otra cosa grabada en la cara. El viaje al lado oscuro. Había perdido mucho en el salto.

Alvarado no medía más de uno setenta pero era un modelo compacto, ancho de hombros y espalda. Su pelo corto y tupido, negro mate, se ajustaba al cráneo domado hacia atrás. Había un toque nervioso en su fibrosa anatomía. Sus brazos eran largos y abultaban a la altura de los bíceps imantados al cuero de una vieja cazadora negra. Tenía cuarenta años pero a veces miraba como un viejo.

Hagen le observaba oculto tras el foco de la linterna. Sus pequeños ojos azules le inspeccionaban con temor.

—Me alegra volver a verte. Ha pasado mucho tiempo desde que enterramos a Ana en Berlín —le dijo, violento.

—Yo tampoco la he olvidado —respondió fríamente Alvarado.

Laura miraba los murales de reojo. Deseaba darse la vuelta para seguir contemplando aquellas pavorosas maravillas.

—Parece que las pinturas la han impresionado —dijo Alvarado sorprendiéndola.

—Me producen miedo. Sólo quiero saber si son reales; si todo esto sucedió de verdad o es sólo el sueño de un demente —respondió enfocando de nuevo la imagen de los fusilamientos.

Alvarado no respondió. Sacó del bolsillo una petaca plana y se la pasó a Navarro. El errehache la cogió cerrándose la bragueta. Había aprovechado la charla para orinar.

—Un saludo, Alfonso.

—Salud. Espero que en este pueblo haya suficiente alcohol para soportar el viaje evasónico de las paredes —respondió tras beber un sorbo de coñac.

Navarro le sacaba dos cabezas a Alvarado. Era delgado y fuerte. Correoso y desgarbado en las extremidades, como si los huesos estuvieran desacomodados en sus junturas. Una pelambrera amarilla se le agitaba en el cráneo colgándole hasta los hombros. Toda la carga salvaje se le concentraba en los ojos negros. Allí dentro había un punto donde le cuajaba la violencia.

Nació treinta y cinco años atrás en un suburbio Bouteille-Hafkemeyer de Bilbao, bajo el signo de las modas inducidas. Él militaba clandestinamente en el rock and roll. Cayó en una redada a los catorce. Le cazaron oyendo a Vómito Total en un sector del alcantarillado que no había sido minado. El programa de reeducación sensorial duró un año. Al salir del psiquiátrico, un viejo errehache dedicado a la captación de nuevos militantes le habló de la Resistencia Humana.

Cuando Alfonso Navarro llegó a Brez los jóvenes europeos desde Gibraltar hasta el océano Ártico eran inducidos a adoptar la estética de los *teddy boys* y las *teddy girls,* comercializada a bajo coste en todo el continente. Se promovió el consumo de la droga Evasónica. Lograron contener y dirigir la insumisión de millones de jóvenes haciéndoles creer que eran los rebeldes de su tiempo. Europa se había convertido en un manso gallinero bajo el imperio de la Dictadura Sensorial.

Las insurrecciones armadas que estallaron en las primeras dos décadas del siglo XXI como oposición a la doctrina Bouteille-Hafkemeyer, apóstoles del sistema de Producción, Agrupamiento y Control Individual, fueron sofocadas por el poderoso Ejército Europeo. La Unión impuso su dominio desde el mar de Laptevych hasta las colonias en África del Norte.

Todos los valores reconocidos de la cultura occidental fueron depurados, perseguidos y finalmente olvidados. No era la primera vez que ocurría. La Unión reescribió la Historia como lo hicieron en el siglo XX los comunistas soviéticos y los nacionalsocialistas alemanes. Stalin y Hitler inspiraron el modelo a los Eurócratas, incluyendo la estrategia del terror científico, las deportaciones masivas de población y la lucha por el Espacio Vital. Pocas generaciones después, los Eurounidos ignoraban los orígenes de su mundo. No existía otro, excepto la Unión Americana Continental, y la Unión Asiática, enemigas de Europa.

Laura tiritaba bajo su chaqueta impermeable. Brez no le gustaba. Aquel lugar tenía un signo maldito. Era oscuro, helado y salvaje. No lograba borrar las horribles caras que se habían incrustado en su cerebro. Alvarado interrumpió sus pensamientos.

—Podeis mirar mañana el paisaje. El pueblo está lleno de murales y consignas. Nos esperan —les dijo.

En aquel momento llegó el segundo Domke conducido por Palmer. Los focos halógenos les deslumbraron.

—¿Por qué no apagas las puñeteras luces de ese trasto? Me estás dejando ciego —gritó Alfonso al inglés. Palmer obedeció dando un portazo. Kulikov saltó del jeep y saludó a Alvarado con respeto. Parecía impresionado.

—Nos hemos atascado en la subida. El piloto automático no funciona —explicó el ruso.

—En Brez tendrás que conducir con las manos y los pies. El pueblo no ha cambiado desde que lo abandonaron los cántabros. Y de eso hace mucho tiempo. Podéis dejar aquí los Domke. Sólo un artista como Alfonso podría conducir hasta la cima —le respondió Alvarado con una de sus sonrisas de baja intensidad.

Todos contemplaban los murales. Producían un efecto hipnótico brillando tras el hielo, bajo el resplandor de las linternas.

—Parece increíble que no hayan destruido todo esto, en caso que sea verdadero —comentó Palmer absorto en el *Guernica.*

—No es tan raro; estamos en una zona prohibida —intervino Hagen.

Se pusieron en camino guiados por Alvarado. Abandonaron la carretera y comenzaron a ascender por tramos de escaleras de cemento y piedra engastadas en el interior del pueblo. Subían en fila, enfocando las paredes que les encajonaban. Rostros consumidos surgían pintados en rojo y negro. Decenas de ojos tatuados con aerosol les contemplaban desde los muros. Llegaron a una terraza abierta al vacío y penetraron en una maciza vivienda de dos plantas.

Se hallaban en el centro de una amplia estancia sostenida con gruesas vigas de madera. Los restos carcomidos de una larga mesa de roble ocupaban parte de la pared. Sobre la superficie se amontonaban en desorden varias cajas polvorientas con cruces rojas pintadas en la superficie.

—Los objetos de metal que hay en la mesa son instrumental quirúrgico. Eso es una mascarilla de oxígeno —explicó Alvarado señalando una forma negra que colgaba de una botella metálica.

Vieron tijeras y bisturíes eléctricos, largas pinzas y un instrumento electrónico con una pantalla redonda en el centro. Todo parecía haber sido abandonado precipitadamente.

—¿Qué es eso? —preguntó Laura señalando un grupo de objetos metálicos compuestos por barras con orificios y largos tornillos filosos.

—Lo ignoro —respondió Palmer.

—Creía que eras médico —le reprochó ella.

—Sé poco de medicina primitiva —replicó él.

—¿No tienes ni una ligera idea? —insistió Laura con impertinencia.

—Por el contexto puede tratarse de prótesis metálicas para cirugía.

—Lo son —intervino Alvarado—. Las usaban para soldar huesos en heridas abiertas con pérdida ósea. Traspasaban la carne con esos tornillos afilados y después cubrían el miembro con una sustancia rígida que llamaban escayola —dijo encendiendo un cigarrillo.

Laura miró los metales con repulsión.

—Qué gente tan salvaje... —murmuró.

—¿Qué hay dentro de las cajas? —preguntó Kulikov.

—Antibióticos y dosis de morfina para uso militar. Los soldados las llevaban en sus equipos y se inyectaban para soportar el dolor hasta que llegaban los médicos. Era un violento anestésico que provocaba sueños delirantes —respondió Alvarado.

—¿Y tú cómo lo sabes? —intervino bruscamente Navarro.

—Todo figura en los libros y diarios que hemos encontrado en el ayuntamiento. Salazar lleva semanas traduciendo e interpretando el material con ayuda del Programa XX.

Kulikov abrió una de las cajas. Una nube de polvo aventó el aire cuando la tapa quedó colgando de sus goznes. Todos se acercaron a mirar. El ruso apartó un enjambre de telas de araña y sopló hasta que la gruesa capa de polvo se descorrió. Descubrieron una batería de ampollas y pequeñas cajas de cartón con inscripciones. La voz histérica de Laura desvió la atención de la caja.

—¡Qué clase de horrible broma es ésta! —gritó volviéndose hacia Palmer. Permanecía inmóvil en un ángulo de la cocina. Lo que la asustó ocupaba un rincón oscuro a sus espaldas.

Los focos se concentraron en aquello. Era un esqueleto humano completamente blanco. Los huesos del tórax estaban cubiertos en parte por una estrecha banda de tela negruzca. Jirones de ropa podrida surgían de la osamenta. Los huesos de la mano izquierda se cerraban sobre la culata de una pistola cubierta de polvo.

Palmer cogió a su chica por los hombros intentado calmarla.

—Es sólo un viejo esqueleto —dijo en voz baja.

—¡Humano! —gritó ella.

—¿Es que nunca has visto a un muerto? Primero montas un escándalo en la carretera con los murales de mierda y ahora te pones histérica por ese montón de huesos podridos... ¿Es que nadie te ha dicho que estás en tu nuevo hogar, muñeca? —le reprochó Navarro con desprecio.

—No te metas en esto —intervino Palmer interponiendo el cuerpo entre ambos.

—La has engañado contándole un cuento del paraíso ecológico perdido en las montañas. ¿Por qué no le dijiste la verdad en Londres? No me fío de esta bonita *teddy.* ¿Qué pasa si se larga y se lo cuenta todo a los perros de ahí abajo? Te lo diré. La mataré yo mismo. Y luego a ti, Palmer. —El cuerpo de Navarro estaba tan tenso como la navaja automática que apretaba en el bolsillo de su anorak negro.

Kulikov le puso en frente sus noventa kilos y le cogió por los hombros con firme indulgencia.

—Olvida a la *teddy.* Tu espada no es para su cuello —le susurró mirándole a los ojos. Eran azul metálico—. Disculpa al chico. Ha tenido una infancia difícil y es un poco nervioso —agregó girando la cabeza hacia Laura.

—¿Qué es lo que no me has dicho, Jonhatan? No quiero seguir haciendo el cretino —preguntó furiosa a Palmer.

Alvarado contemplaba la escena desde el otro extremo de la mesa, fumando un cigarrillo.

—Yo te lo explicaré —dijo aplastando la colilla bajo su bota—. Este hombre era un soldado. Le hirieron y le trasladaron a esta enfermería improvisada. Seguramente le tendieron sobre la mesa y luego le acomodaron en el rincón. Irene dice que estaba herido en el pecho. Se quedó tumbado sin soltar la pistola. Estaban en guerra ¿sabes?

—¿Contra quién? —preguntó Laura.

—Ésa es una larga historia. Salazar os la contará luego.

Pero la decisión de venir ha sido vuestra. Incluida la tuya, Laura —respondió Alvarado con voz fría.

Dio la espalda al grupo y atravesó una galería abierta a pico en uno de los muros de la cocina. Todos, menos Alfonso, le siguieron en silencio.

Navarro iluminó el esqueleto con su linterna. Se agachó y le arrancó una costilla. Luego la partió en dos quebrándola con la mano. Parecía humana. Pero él no podía asegurarlo. Apartó el polvo que cubría la oxidada pistola y la cogió por el cañón enfocándola con la linterna. Había algo escrito, pero estaba medio cubierto por el óxido. Sacó su navaja del bolsillo y raspó sobre las letras. Luego leyó la inscripción: «Astra Unceta Cía-Guernica (Spain)-9mm Parabellum A-70.» El nombre no le decía nada.

Se la guardó en el bolsillo y alcanzó al grupo. Estaban detenidos ante una puerta baja y curvada que ocultaba una despensa de madera.

—No se ha podido abrir, aunque no es la única entrada blindada. Hemos descubierto otras, todas camufladas. Irene asegura que las sellaban con metal —explicó Alvarado con indiferencia. Empezaba a fastidiarle su papel de guía turístico.

Las linternas enfocaron la puerta. Bajo el óxido del metal aparecía pintada una de las caras más feas de Brez. Gruesas ronchas amarillas cubrían aquel rostro espectral. Los ojos eran dos rayas rojas y la boca parecía vomitar fuego.

—Puede ser una advertencia para que nadie entre —sugirió Palmer—. Una forma de superstición —agregó.

—Me intriga más el signo que está abajo. Tal vez sea una fórmula química o matemática —intervino Hagen acercándose al dibujo.

—Yo lo he visto antes en Moscú —aseguró Kulikov—. Son dos fusiles cruzados. Lo que asoma por arriba son bayonetas. Mi padre decía que eran armas de honor —explicó el ruso.

Los demás le escuchaban impresionados.

—Os diré lo que me dijo cuando tenía doce años. Los lugares donde pintaban ese signo pertenecían a gente muy dura. Si los traspasabas algo te convertía en picadillo —agregó con seriedad.

—Eso es absurdo. Es sólo un garabato más. Lo único que puede hacerte picadillo son las pits láser de veinte milímetros que usan los perros de la Unión. Te diré lo que pienso, Kulikov. Esos signos representan armas que usaban para matar —intervino Navarro.

La doctora Irene Salazar le respondió desde la entrada de la galería excavada entre la cocina y el dormitorio de la siguiente casa. Su rojizo cabello enroscado en una coleta le caía sobre el pecho.

—Estoy de acuerdo. A finales del siglo XX cada objeto tenía un uso concreto y utilitario. Como lo tiene en el XXI. Las armas no han evolucionado tanto. Sólo se han perfeccionado. Digamos que ha cambiado su nivel de eficacia, su potencia de fuego y la naturaleza de los proyectiles. Los fusiles del dibujo pueden corresponder a un modelo famoso de finales del XX llamado Avtomat Kalashnikova. La bayoneta se seguía empleando, pero sólo tenía un uso ceremonial —dijo Irene acercándose al grupo. Su pelo lanzaba destellos rojos tocado por la luz de las linternas.

Salazar no era nada parecido a una *teddy girl* pero sabía vestirse con intención. Había leído mucho sobre modas auténticas. El color de su jersey realzaba el gris dorado de sus ojos en un rostro de altos pómulos. De su juvenil falda escocesa surgían unas piernas largas y finas, perfectamente torneadas. Su cuerpo estaba diseñado en suaves curvas de potente sensualidad. Un collar de perlas blancas subía y bajaba sobre la lana rosada impulsado por su respiración. Era de talle ajustado, lo que destacaba aún más los pechos redondos y erguidos de aquella arqueóloga de treinta años. Irene parecía surgida de otro mundo, tan mítico y fascinante como aquel lugar.

—Para los que no me conozcan me llamo Irene Salazar. Os esperamos desde hace tres horas —agregó dedicándoles una sonrisa de perfecta anfitriona. Brez parecía suyo.

—Están emocionados con las pinturas y los esqueletos —respondió Navarro.

—¿Sabe lo que hay detrás de esa puerta? —preguntó bruscamente Laura. No podía superar la sensación de peligro que le producía Brez. Además se sentía engañada. Y eso la enfurecía. El centro de su rencor era Palmer. Navarro le daba miedo. Sólo confiaba en Alvarado. Él parecía saber algo que todos los demás ignoraban. Pero tenía la certeza de que sería inútil preguntárselo.

—No lo sé. Tal vez un subterráneo. Lo que ignoramos es por qué blindaron las puertas soldándolas con metal. Es seguro que los cántabros querían esconder algo y hasta el momento lo han logrado —respondió la arqueóloga.

—Espero que sea cerveza —agregó Navarro.

—Ahora será mejor que sigamos hasta la casa de la cima sin más paradas turísticas —sugirió Irene.

Las luces de las linternas enfocaron el largo pasadizo que serpenteaba entre salones, baños y dormitorios. De casa en casa, tabique tras tabique. Los cántabros se habían empleado a fondo con la piqueta y el explosivo. Bajo el pueblo sujeto a la ladera de la montaña yacía un laberinto que permitía atravesarlo sin pisar sus calles.

Ahora era Irene Salazar la que abría la marcha. Tras ella marchaba aquella gente llegada de media Europa con su ropa fabricada en serie. La arqueóloga les impactó tanto que dejaron de hacer preguntas. Se detuvieron ante una gran puerta de roble sobre la que colgaba un cartel con la inscripción «Hotel El Oso» que chirriaba con el viento.

Alvarado esperó a que todos entraran y cerró la puerta. Encendió un cigarrillo Imperio. La llama del mechero iluminó brevemente las duras facciones de su rostro rasgado en la mandíbula.

Pensó en aquellos errehaches surgidos de la clandestinidad. En el fondo el sistema les había asimilado. Su reacción colectiva ante los murales no era muy diferente a la que habría experimentado cualquier Eurounido temeroso de la dictadura. Hagen era un teórico integrista y un cobarde. Palmer era de fiar, pero siempre fue débil con las mujeres. Ahora le controlaba Laura, una errehache de fin de semana. Kulikov y Navarro eran gente probada en la guerra urbana. Soldados con un pie en la tumba. Demasiado pasados para reciclarse y acatar un plan que descartara matar al enemigo. Les buscaban en todo el continente para ejecutarlos con la sonda cerebral.

El primer grupo había llegado tres meses antes. Adolphe Caron le gustaba. Fue el líder de la Resistencia en París. Un gran organizador. Frío e inteligente. Un hombre contenido que demostró agallas cuando llegó el momento. Los españoles y los ingleses estaban locos pero eran buena gente. Hombres de honor. La mejor infantería de la RH. De Claudia Contardi no se podía prescindir. Había trazado el primer plano holográfico del laberinto de galerías y era una experta en tecnología industrial del siglo XX.

Pensó en Irene Salazar. Fue la segunda en llegar a Brez. Después del propio Alvarado. Directamente enviada por la Cúpula de los Viejos. No sabía nada de ella. Le desconcertaban los modelos que la hacían lucir como una estrella del mundo perdido. Pero sabía que cumplía órdenes. La arqueóloga era astuta. Sólo decía lo que quería y también lo que los demás preferían oír. Además era hermosa. Demasiado para la RH. Demasiado para Alvarado. Salazar parecía una ejecutiva de la Corporación Europea Espacial trabajando entre rebeldes sin futuro.

Brez yacía bajo sus botas cubierto por un denso mar blanco. Había muerto con honor. La luna brillaba en cuarto menguante sobre la superficie plana de la niebla. Las montañas de granito gris se alzaban sobre su cabeza. Podía oír el viento penetrando en los bosques profundos que se extendían hasta las laderas de los Picos.

De un muro lateral del albergue nacía una escalera que descendía violentamente hasta una puerta de roble. Alvarado la abrió penetrando en una estrecha galería abovedada. No era la única entrada al subterráneo. Se podía acceder desde el hotel a través de una trampilla situada en la cocina. Programó una potente luz blanca y la expandió a máxima potencia. La cripta reveló su tortuosa geometría.

A ambos lados del corredor se erguían grandes toneles de roble con grifos en la base y bancos de madera donde se amontonaban decenas de objetos. Veinte cajas de plástico y metal coronadas por gruesos bornes se alineaban cubiertas de polvo. En la superficie se leía la inscripción «Tudor-12w-No Recargable». Contardi aseguraba que eran primitivos generadores autónomos de corriente.

Sobre otro de los bancos podía verse un pequeño cargamento de luces portátiles. Eran objetos compactos de plástico con una malla abatible en la base. Dentro, ingeniosamente enroscadas, había bolas de cristal transparente con frágiles hilos de metal en su interior. Grabado sobre la carcasa, alguna vez amarilla, podía leerse: «GTG-Emplearse en lugares cerrados y secos-60 Watt-Made in Italy.»

Irene Salazar estaba inclinada sobre una mesa. Practicaba una de sus autopsias. Sobre su cabeza flotaba un pulsante BH que la inundaba con una pura luz azulada. El pulsante se movía en el aire irradiando mayor o menor intensidad sobre la mesa de trabajo. Si Irene quería luz de penetración dentro de alguna pieza no tenía más que pedirla en voz alta. El pulsante introdujo un rayo lumínico auxiliar en el orificio que estaba examinando. La arqueóloga estudiaba el interior del metal a través de una pantalla portátil.

—El óxido no le ha afectado. Está limpio. La espesa grasa en la que estaba sumergido le ha preservado del tiempo. Es extraordinario. Este Kalashnikov podría funcionar con un estándar aceptable de eficacia —afirmó en tono académico.

Alvarado cogió el viejo fusil ametrallador y lo sopesó con cuidado. Era ligero y compacto. Un modelo perfeccionado de 1996. La guía de reconocimiento de armas que hallaron en el ayuntamiento informaba que fue el fusil reglamentario de las divisiones paracaidistas rusas hasta el año 2000. «No se ha superado su excepcional rendimiento en combate y su versatilidad. Opera con brillantez en cualquier escenario bajo condiciones críticas.» El antiguo libro lo definía como un fusil «instintivo». Aquel criterio militar desconcertaba a Alvarado. ¿Qué era un arma instintiva? Un arma servía para matar o defenderse. Era ofensiva o defensiva. Pero carecía de cualidades humanas como el instinto.

—¿Qué ha averiguado sobre este trabuco de piratas? —preguntó a Irene. La joven científica se sentó en la mesa y abrió un bloc de notas. La estrecha falda escocesa cubría sus piernas dos dedos por encima de las rodillas. Una moda de la que Alvarado no tenía memoria.

—Técnicamente no era muy preciso y expandía demasiado la munición. Disparaba proyectiles de 7,62 por 39 milímetros...

—¿Qué más?

—Se afirma que las balas perdían fácilmente velocidad y su trayectoria provocaba errores en el cálculo de la distancia.

—Entonces no comprendo por qué lo elogiaban. Era mejor defenderse a pedradas —opinó Alvarado.

—Se equivoca. El Kalashnikov sólo era un fusil entre miles y los había más perfectos. Pero tenía algo especial. Los expertos de la época no eran estúpidos. Afinaban mucho. Se trataba de cualidades técnicas pero también políticas... —explicó Salazar.

—¿A qué se refiere?

—Fue el símbolo de la revolución social desde mediados del siglo XX. Un mito. Una verdadera leyenda industrial. Decían que era un arma simple y sólida capaz de adaptarse a cualquier combatiente —respondió la arqueóloga.

—Qué romántico...

Irene prosiguió emocionada, sin prestar atención a la ironía de Alvarado.

—Lo mejoraron introduciéndole el freno de boca en la década de los ochenta. Ha superado condiciones de guerra inimaginables en nuestro tiempo, Alvarado... ha combatido en húmedas selvas, bajo el tórrido sol de los desiertos, entre los hielos del Ártico, en las altas montañas y en las ciudades. Se afirma que hasta un niño puede montarlo y desmontarlo en pocos minutos... aunque yo aún no he averiguado cómo hacerlo.

Alvarado observó el Kalashnikov con curiosidad. Se lo cargó en el hombro derecho y apuntó al pulsante BH. Sintió en su mejilla la áspera culata de madera. Era cierto. Aquella reliquia transmitía algo. Pero tal vez sólo fuera sugestión. Oprimió lentamente el gatillo. Tenía un punto crítico entre lo elástico y lo rígido. Sintió que más allá no había vuelta atrás, como sucedía con las armas modernas. Aquello revelaba toda una forma de entender la vida, la muerte y la guerra.

Cuando lo depositó de nuevo sobre la mesa algo llamó su atención sobre la ennegrecida culata. Una inscripción.

—¿Puede pedir al pulsante que ilumine esta sección? —preguntó señalándola.

—Luz de penetración en madera —ordenó Irene Salazar colocando una pantalla de aumento sobre la culata.

No tardaron en vislumbrar las letras en el fondo de la pasta grasienta adherida a la madera.

—Mu-é-re-te fas-cis-ta —deletreó lentamente Irene. Tras reflexionar unos segundos preguntó a Alvarado—: —¿Tiene idea de lo que significa?

—No soy historiador —respondió.

—Es una extraña combinación de palabras —meditó Salazar.

—¿Desde cuándo somos plurilingües en Europa? —interrogó él.

—¿A qué se refiere?

—Quiero saber desde cuándo hablamos esta mezcla de idiomas llamada EuroLengua.

—Desde siempre, supongo. ¿No ha ido a la escuela? Fundieron todos los idiomas de Europa en uno solo dos años después del primer Gobierno Continental, ¿no? —respondió ella alisando con la mano su larga coleta de pelo rojizo.

—La primitiva Resistencia Humana se creó para reivindicar el uso de las lenguas nativas en las regiones de la Unión. La aniquilaron por eso... Olvídelo, sólo era curiosidad.

Irene adivinó que la estaba probando.

—¿Dónde quiere llegar, Alvarado?

—Estas dos palabras en la culata son contundentes. Parecen muy puras —respondió él ausente.

—Creo recordar lo que era el fascismo. Un fenómeno crítico del siglo XX. Apenas existen referencias...

—Se equivoca —la interrumpió Alvarado—. En la Unión Europea Continental saben mucho sobre él. Pero lo han eliminado de los libros de historia con todo lo que les estorba para ejercer el control... total.

—¿Por qué? —preguntó ella fingiendo ingenuidad.

Alvarado puso cara de asombro. Estaba escandalizado.

—¿Qué les enseñan ahora en la RH, doctora? ¡En mis tiempos era la primera lección de insurgencia!

—El tiempo pasa deprisa. ¿Qué recuerda de su infancia? —rebatió ella.

—Un gueto Bouteille-Hafkemeyer —respondió Alvarado en el acto.

—No me refiero a los guetos. Hablo de lo que percibía a su alrededor. Los objetos... la tecnología.

—Recuerdo los viejos trenes aéreos. Cuando tenía diez años tardaban veinte largos minutos en recorrer doscientos kilómetros. Aún no existían las butacas ni las películas de anuncios sensoriales personalizados. Al menos podías pensar o contemplar el paisaje —dijo Alvarado recordando fugazmente su niñez.

—¿Cómo percibe ahora esos trenes?

—Como dinosaurios. Pertenecen al neolítico.

—A eso me refería. En treinta años se han convertido en un recuerdo arcaico. Los Estados desde el siglo XX y aún en épocas más remotas, se han esforzado por limitar el pensamiento individual. En nuestro tiempo lo han eliminado. Aquel tren era arcaico porque podías pensar en su interior, no por su limitada velocidad. Eso es lo que nos enseñan ahora en la Resistencia Humana —respondió la doctora con impertinencia.

Alvarado cogió el fusil y apuntó sobre la cabeza de Irene.

—Es una bonita lección. ¿Tiene munición para sostenerla?

Salazar le contempló con hostilidad.

—Hasta el momento las armas no han dado resultado. Quizá haya que probar con las ideas.

Alvarado arrojó el Kalashnikov sobre la mesa. El fusil cayó con un golpe seco iluminado de nuevo por la poderosa luz del pulsante.

—Mucha gente ha muerto intentándolo, doctora —respondió dándole la espalda. Irene oyó sus pasos y el rumor de la puerta de roble al cerrarse.

Volvió a inclinarse sobre el fusil y le pidió al pulsante luz de penetración metálica. Le interesaba la ranura situada dos centímetros delante del gatillo.

El manual desplegado sobre la mesa estaba escrito en el inglés anterior a la EuroLengua. «A: Insertar el cargador en la ranura delante del gatillo manteniendo éste inclinado. B: Tirar hacia atrás hasta que se produzca el enganche con la pieza de sujeción interna y el cargador quede inmóvil.»

Aquellas arcaicas instrucciones podían ser herméticas pero también eran concisas. En tres líneas resumían lo que en la EuroLengua pedagógica habría ocupado decenas de palabras. No terminaba de captar la esencia de esa frugalidad. Tal vez el texto estaba incompleto. Habría que buscar el resto en otra parte. O era una frase ceremonial sin relación con lo que ella pretendía. Cargar el Kalashnikov.

Revolvió en un armario que ocupaba una zona oscura de la vasta sala circular. Estaba oculto por una muralla de esqueletos metálicos formados por mallas flexibles. No tenía la menor idea de lo que era aquello. Sacó una caja de madera verde oscuro con borrosas letras amarillas pintadas en la base.

La depositó bajo el pulsante y extrajo uno de los objetos

que había en el interior. Estaba envuelto en grueso papel empapado de aceite. Al retirar el envoltorio apareció un pedazo de metal plano y curvado de treinta centímetros con profundas estrías en la superficie. Era lo más parecido al dibujo del manual de reconocimiento. Lo cogió con la mano derecha intentando encajarlo en la abertura del fusil. La luz de ambas ranuras coincidía. Pero después de forcejear diez minutos el cargador seguía separado del arma. Se reafirmó en su impresión de que las instrucciones eran sólo una fórmula ceremonial.

Lo intentó de nuevo. Su mente no estaba entrenada para realizar primitivas operaciones mecánicas en cadena. El fusil se escurrió de sus manos empapadas en grasa cayendo sobre el cargador curvo semiencajado en la ranura. Entonces oyó aquel ruido. *Clack*. Era una clave tecnológica del pasado. Escueta y eficiente. Sus manos sucias temblaban de emoción. Sentía la presencia de los constructores de maravillas. La aguda contraseña sonó nítida en sus oídos. Las dos piezas se habían unido en una sola.

El fusil tenía ahora otra apariencia. Era más agresivo con aquella cola curvada colgando rígidamente en el vacío. Su forma era provocativa y audaz. Se enamoró de aquel Kalashnikov como antes se había enamorado de la perfecta bisutería de finales del siglo XX.

«C: Sosteniendo el arma por la empuñadura posterior tipo pistola tirar hacia atrás del cabo de carga a lo largo de su recorrido. D: Soltar el cabo de carga permitiendo al obturador y la puerta obturadora volver a su posición avanzada original. No sostener el cabo de carga con la mano durante su recorrido de retorno. E: Regular el selector de tiro en posición intermedia (automático) o en posición baja (disparo individual).»

Irene lamentó no tener a su lado al profesor Chanzy, su sabio maestro en historia de la tecnología del siglo XX. No comprendía la mitad de las palabras ni la mecánica de las acciones que ordenaba el manual. ¿Qué era una puerta obturadora? El cabo de carga estaba señalado con la letra C en el maravilloso croquis del libro, estampado en auténtico papel. Cogió el fusil por la culata trasera y comenzó a presionar el cabo con la mano derecha. No se movía.

—Luz de penetración en metal —ordenó de nuevo. Allí dentro no había más que un muelle embutido a presión con varias piezas mecánicas sin signos de deterioro.

Colocó la culata del fusil contra el suelo y apoyó el borde del zapato en el cabo presionando hacia abajo con toda la fuerza de su pierna derecha. Cedió con un crujido hueco y volvió por sí mismo a la posición original. Le había arrancado un nuevo secreto.

«F: El arma está montada para disparo en ráfaga o individual, según la posición seleccionada por el usuario. —Irene ignoró la compleja advertencia y pasó a la siguiente letra—. G: Apuntar y oprimir el gatillo.»

Todos miraban el fuego. Absortos. La mayoría lo contemplaba por primera vez. El fuego sólo aparecía en las películas sensitivas. En su estado natural era percibido como un elemento arcaico y salvaje. Aquél se agitaba sobre gruesos troncos de madera. La resina provocaba pequeñas detonaciones. Hagen lo sobrecargaba con nuevo combustible.

—Así lo apagas. Hay que dejarlo arder libremente hasta que la madera se consuma —le aconsejó Mario Lacochandegui.

—Si no lo cuidamos morirá —respondió Gunter en tono grave.

—Oye, Hagen, me aburres con tus discursos. No estamos en una sesión de adoctrinamiento —le reprochó ásperamente Navarro.

La cocina del hotel estaba atestada de gente. Los recién llegados ocupaban lugares próximos al fuego. Laura McGregor seguía abstraída en las maniobras que Lacochandegui realizaba con una bola de masa densa y elástica. La golpeaba violentamente sobre una mesa y luego la amasaba con las manos. McGregor se sentía perdida en aquel lugar.

Los veteranos circulaban por los laterales de la sala ocupados en sus tareas. Mónica Carlés yacía estirada en un diván de incalculable antigüedad. Era una muchacha morena de rostro anguloso embutida en un holgado mono de tirantes color negro. Sus largas piernas colgaban indolentes del brazo del sofá. Susurraba ausente a su ordenador portátil y retenía las respuestas concentrándose unos segundos en el mnemómetro. Adolphe Caron apareció en la puerta y pidió silencio.

Su mirada inteligente, sobriamente azulada, brillaba detrás de unas gafas de visión múltiple. Caron era uno de los políticos más brillantes de la Resistencia. Conocía a fondo el campo de batalla y los viejos principios de la democracia. Sabía tratar a los hombres enfrentados a situaciones límite sin calentarse el cerebro. Amaba los discursos de Kennedy y la historia francesa. Sólo se había enamorado una vez. De la libertad. Los errehaches volvieron la vista hacia aquel hombre de cuarenta años con una sutil barba rubia cubriéndole el rostro.

—Aquí todos nos conocemos poco así que, si estáis de acuerdo, dejaremos las presentaciones a la casualidad. Me llamó Adolphe Caron. Tenemos que redactar las leyes que regirán Brez en el futuro. Se trata de escribir una Constitución y proclamar una forma de gobierno. Necesitamos que cada uno de vosotros presente un par de propuestas.

Gunter Hagen reaccionó como tocado por una descarga. Él era un ideólogo. Había dedicado su vida a la política. Conocía de memoria los Libros Prohibidos. Se estaba preparando un gobierno y se lo comunicaban como a un simple soldado de la Resistencia. Dio la espalda a Caron y fingió concentrarse en el fuego.

—Si quieres que proponga algo tendrás que explicarme primero qué es una Constipución —dijo Navarro.

—Constitución —corrigió Gunter de espaldas a la chimenea.

—Eres un ignorante. Llevas toda la vida metido en este negocio y no has aprendido nada —dijo Kulikov soltando una carcajada.

—Vuélvete a Siberia, ruso —respondió Alfonso.

—¿Quién más ignora lo que es una Constitución? —preguntó Caron.

Se oyó un murmullo. Había dos centenares de errehaches en las salas del hotel. La mitad levantaron la mano. Casi todos eran soldados. Caron miró perplejo a sus compañeros.

—¿Lleváis años luchando por la democracia y no sabéis que la RH se gobierna a través de una Constitución? —les preguntó irritado.

Sólo respondió Txiki. Miró al francés elevando sus espesas cejas rubias. Su cráneo pelado tenía forma de huevo. Un costurón rojo le atravesaba la frente de parte a parte. El vasco apoyaba su pesado cuerpo contra el muro de la cocina.

Txiki era un hijo genuino de la rebelión. Creció en uno de los últimos pueblos rebeldes de Euskadi, reducido a sangre y fuego por la Unión. No se sentía extraño en Brez. En cierta forma, aquél era uno de los míticos caseríos que había aprendido a amar en su niñez, antes de que las fuerzas de Interior asesinaran a toda su familia. Una cosa era aceptar a España como mal menor. Ese país, también mitológico, figuraba en su ADN como remoto enemigo. Incluso podía llegar a apreciar aquella tierra de valientes insurrectos. Pero Txiki le declaró la guerra a la Unión cuando aún mamaba en los pechos de su madre, violada antes de ser enterrada en una fosa sin nombre.

—Me lo explicaron cuando entré en RH. Me pareció bien, supongo, pero se me olvidó. Me quedé en la Resistencia porque me gustaba el combate urbano. Puedes preguntarme algo sobre eso. Llevo once años haciendo calle —dijo el vasco.

Navarro soltó una carcajada.

—A propósito, ¿qué es la democracia? —preguntó levantando la mano mientras miraba a Txiki con sonrisa maléfica.

—¿De verdad no lo sabes? —interrogó a su vez Caron.

—Yo me ocupo de limpiar la mierda de la tribuna, amigo. Cuando la sangre ya no pringa las botas vienen enterados como tú a contarnos su vida —respondió con desprecio.

—Por qué no dejas que este buen chico nos explique qué

son esas dos maravillas por las que hay que votar —intervino Kulikov con sorna.

—¿La democracia tiene tetas? —preguntó Lacochandegui mientras golpeaba su bola de masa contra la mesa.

Los soldados rieron en familia, a su manera. A muchos se le había borrado aquello de los labios hacía tiempo.

—La Constitución es un conjunto de principios éticos, políticos y sociales reunidos en un documento —intervino Caron gritando en medio de las carcajadas—. Garantiza vuestros derechos ante el poder —agregó gritando más fuerte.

—¿Qué poder? —preguntó Lacochandegui—. No habrá ningún poder en Brez. Queda abolido por la Constitución —afirmó sin desatender la bola de masa.

Sus camaradas asintieron con gritos y bromas obscenas.

—Apoyo lo que ha dicho este ignorante soldado. No hemos combatido toda nuestra vida contra el Poder para que ahora nos impongan otro con diferente nombre —intervino Kulikov.

—No habrá leyes. No habrá constituciones ni democracia. No habrá ningún sistema en Brez. Sólo el que cada uno se quiera imponer a sí mismo. Eso es lo que te respondemos los soldados, Caron —agregó Mónica Carlés sin cambiar de postura en el sofá.

Hagen rompió su silencio de espaldas a la chimenea. El fuego le había recalentado la espalda.

—Eso es absurdo. Nada existe fuera de la ley, el orden y la jerarquía. Según la teoría de selección natural de mandos...

—Hablas como un perro, Hagen. Se te puede confundir fácilmente con uno de ellos —le interrumpió Carlés.

—Dime, Hagen, ¿has oído hablar de los pelotones de ejecución? Podemos formar uno como los que aparecen en las pinturas y hacerte picadillo contra uno de esos muros de piedra tan viejos. En este pueblo era corriente —dijo Txiki.

—Carlés puede mandar el pelotón —propuso Lacochandegui golpeando la bola de masa.

—Oye, por qué no dejas ya de jugar con ese pedazo de mierda —le increpó Navarro.

—Es lo que vas a cenar esta noche —respondió.

Laura brincó en la silla.

—Yo no pienso comerme eso. Es repugnante —exclamó mirando indignada a Lacochandegui.

Él seguía manipulando aquello. En la mesa se alineaban varios montones de masa aplastada en la base. Lacochandegui levantó los ojos y la miró.

Era un hombre alto y atlético. Aún no había cumplido los treinta pero la piel alrededor de sus ojos ya estaba pasada de fecha. El atractivo de su rostro, iluminado por una larga melena amarilla, no coincidía con su currículum. Su pierna izquierda era un implante biológico. Pero tenías que ser un experto para descubrirlo. Su verdadera pierna quedó calcinada por un disparo láser en el asalto a la base de los Batallones Antiterroristas Urbanos de Barcelona.

—Harina, agua, sal y levadura. Lo amasas a fondo y lo cueces en un horno hasta que resucita —respondió a Laura sin dejar de sonreír.

—Si no le importa cenaré uno de mis platos concentrados dietéticos —le dijo ella evitando mirar la bola de masa amorfa que manipulaba.

—Es sólo el pan que comían los Antiguos —intervino Palmer—. No es peligroso para la salud —agregó mirándola con adoración.

—De acuerdo. Comeremos el pan de Lacochandegui. Pero ahora tenemos que seguir discutiendo el asunto de la Constitución —insistió Caron.

—Brez será una asamblea anarquista o yo me largaré con mis hombres —le respondió Mónica.

Se produjo un nuevo silencio en el hotel. Carlés se levantó del sofá y empezó a pasear entre sus camaradas. Vestía un ajustado pantalón, botas militares y un jersey negro de cuello alto suelto en la cintura. Su rostro parecía tallado sobre un bloque de bronce. Observó a todos con sus pequeños ojos negros.

—Sé que muchos de vosotros no sabéis qué es el anarquismo. No os lo reprocho. En la RH nunca nos lo han explicado porque está prohibido por las leyes internas. Es historia censurada. Siempre han sentido pánico de esa palabra. Me pregunto qué habrían hecho con el poder si lo hubiéramos conquistado para ellos. Si no recuerdo mal, Caron, democracia significa poder elegir libremente. Pero para eso hay que saber cuáles son las opciones. Y en RH sólo nos han dado una...

Caron pisaba terreno pantanoso. Si Mónica Carlés comenzaba a airear los trapos sucios de la Resistencia contaría con pocos apoyos en aquella posada. Tendría que empezar desde cero. Recordar los orígenes de la lucha. Analizar las razones de la amarga derrota. Y nadie parecía estar interesado en el asunto.

—En el siglo XX, el más libre y creativo de la historia, decían que la democracia era la única forma de gobierno que procuraba felicidad, libertad y fraternidad. La gente que vivía bajo sistemas democráticos estaba dispuesta a dar la vida por sus libertades —gritó interrumpiendo a Mónica—. Tú no eres nadie para poner en duda la Teología de la Resistencia —agregó con rabia.

—¡No la interrumpas! El cargo que ocupabas no te da ningún derecho en Brez —gritó Lacochandegui.

Caron mantuvo silencio. Los soldados habían tomado la iniciativa.

—Mis hombres ya saben algo sobre el anarquismo. Lo hemos discutido en asamblea...

—¿Quién es esa nueva chica? —preguntó Kulikov estirado en el diván que ocupaba antes Mónica.

—Un lugar donde todos pueden opinar libremente sin que nadie se imponga sobre los demás —respondió ella ignorándole—. Hace tres años me enviaron a la Unión Continental Americana. Era una misión secreta. Allí conocí a gente que me explicó lo que es la verdadera libertad, no la doctrina de sumisión al poder que nos han inculcado en la Resistencia Humana —afirmó Mónica con pasión.

—¡Estás cometiendo alta traición! —exclamó Gunter desde la chimenea.

En aquel momento entró Alvarado. La atmósfera en la habitación se crispó bruscamente.

—Adelante, Carlés. No vayas a interrumpir tu discurso por mí —dijo sosteniendo un cigarrillo entre los labios. Alvarado cruzó los brazos sobre el pecho y se apoyó en la pared.

Mónica pareció turbada por primera vez. Caminó hacia el centro de la sala y prosiguió.

—La doctrina anarquista se resume en una sola palabra. Libertad. También significa «sin gobierno». Los anarquistas se oponían a cualquier forma de control o dominio autoritario. Cada individuo es responsable de sus acciones ante su propia conciencia, sin límites, normas ni constituciones. Se puede pensar y actuar sin ser oprimido por otros. El único obstáculo es la voluntad mayoritaria de la asamblea en los asuntos colectivos.

Hizo una pausa echando un vistazo a su alrededor. Todos la miraban fijamente.

—Propongo esta noche que Brez se convierta en una asamblea anarquista —agregó elevando aún más la voz.

Nadie tuvo tiempo de responderle. En aquel momento retumbó bajo sus pies un rugido encadenado que les levantó de los asientos.

Alvarado abría la marcha descendiendo velozmente por las escaleras que comunicaban la cocina con el subterráneo. Detrás de él corrían casi todos los asistentes a la reunión de la posada. Mónica, Lacochandegui y Txiki salieron de la casa y penetraron en el sótano por la entrada exterior. Cuando llegaron, Alvarado y su grupo formaban un bloque compacto ante Irene Salazar. La arqueóloga les apuntaba con el Kalashnikov.

—¡Funciona! —gritó eufórica con su guardapolvo gris cubierto de grasa.

De la bocacha y el cuerpo del arma aún se desprendía una humareda negra y nauseabunda. Tras ella, Irene exhibía su radiante sonrisa tiznada de negro.

—¿Hacia dónde has disparado? —preguntó Alvarado.

—En realidad se ha disparado solo. Yo me limité a seguir las instrucciones —dijo señalando con el cañón las estructuras metálicas que se amontonaban en la zona oscura de la cámara.

Una hilera irregular de agujeros apareció cuando iluminaron el rincón con las linternas. Los proyectiles abrieron socavones en la enmohecida madera de un armario y perforaron limpiamente las mallas de metal flexible que se apilaban ante él. También había impactos en la pared de granito. Todos contemplaban alternativamente el arma que sostenía Laura y sus efectos.

Claudia Contardi rompió el silencio.

—¿A qué período corresponde ese artefacto? —preguntó.

—A la última década del siglo XX —respondió la arqueóloga exhibiendo lateralmente el Kalashnikov para que todos pudieran contemplarlo. Hizo una pausa y continuó, moderando su emoción—. Sentí algo extraordinario cuando se disparó. Posee una fuerza mecánica interior muy poderosa que te impulsa hacia atrás. Me golpeó violentamente en el pecho con este objeto de madera que veis aquí —dijo señalando la culata—. Pero lo más impresionante es el ruido. Provoca pánico escucharlo. Es como un rugido encadenado y a la vez continuo que te repele en cada golpe física y psicológicamente. Ignoro cómo está programado para que provoque tal efecto. Carece de elementos electrónicos y aún menos inteligentes. Su mecanismo es aparentemente tan sencillo que debe albergar algún secreto desconocido para nosotros. Mientras dispara arroja esas pequeñas cápsulas metálicas que están en el suelo —explicó identificándolas con la punta del zapato.

Alvarado inspeccionada los agujeros en la malla metálica. Eran redondos y perfectamente simétricos.

—Los proyectiles han atravesado fácilmente el metal, la madera y han hendido la pared. Tenía razón, Irene —dijo dirigiéndose a ella—. En el siglo XX sabían cómo matar a un hombre.... ¿Alguien tiene idea de lo que es esto? —preguntó señalando las mallas metálicas.

Contardi sacó del bolsillo un ordenador. Contenía diez millones de definiciones industriales, técnicas, mecánicas, electrónicas, científicas y artesanales del siglo XX. Fueron necesarios más de veinte años de trabajo clandestino para construir el Veinte, un programa único y prohibido. Comenzó a dictarle la descripción de las mallas tras determinar con un detector la clase de metal en la que estaban fabricadas y su estructura molecular.

Contardi informó en voz alta leyendo en la pantalla.

—El Veinte ofrece algunos posibles usos... es muy limitado. Las tres primeras definiciones son «estructuras flexibles para saltos acrobáticos, tejido metálico para uso industrial» y... algo que llama «somier»...

Dictó la última palabra a la pequeña computadora y prosiguió.

—Bastidor rectangular provisto de muelles que constituye el soporte elástico de un colchón. Está formado por tela metálica tupida tensada por muelles de tracción. El individuo se tumbaba sobre el colchón que a su vez se apoyaba en el somier —concluyó Contardi.

—¿Usaban eso para... dormir? —preguntó Laura.

—En cierta manera. Entre la malla metálica y el cuerpo se instalaba un soporte blando relleno con muelles en espiral. Su uso era de difusión mundial —respondió la doctora en tecnología del siglo XX.

—Pero entonces dormirían atormentados con esos hierros clavados en el cuerpo... ¿Cómo podían ser tan estúpidos? Creía que las sueñoaire se remontaban a la Revolución Industrial —insistió McGregor confusa.

—Se equivoca. Descansar sobre una cámara de aire adaptada al cuerpo según su temperatura es una creación reciente —corrigió Contardi.

—A mí me interesa el fusil —interrumpió Mónica Carlés avanzando hacia la doctora Salazar—. ¿Puedo verlo?

Irene se lo entregó con fastidio. Lo consideraba una propiedad privada.

—Tenga cuidado. Sus reacciones son imprevisibles.

—Si es un arma de guerra, como creo, hará lo que se le ordene —respondió Carlés sopesándolo. Se lo cargó en el hombro y apuntó contra un muro desnudo. No sabía cómo seguir. Interrogó a Mónica con la mirada.

—Yo me limité a apretar lo que el manual define como gatillo. Lo está tapando con su mano derecha.

Mónica metió el dedo índice dentro del rectángulo situado detrás del cargador y tocó la fría palanca curvada. No se movía. Aplicó mayor fuerza atentamente observada por el grupo. El gatillo seguía rígido.

—Creo que no funciona —dijo decepcionada devolviéndole el fusil.

—¿Alguien más quiere probar? —preguntó la arqueóloga, satisfecha ante el fracaso de Mónica Carlés.

Probó Lacochandegui. No sabía cómo manipularlo. Apuntó como si se tratara de un arma pit y apretó el cargador. Se lo pasó a Kulikov. El ruso oprimió el gatillo pero no sucedió nada. Lo intentaron otros cinco soldados. Cada uno parecía seguro de saber cómo hacerle escupir su fuego antiguo. Era una cuestión de principios. Todos eran expertos consumados en armamento. Pero aquel artefacto era intratable. Navarro fue el último en fracasar.

—¿Está segura de que fue este pedazo de hierro pringoso lo que se disparó antes?

Irene respondió moviendo afirmativamente la cabeza. Pese a su aparente escepticismo el arma fascinaba tanto a Navarro como la pistola que había arrancado de la mano del esqueleto. Esperaba ardientemente poder disparar con el bello y compacto fusil. Cuando era niño su abuelo le habló de las guerras del pasado. Pasaba horas oyendo absorto las leyendas de aquellos hombres que se enterraban durante meses frente al ejército rival, se batían en el aire o se lanzaban por miles al ataque del enemigo.

El arma ocupaba el centro de un animado círculo que debatía cómo volverlo a resucitar. Irene Salazar guardaba silencio.

—Si no os importa probaré yo —dijo Alvarado interrumpiendo la discusión.

Cogió el Kalashnikov y tiró hacia atrás del cargador lateral con un gesto enérgico. Apoyó la culata en su hombro derecho empuñando firmemente el arma por el mango trasero y delantero. Ambos estaban diseñados para el ajuste anatómico de las manos. Abrió las piernas y apuntó contra una hilera de grandes botes metálicos que llevaban escrita la inscripción Titanlux. Venció la resistencia del gatillo oprimiéndolo hasta el fondo décimas de segundo. El fusil ametrallador respondió en el acto concentrando su retroceso sobre la clavícula de Alvarado. Le transmitía una energía desconocida que conectaba directamente con la parte más salvaje de su naturaleza.

Las detonaciones en cadena retumbaron en el subterráneo. Incluso los soldados más veteranos encogieron el cuerpo. Palmer abrazó a Laura en un gesto instintivo de protección. Sólo Irene y Navarro se mantuvieron rígidos en sus puestos observando extasiados la llamarada que escupía por la boca aquel dragón del siglo XX.

Los botes metálicos saltaron por el aire destrozados por los proyectiles. Una fila irregular de impactos profundos quedó tatuada en la pared. En la cámara flotaba un olor indescriptible, completamente nuevo. Un aroma real del siglo XX. Penetraba por la nariz con ácida violencia y dejaba un sabor metálico en la boca.

—¡Es... fantástico! —murmuró Alfonso Navarro contemplando la resurrección del fusil. Desde aquel momento se convirtió para él en un objeto sagrado.

Algo similar sentía Mónica Carlés. La comandante RH experimentó un deseo casi violento de poseer aquella maravilla que brillaba con el resplandor opaco de la grasa bajo la luz del pulsante.

Alvarado bajó unos centímetros el cañón y comprobó el efecto de los disparos. Había vuelto a experimentar la misma sensación instintiva de lucha que percibió al disparar por primera vez uno de los seis Kalashnikov que descubriera sumergidos en un recipiente de grasa herméticamente cerrado. Tardó una semana en limpiarlo y comprender su sencillo funcionamiento. No tuvo que recurrir a ningún manual. Fue un proceso instintivo. Parecía que le estaba esperando. No dijo nada a nadie. Tampoco reveló la existencia de las bombas de mano —al menos eso creía Alvarado que eran— sumergidas en grasa junto a los fusiles, sus cargadores y diez pistolas en apariencia intactas.

—Es más que un arma de guerra. Es una forma de hacer la guerra desconocida en nuestro tiempo. El ruido que ha desencadenado vuestra reacción instintiva de autoprotección forma parte de su poder. Intuyo que tenía tanto efecto sobre el enemigo como los propios proyectiles. Nuestras armas son más silenciosas. Matan sin aviso. Ellos, al menos, eran lo bastante civilizados para advertir de sus intenciones —explicó Alvarado depositando suavemente el fusil sobre la mesa. Todos se concentraron de nuevo alrededor del Kalashnikov.

Irene Salazar no participaba en la reunión. Miraba fijamente a Alvarado sin disimular su hostilidad. Sus ojos se cruzaron en el límite que separaba la luz virginal del pulsante y la sombra.

—Ha conseguido hacer que me sienta como una estúpida. Evidentemente la ocultación de sus conocimientos ha sido intencional. Podría haberme explicado cómo funcionaba el arma. Me habría evitado el riesgo de morir. La primera descarga casi me atraviesa...

—Fue intencional. Quería que lo descubriera por sí misma —respondió fríamente Alvarado.

—¿Para qué?

—Por su contenido instintivo. Ahora forma parte de usted. Sólo tiene que desarrollarlo.

—¿Me ayudará? —preguntó la doctora suavizando el tono.

—Sólo como deporte. No necesitamos esas armas. Son sólo un presente del pasado.

—¿Cree que servirían en caso de necesidad?

Alvarado reflexionó unos segundos. Sus ojos verdes se posaron en los de Irene. Ella atisbó dentro y volvió a salir con algo oprimiéndole el estómago. Lo que vio podía ser humano.

Pero también la mirada de los animales salvajes extinguidos que describían las películas sensoriales.

—Creo que se podría empezar una guerra con ellas —respondió dándole la espalda.

El coronel Semyon Sharetsky atravesó el espacioso corredor arbolado hasta su despacho, en la popa de la estación *Estrella Roja,* estacionada a cinco mil kilómetros de la Tierra. Había luchado duro para que su nombre figurara sobre la brillante placa metálica adherida a la puerta. El reglamento prohibía la inscripción del cargo. Pero todos sabían que era el nuevo jefe de inteligencia militar. Sus éxitos en la lucha contra la resistencia humana, especialmente en la fase crítica de las negociaciones de paz y las condiciones de la amnistía, le catapultaron a la jefatura de la División de Inteligencia Militar.

Era un puesto de transición. Doce de los diecinueve comandantes ejecutivos lo habían ocupado antes de llegar a la cima del Estado Mayor. A partir de aquel punto no era necesario pasar meses en apestosos comandos locales de Control y Mando ni dirigir histéricas sesiones de interrogatorio oyendo las estupideces marginales que provocaba la Droga Cerebral.

La promoción le había salvado el matrimonio. Katerina era una mujer exigente. Aspiraba a ser Dama de la Unión y no le importaban los métodos para conseguirlo. Era la hija de un secretario privado y no desperdiciaba ninguna ocasión para recordárselo. Era una verdadera burócrata. Mientras el lector controlaba su código genético en la antesala del despacho recordó la humillante escena en la fiesta anual de la Unión. Su suegro, que llevaba retirado dos años, le seguía tratando con el desprecio reservado a los subalternos. Era cierto que su padre era sólo un viejo suboficial. Pero en su pecho brillaban veinte condecoraciones, suficientes para merecer al menos un apretón de manos del gran burócrata.

La suave apertura de la puerta difuminó aquella desagradable escena de su mente. Demostraría al secretario privado de lo que era capaz. Conectó el comunicador sensorial de su apartamento y contempló a su esposa. Seguía dormida. Dudó en despertarla pero al fin se decidió. La besó en la mejilla. Ella giró suavemente sobre la etérea superficie que la sustentaba en el aire y abrió sus grandes ojos azules. Su cuerpo desnudo le excitó.

—¿Qué quieres? —preguntó soñolienta.

—Sólo quería invitarte a almorzar al Observatorio. He reservado la mesa más exclusiva, a menos de cinco metros del Almirantazgo —susurró Sharetsky en el oído de su esposa.

—Aléjate un poco, sabes que no soporto las cosquillas —respondió ella bruscamente dándole la espalda.

—Disculpa... estás maravillosa esta mañana. El tratamiento reductor antigravedad te sienta muy bien. Tienes la piel y el cuerpo de una niña.

—Es de mal gusto despertar a una dama cuando aún no está disponible, aunque seas su esposo, y es aún de peor gusto hacerlo hablándole de un tratamiento reductor. Sigues siendo un patoso soldado, Sharetsky. Ahora déjame dormir. No iré al Observatorio. Tengo otros compromisos.

No le dio tiempo a responder. Katerina apagó el comunicador y lo blindó.

El coronel contempló fijamente la negra pantalla unos segundos y luego cerró los párpados hasta sentir dolor. Había pagado diez euros por aquella mesa en el Observatorio. Era lo más burócrata del *Estrella Roja*. Un área restringida reservada al Alto Mando y sus familias. Pensaba que a ella le volvería loca. Intentaba recuperarla desesperadamente. Hacía un mes que Katerina se negaba a hacer el amor con él.

La voz del capitán Ramírez sonó en su centro de mando pidiendo permiso para entrar. El coronel abrió la puerta. El oficial entró, caminó rígidamente hasta el centro de la sala oval y cruzó las manos en la mitad de la espalda saludando marcialmente a su superior. La hoz y el martillo, símbolo de la División de Inteligencia, destellaba con su propia luz interna sobre el negro uniforme del oficial.

—Espero que su informe matinal sea menos monótono

que ayer, capitán. No quiero más partes sobre los sueños del personal. ¿Se infiltró nuestro hombre entre los huelguistas de la Fábrica Siete?

—Negativo, señor.

—Eso es intolerable. Estoy esperando una explicación.

—No superó el test exigido a los técnicos en motores nucleares de mineral, señor.

—¿Me está diciendo que suspendió el examen de ingreso a la fábrica?

—Afirmativo, señor.

—Le felicito, capitán. Si nos enfrentáramos con la Resistencia Humana y no a un puñado de obreros descontentos por las malas condiciones higiénicas ya nos habrían volado esa minería con una neutrocasera. Llame al coronel Kipper y dígale que necesito a ese hombre trabajando mañana en la Fábrica Siete. Si es necesario molestar al canciller...

Sharetsky reflexionó un momento y cambió de opinión. La huelga era un asunto insignificante para recurrir al máximo representante de la Unión Europea Continental en la Luna. A veces olvidaba que la guerra había terminado. Ya no se batía con la Resistencia Humana. Empezaba a echar de menos un verdadero enemigo.

—Hable con Kipper y que arregle hoy mismo, en tiempo europeo, la admisión del agente en la plantilla de esa fábrica. ¿Algo más, capitán?

—Afirmativo, señor. Una de nuestras escuadras de reconocimiento ha informado de un incidente E-2 en la Franja Desmilitarizada con un crucero ligero de la Unión Continental Americana. Sin lucha, señor.

—Los E-2 nunca implican lucha, capitán. ¿Resultado?

—El crucero enemigo consumó fuego de advertencia. Nuestras naves de ataque se abstuvieron de repeler la injusta agresión, señor.

—¿Algo que incumba a esta división?

—Considero oportuno interrogar al comandante de la escuadra, una tal Laurinda Krauss. Cumpliendo sus órdenes hemos elaborado una lista de todos los oficiales de la Fuerza Aeroespacial que se aproximan demasiado a naves civiles o militares potencialmente enemigas sin motivo justificado, aún sin violar el reglamento, señor.

—Autorizado. Pero sea sutil, capitán. No me quiero echar encima al Almirantazgo. Son demasiado paternales con sus pilotos.

—Aún hay algo más, señor... aunque no lo considero digno de mención...

—Adelante, Ramírez. Ya sabe que aprecio la iniciativa. ¿De qué se trata? —dijo Sharetsky en tono distraído.

—Un satélite militar ha detectado actividad en una de las antiguas Zonas Prohibidas. Hace años que nadie revisa el material visual que transmite esa clase de satélites, pero he sacrificado un poco de tiempo libre echándole un vistazo y pensé que... tal vez... teniendo en cuenta su anterior y excepcional desempeño como...

El coronel le interrumpió secamente. Una nueva luz brillaba en el fondo de sus ojos.

—¿De qué zona se trata exactamente?

—No soy un experto, señor, pero creo que está localizada al sur. El informe visual lo identifica como ZP77.

Sharetsky intentó concentrarse en aquellas coordenadas. Era un Sector Oscuro. Eso era seguro. Pero allí no podía haber ninguna actividad humana. Tenía que estar herméticamente cerrado. ¡Había poblados antiguos!

—Transmítame ahora mismo esos informes visuales, capitán.

Ramírez extrajo del bolsillo de su uniforme un intercambiador de información, presionó una clave y se lo volvió a guardar.

—Lo tiene a su disposición, señor.

—Apreciaremos su informe matinal de hoy con mayor interés. Retírese, capitán.

Ramírez estiró violentamente las manos juntándolas a ambos lados de su cuerpo, cerró las piernas con un taconazo y giró sobre sí mismo abandonando la habitación. A doscientos metros del despacho atrapó por la cintura a una teniente que avanzaba por el corredor alborado.

—¿Quieres probarme esta noche, pequeña? Te tengo reservados veintidós centímetros prorrogables...

—Menos centímetros, King-Kong. ¿Cómo te ha ido con el viejo?

—Se cree el dios de la Fematería pero le tengo controlado. Hoy le he servido una historia que le ha provocado el efecto de una evasónica... ¿por cierto, tienes pastillas?

—Las vendo caras, ya lo sabes. ¿Qué le has contado?

—Una de la Tierra. Zonas Prohibidas. Le ha puesto más caliente que su mujer.

—¿Zonas prohibidas...?

—Sí, bueno... otro día te lo cuento. Se estudia en primero de Academia y tú no eres de Inteligencia. Es un rollo... historia antigua.

—El coronel da pena. Toda la base sabe que Katerina se acuesta con el general Mackenzie. Menos él.

—¿Vendrás esta noche a mi apartamento?

—Llegas cinco minutos tarde.

La teniente se alejó por el corredor hasta desaparecer tras una puerta. El capitán Ramírez se encogió de hombros y entró en su despacho.

—¿Quieres probarme esta noche, pequeña? Te tengo reservados veintidós centímetros prorrogables... —le dijo a la sonriente oficial de servicio.

Sharetsky llevaba quince minutos concentrado en el informe visual. Amplió al máximo las imágenes hasta obtener primeros planos de aquella gente. No conocía a ninguno ni tenía la menor idea de lo que estaban haciendo en una Zona Prohibida. En todo caso era un grave delito. Nadie en su sano juicio se instalaría en uno de los antiguos pueblos rebeldes, entre otras cosas porque su existencia era secreta. Ni figuraban en los mapas. Aquél no era especialmente importante. Pero daba lo mismo. Tenían que ser miembros de la Resistencia o agentes de la Unión. No había otra alternativa. ¿Por qué estaban reparando viviendas? Las preguntas se amontonaban en su mente.

Marcó un código en el comunicador y esperó a que se iluminara la pantalla. La imagen de un hombre obeso de rostro brutal la llenó por completo.

—Buenos días, Sorribes.

—Buenas noches, coronel —respondió su interlocutor, que vestía ropas civiles. El despacho estaba lleno de humo y sobre su mesa había una botella medio vacía de whisky JB—. ¿En qué puedo ayudarle, Sharetsky? —añadió cínicamente Sorribes.

—¿Has metido a tu gente en una ZP? —interrogó Sharetsky.

—No nos ocupamos de restos arqueológicos, coronel... hace tiempo que no oigo hablar de una ZP, y oigo muchas cosas todos los días —respondió el jefe de los Escuadrones Urbanos Antiterroristas de Barcelona.

—Pues tienes una ZP en la zona SE77 llena de errehaches. En tu lugar me freiría la cabeza con una pit. Estás acabado —dijo Sharetsky escupiendo las palabras con desprecio.

—No tan deprisa, coronel. Se arriesga a resbalar de la *Estrella Roja* y caer al vacío. Puede que los errehaches hayan ocupado una ZP, habrá que comprobarlo si es que lo autorizan, pero en todo caso están en su derecho...

—¿Qué clase de píldora has administrado hoy a tu cerebro, Sorribes?

—Usted, coronel, no es un lector atento de tratados de paz. Sólo se fija en las letras grandes y públicas, recibe el premio y desaparece. Yo hago el trabajo sucio. La letra pequeña y secreta. La que nadie leerá nunca porque ellos nos la han impuesto por cojones. Hubo que entregarles una ZP intacta y sin inspección previa a cambio de que suspendieran una nueva ofensiva militar en Bruselas. Tuve que vérmelas con gente mucho más dura y decidida de lo que usted puede llegar siquiera a imaginar, coronel, y recibí la aprobación del secretario general. Si han ocupado la Zona Prohibida SE77 es suya, se la han ganado... he perdido a diecisiete mil hombres en un año. Le diré algo más, coronel. Si yo hubiese sido el general de la RH no habría aceptado la amnistía. En realidad nunca les derrotamos, como usted sabe. Y si no lo sabe es más estúpido de lo que yo imaginaba.

Sorribes cortó la transmisión y la blindó. Era la segunda vez en el día que Sharetsky soportaba aquella humillación.

Volvió a concentrarse en el informe visual. Eran pocos e iban desarmados. Si se estaban reorganizando no lo aparentaban. Aunque eran demasiado hábiles para revelar sus verdaderas intenciones. Los rostros desfilaban ante sus ojos. Gente nueva. Seguramente reclutados en las ciudades según la nueva estrategia diseñada por la Cúpula de los Viejos. Científicos, técnicos, historiadores. ¿Qué estaban buscando en una ZP?

El rostro que llenó la pantalla le provocó un escalofrío. ¡El comandante Navarro en persona! Uno de los más horrendos demonios de la RH. Liquidó a trescientos soldados en Londres, cuando asaltaron en pleno día el comando de la División de Inteligencia para liberar a cincuenta de los suyos. Alfonso Navarro mandaba el batallón de choque que atacó el edificio acorazado con vehículos de asalto aéreo. Sharetsky aún podía sentir el brutal impacto del pit disparado por aquel salvaje. Le salvó la vida el blindaje que protegía su cuerpo.

Si Navarro estaba en aquella ZP habría otros como él. La elite militar de la Resistencia Humana. Tal vez... tal vez el propio General, el hombre más buscado de la Unión Europea Continental. Un fantasma sin rostro ni identidad. Un espectro de la guerra que, en palabras del mariscal de las Fuerzas Armadas de la Unión, habría sido el mejor de sus generales.

Comenzó a dictar febrilmente un informe confidencial dirigido al secretario de Interior, el honorable Mateo Peña. A cincuenta kilómetros de su despacho, en la proa de la *Estrella Roja,* Katerina se sumergía en el seductor sueño táctil de una evasónica en brazos del general Mackenzie, el joven comandante de la Fuerza Aeroespacial.

La reconstrucción de Brez seguía empantanada. El principal motivo era la ausencia de un sistema organizado para la adopción de decisiones. Los anarquistas, liderados por Mónica Carlés, consideraban las propuestas de los demócratas como la imposición de un poder establecido que rechazaban. Si decidían habilitar una vivienda o reparar una calle, la Asamblea Anarquista y el Congreso Demócrata extremaban sus posiciones hasta provocar la parálisis del proyecto.

Para los anarquistas mantener aquella actitud implicaba un esfuerzo desconocido. Sostener la insumisión les agotaba, pero también abría sus mentes a nuevas estrategias de oposición y maniobra política que improvisaban sobre la marcha.

—Sería más fácil repartirnos el trabajo por sectores independientes autogestionados —propuso Mónica en el briefing de la mañana. El horno de pan manipulado por Lacochandegui escupía humo a presión. Algunos de los asistentes tosían cerca de una ventana.

—¿Qué significa eso en tu jerga política? —le preguntó André Caron con insultante condescendencia.

—Dividir la ciudad en partes iguales.

—Eso equivale a matar el proyecto original de Brez.

—Brez fracasará mientras un grupo intente imponer su ley al otro —respondió Carlés con la misma violencia verbal.

—Te estás convirtiendo en una fanática de esa fe que has desenterrado del cementerio de la historia. Todos sabemos que el anarquismo jamás llegó al poder y siempre fue perseguido como un peligro social. ¿Me equivoco, profesora —preguntó Caron dirigiendo una mirada inquisitiva a Laura McGregor.

—Bueno, no hay muchas alusiones al anarquismo en la breve Recopilación de los Historiadores que procesamos en Londres. El doctor Delaney podría saber más cosas sobre...

Caron interrumpió secamente a Laura.

—El doctor Delaney murió y aunque viviera no podría ayudarnos. Exponga lo que sepa, profesora McGregor.

—Era una ideología atípica e invertebrada sin posibilidad

de aplicación real. Lo llamaban utopía... es una antigua palabra que significa... imposible —respondió en tono de disculpa. Mónica Carlés la observaba con dureza.

—Fracasó precisamente porque era el modelo social más elevado. La utopía significa igualdad y libertad sin limitaciones —se defendió la comandante.

—El debate científico es muy interesante. Yo también tengo mis propias opiniones sobre las Pirámides de Egipto y las Metrópolis Muertas. Pero estamos perdiendo toda la mañana y tenemos pendiente la inspección —interrumpió Irene Salazar levantándose de su incómoda silla. Cada vez que se sentaba en aquella venerable reliquia sentía punzadas en la espalda.

—Los anarquistas no participaremos si no se procede antes a la división del territorio —respondió Carlés.

La doctora Salazar giró con elegancia sobre sí misma y se acercó a la comandante hasta casi rozarla con sus pechos. Vestía ajustados pantalones pitillo color crema, una estrecha camisa de seda en tono pastel y una chaqueta de tweed entallada en la cintura. Calzaba mocasines y se había recogido la larga melena roja en la nuca.

—Su continua y estúpida indisciplina nos está perjudicando gravemente a todos... comandante —dijo, pronunciando la última palabra lentamente y con ironía—. Se opone por principio a cualquier idea constructiva y eso es inaceptable. No alcanzo a entender cómo puede ocupar un puesto de responsabilidad en RH... ¿recuerda lo que significan esas siglas? Todos nosotros provenimos de la Resistencia. Todos hemos sufrido y perdido. A todos nos ha tocado ejecutar órdenes que juzgábamos absurdas o nocivas para la causa. Pero usted se presenta como la única víctima. No toleraré que ponga en peligro esta ZP. ¡Es lo último que nos queda, soldado! —gritó furiosa a pocos centímetros del rostro de Mónica.

La comandante pensó por un instante en golpearla y desgarrar la absurda ropa que la cubría. Pero un resorte interno la contuvo. Aquella mujer no hablaba como una dama burócrata ni tampoco como una arqueóloga. Más bien parecía un duro jefe del Estado Mayor de la Resistencia Humana. Pero no podía serlo. Mónica Carlés había sido destinada los últimos dos años de guerra a la División de Operaciones y conocía a todos sus miembros. El gesto de suprema contención le transformó la cara en una máscara violenta.

—No vuelva a cruzarse en mi camino, Salazar. Esta vez no la mataré pero puede que la próxima tenga menos suerte... tenemos tanto derecho a permanecer en Brez como cualquiera de ustedes —respondió con una pelota de fuego atravesada en el estómago. Sentía que le faltaba algo colgado en la cintura. El complemento natural de su anatomía. Un accesorio casi biológico que la había acompañado media vida. Su pit láser de veinte milímetros. Comprendió que le sería muy difícil vivir sin un arma encima.

—Está perdiendo ese derecho, comandante. Si no depone su actitud exigiré que se forme un Tribunal Militar y se la juzgue por alta traición. Está en el *Manual de Guerra,* como usted recordará. El TM pude ser improvisado con miembros de la Resistencia si la situación lo requiere. Y usted la está provocando rápidamente.

Un portazo interrumpió a Irene Salazar. La figura fuerte y desgarbada de Alfonso Navarro irrumpió en la sala. Habló empleando un tono inusualmente correcto.

—Doctora Salazar, le recuerdo que la RH no existe en Brez como organización militar y estructura de mando. Los Tribunales de Guerra también han desaparecido. Nadie tiene el derecho de juzgar a nadie según las reglas de la Resistencia. Si es necesario hacerlo habrá que crear otras nuevas. —Miró a Mónica Carlés y prosiguió—: Soy un comandante de la RH, pero te hablaré como un simple soldado libre de Brez. Tú y tus hombres ya nos estáis tocando los cojones. Mañana llegará más gente y tu terquedad nos mantiene paralizados. En la guerra fue una cualidad, pero aquí es... Navarro se quedó atascado buscando la palabra.

—¿Traición? —preguntó Carlés en tono desafiante.

—Llámalo como quieras. La gente desea trabajar y tú les

mantienes paralizados. Tus hombres siguen obedeciéndote por inercia, pero en realidad no sabes lo que piensan. —Lacochandegui bajó los ojos bruscamente evitando la mirada de Navarro. Mónica no fue ajena a aquel entendimiento.

—Sabré si me apoyan o no antes de que acabe el día y os transmitiré mi respuesta. Ahora, si los anarquistas presentes están de acuerdo, participaremos en la inspección —dijo en un tono que se parecía demasiado a una proclamación infantil—. Procedamos a la votación —agregó.

Había cinco anarquistas en la cocina, contando a la propia Mónica. Todas las miradas se concentraron en aquellos cuatro hombres jóvenes y desgastados por la guerra que formaban un pequeño grupo cerca del horno manipulado por Lacochandegui. Se miraron unos a otros y comenzaron a mover los brazos tímidamente de forma ascendente.

—Un ejemplo perfecto de democracia —comentó André Caron.

—Los anarquistas fueron los que inventaron la votación a mano alzada —le respondió Mónica con total convicción.

—Vámonos —ordenó Salazar al grupo abriendo la marcha.

Diego Alvarado esperaba sentado en las escaleras exteriores de la posada, fumando lentamente un cigarrillo Imperio. Cuando vio salir a Navarro apenas se movió. El comandante se acercó a él en actitud respetuosa. Alvarado le observó exhalando una bocanada de humo.

—Has hablado como un tribuno.

El grupo se detuvo a la entrada de una calle estrecha y sinuosa que comunicaba el centro de Brez con uno de sus barrios laterales. Las casas crecían hacia la montaña apiñadas a ambos lados. Algunas estaban tronchadas. Otras exhibían tejados abatidos o paredes voladas parcialmente. Las más destruidas eran sólo esqueletos de piedra mellada o muros solitarios que se elevaban en medio de ruinas.

Las viviendas mejor conservadas ocupaban el centro del

barrio. Componían un núcleo de unos doscientos edificios individuales construidos en granito. Una sucesión de murales representando diversas escenas los cubría casi por completo. Los siete miembros de la expedición contemplaban en respetuoso silencio un dibujo de grandes dimensiones garabateado con urgencia sobre la piedra.

Era un vehículo terrestre hermético y plano, con un largo tubo macizo sobresaliendo de su cubierta. Parecía sustentado sobre circunferencias enlazadas por una cadena continua. En la superficie exhibía otros dos tubos alargados, aunque mucho más pequeños, de los que brotaban largas llamaradas de pintura roja. En uno de los laterales del vehículo aparecía pintada la palabra «Leopard».

Rodeando el carro de combate, como lo definió Claudia Contardi tras consultar el Programa XX, se veían las figuras difuminadas de tres hombres que sostenían tubos cortos sobre los hombros. De ellos surgía una especie de proyectil puntiagudo dibujado a medio camino entre los hombres y la máquina. La sensación de velocidad de aquellos dardos explosivos, según la fórmula que usó Contardi para nombrarlos, la imprimía una constelación de rayas rojas pintadas como la cola de un cometa.

—Mirad esos muros... aquí lucharon muy en serio —comentó Kulikov señalando centenares de cráteres superficiales tatuados sobre la piedra.

Se hallaban frente a un agujero de dos metros por uno abierto a pico o explosivo sobre la fachada de una casa. Claudia Contardi colocó sobre la base un diseñador holográfico Magallanes y le dictó instrucciones simples.

—Quiero un mapa de la galería con sus ramificaciones secundarias, accesos cegados y huecos no visibles a escala 1:5000.000 —ordenó al Magallanes.

El diseñador proyectó un haz de luz blanca en el interior de la galería y lo expandió en profundidad. Luego se elevó unos centímetros en el aire y penetró en el agujero. Contardi lo siguió con indiferencia.

—Iluminación de seguimiento —ordenó de nuevo.

El diseñador emitió una luz azulada iluminando claramente la habitación. Era un dormitorio con dos amplias camas de acero, una maciza estantería y otros accesorios que no fueron capaces de identificar. El suelo estaba cubierto con pequeños objetos huecos de metal, parecidos a los que escupió el fusil que disparó Alvarado en la bóveda del albergue. Pero lo que más les intrigó fue el instrumento que vieron apoyado sobre el murete de la ventana.

Era un tubo agujereado unido a un cuerpo compacto que se sustentaba sobre un trípode. Estaba ligado a una tira metálica que colgaba en el aire. El óxido cubría completamente el metal.

—Se trata de un arma —afirmó Kulikov.

—Vaya novedad. Eso se deduce a primera vista. Desde la ventana se controla la entrada de la calle. Instalaron otro de esos instrumentos allí —dijo Mónica Carlés señalando el cañón que asomaba desde otra ventana en la fachada opuesta—. Yo habría hecho lo mismo —agregó ensimismada.

En aquel momento el Magallanes emitió un zumbido profundo proyectando en el aire un mapa holográfico que señalaba con diferentes colores y relieves el tortuoso diseño de un laberinto.

—Jamás había visto un mapa como éste. Es completamente ilógico —murmuró Contardi observando las brillantes líneas multicolores entrelazadas, interrumpidas o prolongadas hasta ángulos sin salida—. Lo más extraordinario es que no conduce a ninguna parte —agregó la experta en tecnología del siglo XX.

Contardi pidió un corte del sector central del mapa. El Magallanes viró lentamente a estribor y lo amplió a la misma escala. Los canales formaban temblorosas figuras geométricas enlazadas o diseños absurdos que morían en sí mismos. La profesora milanesa extrajo unas gafas negras del bolsillo y se las colocó delicadamente.

—Imagen —ordenó al Magallanes.

Se concentró sobre uno de los pasillos proyectados en

color azul y lo siguió lentamente. Lo que vio no le sorprendió demasiado. Era el mobiliario habitual de las casas de Brez, pero el conjunto tenía un sentido hermético que no llegaba a adivinar.

—¿Qué ves? —preguntó Mónica Carlés con ansiedad.

—Un baño bastante estropeado. Observo una perforación de entrada y otra de salida. Conecta con una habitación llena de... la parte blanda que usaban para dormir y ésta con otra cámara donde veo... míralo tú misma. Nunca había visto esas cajas hasta ahora.

Carlés se puso las gafas e introdujo un código de uso.

—Dame una perspectiva elevada de la posición —ordenó al Magallanes.

La comandante flotó pegada al techo de la habitación. Vio armas en las ventanas. Empezaba a familiarizarse con ellas. Eran ligeras, de infantería. Sólo un ciego o un imbécil podría dejar de relacionarlas con las actuales. Se interesó por las cajas. Eran rectangulares y abiertas. Había algo en el fondo, semicubierto.

—No son cajas, profesora. Se trata de objetos construidos con barrotes separados y extrañas figuras encajadas entre ellos. Hay ocho en la cámara. Por lo demás parece habitable. Con algunas reparaciones podría ser ocupada —informó Carlés.

—¿Nos vamos a quedar aquí toda la mañana, profesora Contardi? —preguntó irritada Irene Salazar.

—Podemos avanzar ahora mismo. El Magallanes nos guiará —respondió la especialista en tecnología del siglo XX.

—No necesitamos el Magallanes para recorrer unas cuantas casas, profesora. Depende usted demasiado de la tecnología —le reprochó Salazar.

—Lo mantendré proyectado de todas formas. Es mi trabajo y mi problema.

Contardi respondió con una indiferencia que rozaba el desprecio. No podía medirse físicamente con Irene. Tampoco con McGregor o incluso con la angulosa Carlés. Los hombres apenas detenían sus miradas en la joven profesora milanesa, siempre embutida en monos que aumentaban varias veces su secreta figura y enmascarada bajo anteojos de visión múltiple. Aquel día llevaba el rostro medio oculto bajo una máscara de lana sintética. Su densa cabellera rubia permanecía tapada por él, tan enredada como el laberinto que se disponían a afrontar.

El Magallanes recibió la orden de avanzar sin dejar de proyectar el mapa del laberinto. Navegaba flanqueando el grupo, modificando el trazado a cada metro y determinando nuevos parámetros.

Irene Salazar inició la clase de historia en tono pedante. Como si nada más se pudiera agregar. Los miembros del grupo la escuchaban sin demasiada atención, hipnotizados en la inspección de decenas de objetos pertenecientes al antiguo mundo de los Justos, también llamado el Siglo Humano. Estaban tocando la leyenda con sus propias manos.

—Según los libros que hemos descifrado en el ayuntamiento, Brez formaba parte de una constelación de pueblos extendidos por este valle, al que llamaban Liébana. Eran pequeños núcleos urbanos muy primitivos, basados en una economía rural y ganadera. Aquí vivían los legendarios Felices que mencionan nuestros Libros Prohibidos. Después de la Gran Insurrección Europea y la posterior Guerra Civil Continental este país, llamado Reino de España a finales del siglo XX...

—¿Qué es un reino? —interrumpió Kulikov.

—Los reyes, dueños de los reinos, vivían en lujosos palacios pagados por el pueblo y se les identificaba por los adornos que llevaban en la cabeza, tal vez algún rudimento atómico. La televisión hablaba a diario de ellos explicando al pueblo cada uno de sus actos, hasta los más insignificantes. Eran... bueno, muy populares y todos se arrodillaban ante ellos —respondió Irene con convicción académica.

Hizo una breve pausa y prosiguió.

—Al acabar la Guerra Civil, el Consejo de Secretarios de la Unión Europea Continental declaró este territorio zona prohibida y lo suprimió de los mapas. Dejó de existir, como el resto de las regiones continentales que siguieron la guerra por su cuenta después de la Década del Terror. Los supervivientes de Liébana fueron deportados. Les trasladaron en masa a las nuevas ciudades construidas según el primitivo modelo Bouteille-Hafkemeyer, o las primeras regiones de explotación obligatoria adquiridas en el centro de África. Hablo de tiempos muy remotos, los orígenes de la Unión Europea Continental. Luego vino lo que todos habéis estudiado en el colegio, la primera oleada de colonización del espacio y las guerras contra la Unión Continental Americana por las Materias Primas —explicó con desgana.

Salazar empezaba a aburrirse de aquella clase infantil. La ignorancia de sus compañeros era sólo una muestra del nivel cultural de los eurounidos, esclavos de la televisión sensorial, las modas dirigidas y las hazañas de los capitanes coloniales del espacio.

—¿Qué pasó con los rebeldes de Liébana? —preguntó Mónica, la única que parecía interesada en la historia.

—Lo mismo que sucedió con la Resistencia Humana. Perdieron la guerra, pero sin amnistía. Su lucha por la democracia y el mantenimiento de los Estados Nacionales fue ahogada en sangre. Los insurrectos de este valle fueron ejecutados, o se convirtieron en condenados sin derecho al tratamiento que en aquel tiempo recibían los prisioneros de guerra. Estaba regulado por un tratado internacional que nadie respetaba.

—Más o menos como ahora —comentó Kulikov.

—Un núcleo de aquellos rebeldes europeos creó el Frente de Liberación Europa Libre, precursor de la Resistencia Humana.

—¡Los Padres Fundadores! —exclamó el ruso con reverencia.

—Sí, ellos, al mando del primer general, Thorvald Eiriksson.

El nombre pronunciado por Salazar produjo un movimiento ceremonial entre los miembros del grupo. Alzaron la mano derecha hasta el corazón seguido de un taconazo. Era la costumbre de la RH cuando se nombraba al legendario comandante groenlandés caído en la Batalla de Moscú. Luego prosiguieron lentamente la marcha a través de la galería que comunicaba los salones de estar cubiertos por la lava del tiempo, donde aún flotaba el aire de una antigua tragedia.

—El resto de los resistentes y sus familias fueron sometidos a la doctrina Penitenciaria Global de Producción y Control, que padecieron millones de europeos en las primeras dos décadas —agregó Salazar sin cambiar su tono didáctico.

—La RH jamás debió renunciar al terrorismo militar. Se golpeaba mejor al enemigo con bombas detonadas en sus centros estratégicos que desafiándole en batallas urbanas a campo abierto, intentando demostrar una fuerza militar que nunca hemos tenido —sentenció Mónica Carlés con gravedad.

Nadie respondió. Era demasiado temprano para iniciar un debate de aquella clase. Pero en Irene Salazar creció la convicción de que Mónica Carlés representaba un elemento subversivo en el límite de la traición. Aquella simple comandante se atrevía a discutir la estrategia del Alto Mando.

—Estamos en la antesala de la habitación donde localizamos los ocho objetos rectangulares —advirtió Claudia Contardi observando el mapa holográfico proyectado en el aire.

Entraron en fila india, bajando la cabeza para evitar golpearse con el borde superior del mellado agujero que separaba las dos habitaciones. El Magallanes iluminó la sala con luz azul. Los objetos ocupaban el centro, formando un círculo alrededor de un tosco artefacto de metal que se prolongaba hasta el techo a través de un estrecho tubo metálico. McGregor lanzó un alarido tras asomarse al primer cajón.

—¡Son restos de niños! —exclamó horrorizada.

En las cunas yacían los esqueletos de varios bebés medio cubiertos por restos de tejido. Uno de ellos mantenía sus pequeños brazos estirados en el aire, con los huesos de los dedos crispados. Las bocas estaban abiertas en una mueca de pánico.

—Tápate los oídos, McGregor. Lo que voy a decir no es

agradable. Algunos de estos niños fueron ejecutados —afirmó Mónica señalando un profundo boquete abierto en el cráneo de uno de ellos.

—Estoy de acuerdo. Debió ser una lucha muy dura si llegaron tan lejos. Matar a sus propios hijos antes que entregarlos al enemigo —comentó Kulikov.

—Tal vez no los mataron sus padres. Puede que los ejecutaran cuando lograron entrar... —sugirió Mónica Carlés.

Ambos comentaban el asunto con naturalidad, como si se tratara de un hecho corriente. Kulikov y Mónica, habituados a la muerte, retiraron con cuidado las telas de araña que cubrían los objetos incrustados en los frágiles barrotes. Alguna vez representaron animales extinguidos.

—Osos... —murmuró perpleja Irene Salazar.

Aquellas figuras les fascinaron. No eran sólo mamíferos desaparecidos si no seres que no pertenecían a ninguna categoría conocida o al menos divulgada por la ciencia o las películas sensoriales. Salazar tomó una de las figuras y descorrió el velo que la cubría soplando sobre la primera capa de polvo. Surgieron unos pálidos colores. Un pico naranja en forma de pala, unos ojos vivaces y un manto negro. Los pies se parecían a los de un pato. ¡La criatura sonreía con gesto humano!

—¡Murieron defendiendo sus ídolos sagrados! —exclamó Kulikov contemplando otra de las figuras.

—Creo que se trata de algo más prosaico, comandante, aunque no me atrevo a afirmarlo —respondió Salazar, que intentaba desvelar la identidad de una nueva criatura. Era aún más fascinante que la anterior.

—¡Qué belleza! —exclamó extasiada.

La arqueóloga jamás había visto nada parecido. No representaba a una humana, pero lo parecía y no podía provenir de un mundo exterior, porque allá afuera no existía ni rastro de inteligencia. Era... era una pequeña mujer, pensó demasiado excitada para concentrarse. Su mente no fue programada para las abstracciones y aquella minúscula chica de rasgos... animales le rompía todos los esquemas.

Caminó con ella hasta una ventana sosteniéndola con delicadeza entre las manos. Una rendija de luz fue bastante para contemplar el rostro de la criatura iluminado por el sol. Sus ojos, blancos y negros, eran dos óvalos coronados por tres líneas curvas. Son pestañas, pensó Irene. La nariz surgía disparada hacia fuera y terminaba en un pequeño círculo negro. La boca, que contenía una lengua roja, estaba rasgada en una sonrisa infantil. Sobre la cabeza de la criatura se sostenían dos tentáculos redondeados y un lazo rojo con lunares blancos.

Les fascinó la falda, a juego con el lazo, y la blusa roja abultada en los hombros. Sus zapatos de tacón, pintados en color amarillo, eran enormes para sus pequeños pies.

—Maravilloso —susurró Irene.

La asociación de ideas tardó varios minutos en cuajar. La mente de la arqueóloga se iluminó.

—¡Es una mujer-ratón! —exclamó perpleja. Sus ojos se posaron en el nombre escrito sobre la base de la figura de madera. *I love Minnie Mouse.* No le dijo nada. Se guardó la figura en su bolso de trabajo y caminó de nuevo hacia el grupo.

—Estoy segura de que se trata de un arcaico instrumento de calefacción manual que alimentaban con leña, como la chimenea del hotel —decía Claudia Contardi inspeccionando el artefacto que se alzaba en el centro de la sala—. Colocaban a los niños alrededor para calentarlos. Es evidente —agregó hablando consigo misma.

Según el Magallanes se encontraban en el centro del laberinto. Habían traspasado decenas de casas a través de agujeros abiertos en las paredes interiores y comenzaban a formarse una idea de lo que significaba aquel túnel sin meta. Era un sistema de comunicación y defensa, como sugirió Diego Alvarado en la reunión de aquella noche. Por los boquetes comunicantes circulaban las armas, los víveres, las municiones y los defensores. Se trasladaban de una a otra posición sin necesidad de pisar la calle, que seguramente era bombardeada por el enemigo.

El grupo encontró en casi todas las habitaciones los exóticos crucifijos católicos y toda clase de santos y vírgenes. No eran una novedad. Aunque la religión oficial era la Fematería, los cristianos seguían manteniendo cierto prestigio histórico. Era una iglesia minoritaria que se desmoronó cuando las evidencias científicas sobre el origen real del hombre y el universo minaron su doctrina convirtiéndola en una ficción. Pero la Resistencia no negaba la influencia política de Jesucristo, su fundador, en el curso de la historia.

Su Biblia tenía una gran desventaja sobre los manuales técnicos de la Fematería. Los católicos debían realizar un enorme ejercicio mental para interpretar su Libro como un conjunto de mensajes cifrados enviados por su Salvador. La Biblia fue transformada en una cantera inagotable de acertijos y claves en la que ya sólo podían penetrar los que llamaban videntes o cardenales. Los guías espirituales de los últimos católicos establecieron tarifas para descifrar los mensajes personalizados, de carácter divino, contenidos en la Biblia. Predecían el futuro, el amor, la salud y los asuntos laborales de sus fieles clientes. Los verdaderos cristianos pasaron a la clandestinidad. La Unión les consideraba elementos subversivos de alto riesgo.

Dos horas después el grupo de exploración llegó a la zona más alta del laberinto. Las casas aparecían adosadas al nacimiento de las montañas de roca. La visión en el interior era espectral.

Decenas de esqueletos se amontonaban en las habitaciones sucesivas, derrumbados sobre sus armas, tendidos sobre camas y mesas, amontonados como barricadas frente a las puertas exteriores. Allí había algo más que fusiles. Restos de armas pesadas aparecían esparcidos por todas partes. Kulikov inspeccionaba gruesos tubos de acero sostenidos sobre trípodes y rodeados de potentes proyectiles.

—Ésta debió ser la última línea de defensa. Se concentraron en estas habitaciones para librar la batalla final. Les obligaron a retroceder hasta las casas más elevadas del pueblo y liquidaron a los últimos —opinó Kulikov.

—Según la evaluación de materiales hay 116 cámaras recuperables y 12 que pueden ser habilitadas con algunas reparaciones —informó Contardi.

—Si sigue llegando gente no habrá donde acomodarla. Estamos saturados —respondió Salazar.

Mónica Carlés asomó la cabeza por el agujero de un tabique.

—Venid a ver esto —dijo a los demás.

Ascendieron unos diez metros a través de un estrecho pasadizo y luego descendieron bruscamente treinta metros más. Se hallaban en un subterráneo abierto en la roca. La luz del Magallanes iluminó las puntiagudas paredes del túnel excavado en el vientre de la montaña. Avanzaron un kilómetro en completo silencio, oyendo sólo sus respiraciones y el chapoteo de sus botas en el agua que cubría el suelo.

Kulikov caminaba tenso, como en una incursión militar. El túnel terminaba bruscamente en una maciza puerta de acero fundida a la montaña que se alzaba a tres metros del altura, sobre la cima de un montículo de roca. Carecía de asideros o marcas exteriores. Era lisa y negra. Sobre la superficie habían pintado una palabra con pintura roja: «Volveremos.»

El Congreso Demócrata venció las primeras elecciones libres de Brez por abrumadora mayoría. Los anarquistas sólo obtuvieron 152 de las 3.000 papeletas. La consulta se organizó siguiendo el modelo electoral utilizado en la Resistencia Humana. Un hombre, un voto, según ordenaban los Libros Prohibidos. Los que iban llegando no sabían ni palabra sobre anarquismo y Mónica Carlés no era demasiado brillante explicando su «antiprograma».

Caron sí lo era exaltando las virtudes de la democracia. Había nacido para la política. Arengaba a los errehaches llegados de toda la Unión mientras reconstruían el pueblo. Brez se llenó de ruido y energía. El entusiasmo se contagiaba de casa en casa en una carrera contra el tiempo.

Un par de minigrúas y media docena de viejos robots Prolemak ayudaban a los derrotados miembros de la Resistencia a reparar su nuevo hogar. Sólo tres mil errehaches fueron destinados a Brez. La Cúpula de los Viejos les impuso una condición. Era un viaje por tiempo indefinido. Los que aceptaban se comprometían a permanecer en aquella ZP hasta nueva orden. Y eso, les habían dicho, podía significar el resto de sus vidas.

Se creó una Presidencia formada por doce consejeros con un sólo representante anarquista, Mónica Carlés. Las decisiones debían ser adoptadas por mayoría simple y ninguna en más de veinticuatro horas. La Constitución era breve. Su primer artículo, copiado casi literalmente de la Carta Magna de RH, proclamaba:

«Todos los ciudadanos de Brez se declaran libres e independientes de cualquier poder político, militar o moral impuesto o inducido mediante manipulación de la mente. Para proteger su libertad de conciencia e individualidad como seres humanos, los ciudadanos de Brez se proclaman dispuestos a defender sus derechos democráticos por la razón o la fuerza.

»Artículo Segundo: Brez se constituye en una República Soberana Plurinacional y Multiétnica, que propugna como máximos valores la Libertad, la Justicia, la Igualdad y la Fraternidad. La forma republicana de Brez es la Democracia Asamblearia. Su principal objetivo será buscar sin desaliento y proteger sin desmayo la felicidad de sus ciudadanos.»

Adolphe Caron y Gunter Hagen se tuvieron que emplear a fondo para explicar los conceptos, las palabras y el contenido de la Constitución a la gente de RH. Casi todos estaban dispuestos a aceptar lo que fuera. Eran hombres y mujeres embrutecidos por la guerra y la clandestinidad. Sólo la mitad pertenecía al ejército de la Resistencia Humana.

Se descartó por mayoría el modelo de vivienda colectiva propuesto por Mónica Carlés. Las parejas residían en habitaciones individuales con sus hijos. Aunque sólo había 47 niños en Brez. Cada errehache disfrutaba de su espacio privado. La adaptación a las casas rurales del siglo XX fue dura, incluso insoportable.

Brez se llenaba de pesadillas al caer la noche. Muchos de aquellos centuriones urbanos sentían un miedo atávico ante los bosques y las montañas, los espacios abiertos y la luz cegadora del sol. El rumor de supuestos animales salvajes, nunca vistos pero mitificados por las películas sensoriales, provocó algunas crisis de nervios. El contacto con la naturaleza creaba monstruos.

Se instaló un sistema de calefacción portátil, pero no había suficientes terminales. Las estufas y chimeneas del remoto pasado ocuparon su lugar. Estaban descubriendo el fuego. No fue lo único que aprovecharon del siglo XX. Decenas de objetos, desde hornos hasta cubiertos de cocina, fueron adaptados al futuro.

Dos meses después de ser proclamada la Constitución, los consejeros convocaron al ayuntamiento, donde funcionaba el gobierno de Brez, a sesenta hombres y mujeres. Un fuego de leña ardía en la gran chimenea de piedra negra adosada al muro de la sala de juntas, el mismo nombre que tenía aquella habitación en el siglo XX.

Irene Salazar era la presidenta provisional. Entre los consejeros veteranos se contaban Jonhatan Palmer, Adolphe Caron, Mónica Carlés, Claudia Contardi y Alexander Kulikov. También fue convocado Diego Alvarado, pero no acudió a la reunión.

Vivía aislado en una espartana habitación pegada a la falda de la montaña y rechazaba la calefacción y la luz que producían los generadores portátiles. Dormía en una dura cama del siglo XX y se pasaba el día leyendo libros antiguos sobre una mesa de madera. Había renunciado a su tiempo para vivir en el pasado. Pero nadie sabía nada de él. A excepción de Irene Salazar. Alvarado era el único hombre que le interesaba entre toda la población masculina de Brez.

Fue ella la que tomó la palabra en la Asamblea.

—El enemigo nos ha detectado. Emplean dos de sus satélites para espiarnos minuciosamente. Hasta el momento sólo hemos cometido un error, permitir que registraran el rostro del comandante Navarro. Fue en los primeros días. No esperábamos que comenzaran tan pronto a usar las cámaras de alta definición. Navarro no fue amnistiado y la Unión puede utilizar su presencia en Brez como excusa para liquidarnos...

—Eso tendrán que demostrarlo —dijo un hombre bajo y robusto, con restos de cabello rojo en el cráneo.

Era Anderson, el comandante de operaciones en Londres. Se parecía poco a los caballeros británicos de las leyendas. El inglés era compacto y fibroso. Nunca alzaba la voz y sabía escuchar. La guerra había convertido el azul de sus ojos en un color duro y metálico. La constelación de pecas que cubría la pálida piel de su rostro, prolongándose por los brazos y el pecho, conferían al inglés un engañoso aire de juvenil indulgencia. Anderson siempre exhibía una sonrisa rota. Era uno de los comandantes más duros y temidos de la Resistencia Humana.

—No seguiremos, bajo ninguna circunstancia, la senda de la guerra ni responderemos a las provocaciones. Carecemos de capacidad. En realidad estamos a merced de la Unión. Sólo les detiene la fuerza que aún nos atribuyen. La amenaza que representamos, por pequeña que sea, les aterroriza.

—¿Qué haremos si nos atacan? —preguntó Lafayette, jefe de Operaciones en París.

—En mi opinión negociar. Amenazarles con volver a tomar las armas y al mismo tiempo ofrecerles una salida: paz en la Unión a cambio de la independencia de Brez.

—¿Sin incluir a los miles de soldados, militantes, familiares y amigos que hemos dejado abandonados en todo el continente? —interrumpió violentamente Mónica Carlés.

—Es duro tener que admitirlo, pero no podemos hacer nada por ellos desde aquí. La selección de personal destinado a Brez fue hecha por la Cúpula de los Viejos. Ellos se encargarán de los nuestros.

—¡Están siendo cazados y asesinados, Salazar, y usted lo sabe! —respondió la comandante.

Se produjo un tenso silencio en la atestada sala de juntas. Aquella información era nueva para todos, excepto para los consejeros.

Mónica Carlés prosiguió sin cambiar su tono acusador.

—¿Qué es lo que estamos haciendo en este lugar, excepto volver al pasado y jugar a los arqueólogos... qué estáis haciendo vosotros, orgullosos comandantes de la Resistencia... convertidos en obreros de la construcción y cultivadores de tomates —gritó dirigiéndose a los presentes—. Me gustabas más vistiendo el uniforme verde que con ese absurdo... mono de obrero, Anderson —agregó mirando con rabia al comandante inglés.

Mónica se había levantado y paseaba nerviosa por la sala. Algunos consejeros miraban fijamente la mesa, sin levantar los ojos. Otros se removían inquietos en sus puestos. Sólo Irene permanecía erguida en la silla, sin rozar el respaldo, embutida en un vestido de licra negro entallado al cuerpo que apenas lograba oprimir sus pechos. Un collar de perlas brillaba pálidamente en su cuello.

—Puedo hacer dos cosas, comandante. Ordenar su arresto domiciliario o proponer una votación inmediata para que sea expulsada del Consejo y también de Brez —respondió Irene Salazar con helado tono de voz.

—No es usted mejor que el secretario general Klaus Hohenfriedberg. Ejerce la dictadura llamándola democracia. Si permanecemos en Brez su primogénito heredará el poder, como el hijo de Hohenfriedberg en Bruselas.

Irene se volvió hacia los consejeros con gesto altivo, ignorando las palabras de Mónica.

—Propongo una votación para expulsar del Consejo a esta traidora y someterla a un Tribunal Militar. Tenemos oficiales más que suficientes para formarlo esta misma noche.

Se produjo un tenso silencio. La fractura de un tronco en la chimenea fue audible en toda la sala. La voz de Jonhatan Palmer se alzó firme y segura en la sala.

—La cuestión no es tan sencilla, Salazar. Yo no respaldaré ni la expulsión de Carlés ni el tribunal, que está fuera de lugar en Brez. Ésta es una sociedad civil basada en la libertad de expresión. Creo que usted lo olvida con frecuencia. No estoy de acuerdo con Carlés en la forma, pero sí en el fondo. En otras palabras, usted no es nadie para dar órdenes a los consejeros ni reprimirlos.

Irene le miró con frialdad. No habría esperado una reacción así de Palmer. Casi no existía en la Presidencia. Debía medir bien sus movimientos. Su propia misión en Brez tenía que mantenerse en el más estricto secreto.

—Acepto su crítica Palmer, pero como presidenta provisional insisto en la votación. La indisciplina de la comandante Carlés ya nos ha causado bastantes contratiempos y todos ustedes comparten en el fondo esa convicción, aunque simpaticen con ella. ¿Están de acuerdo en votar...? —Esperó unos segundos la respuesta. Nadie hizo objeciones. Irene prosiguió.

»Que alcen la mano los que apoyen la expulsión de Mónica Carlés de la Presidencia —ordenó.

Los consejeros intercambiaron miradas. Eran observados por sesenta errehaches, parte de la elite militar de la Resistencia Humana. Los comandantes territoriales de Madrid, Bilbao, Moscú, París, Londres, Milán, Berlín, Barcelona, Estocolmo, Praga y otras cincuenta grandes ciudades permanecían ocultos tras máscaras de fusión, el último avance de los científicos de la Resistencia antes de la amnistía.

Las Fusiomac se adaptaban anatómicamente al rostro como una segunda identidad, perfecta y sutil hasta el último detalle. Las identidades podían ser completamente modificadas según las necesidades del momento. La neutrocasera que destruyó la base de los Batallones Antiterroristas Urbanos en Barcelona fue instalada cómodamente por siete especialistas de la RH mimetizados en oficiales, mientras los verdaderos permanecían secuestrados.

Aunque los eurounidos apenas podían recordar los verdaderos nombres de las metrópolis del continente, para la RH los antiguos eran los únicos reales. Durante un tiempo, en la primera década de la guerra, lucían en sus hombreras la vieja bandera azul con el círculo de estrellas amarillas, símbolo de una legendaria Europa llamada UE. Pero el endurecimiento de la doctrina en la RH la abolió. Se adoptaron las banderas nacionales, una reliquia del pasado que identificaba visual y espiritualmente la identidad de los milenarios Estados independientes de Europa antes de que fueran abolidos, tras las guerras civiles, por el primer eurogobierno.

La reunión en la alcaldía había sido convocada para que cada uno se identificase ante los demás rompiendo el secreto de las identidades. Era un método operativo clásico de la RH. Si no conocías a los demás no podías denunciarlos bajo el efecto de la Droga Cerebral, ante la que no existía el heroísmo ni la resistencia a la tortura.

En realidad no sentías dolor cuando eras penetrado, convirtiéndote en una mente cautiva de la Unión. Sólo un cosquilleo en algún lugar remoto del cerebro, muy profundo, ilocalizable si pretendías expresarlo después. Y hablabas. Contestabas minuciosamente a todas las preguntas volcándote en cada respuesta. No eras tú quien respondía. Interrogaban directamente a una parte del cerebro fuera de tu control. Era otro el que traicionaba. Pero estaba dentro de ti.

Las consecuencias de la Droga Cerebral a corto plazo sólo te dejaban dos opciones. Un cerebro delator permanentemente conectado al enemigo o la ejecución voluntaria. RH proporcionaba una muerte rápida e indolora a las víctimas de la Secretaría de Interior de la Unión.

Los errehaches comprendían a Mónica Carlés. Se sentían cercanos a sus sentimientos. Pero también intuían las razones superiores de Irene Salazar. No sabían quién era, pero parecía una proyección holográfica de la Cúpula de los Viejos. Y ésas eran palabras mayores, con o sin amnistía.

Cinco de los doce consejeros levantaron la mano, incluido Gunter Hagen y la propia Irene Salazar. La votación para la formación del Tribunal Militar fue declarada improcedente. Mónica permanecía seria y muda en su puesto, emanando hostilidad. El resultado negativo no alteró su gesto de inconformidad general con todo lo que la rodeaba. Era la única voz crítica de Brez y se sentía cada día más sola. Aislada en una sociedad presuntamente rebelde cuyos miembros se negaban a pensar por sí mismos o actuar fuera de las leyes inamovibles del *Manual de Guerra.*

—¿Y ahora qué... debemos seguir la sugerencia de Mónica y resistir o emplear la vía diplomática que propone Salazar? —preguntó Anderson con voz sosegada.

—La primera opción es inútil, tan absurda como si Minnie Mouse apareciera ahora en esta habitación... —respondió Irene demostrando sus reflejos políticos.

—¿De quién hablas...?

—Olvídalo, es sólo una... mujer-ratón.

Todos se miraron perplejos. Salazar no era de las que bromeaban. Es más, aparentemente carecía de sentido del humor. Era una dirigente que podría haber sido confundida fácilmente con un burócrata.

—Carecemos de armas. La presencia de una sola pit sería detectada en al acto por los satélites, sin hablar de los detectores que pueden usar en caso de inspección —expuso Salazar hablando rápidamente.

—Los arsenales están ocultos. Muchos de los presentes conocen las ubicaciones. Hemos superado pruebas peores —rebatió el comandante inglés.

—¡Cómo puede ser tan estúpido, Anderson. Si quisiéramos seguir la guerra no habríamos aceptado la amnistía y fundado Brez ante los ojos de la Unión! —gritó Irene Salazar fulminándolo con sus fríos ojos grises.

—Entonces díganos lo que nosotros no sabemos. Usted parece conocer el plan que se oculta en Brez. ¡Le exijo una explicación! —rugió Anderson.

—No hay ningún plan que ustedes no conozcan. Sólo una... sugerencia recibida hoy verbalmente. Proviene directamente de la Cúpula de los Viejos.

—¿Alojada? —preguntó Palmer estirando el cuello sobre la mesa.

—Sí, en el cerebro de una errehache. Blindada según el viejo procedimiento de clave hipnótica —respondió la arqueóloga.

—¿Por qué no lo transmitió inmediatamente a los miembros de la Presidencia? Creo que se está extralimitando, Salazar, peligrosamente. Tal vez debería ser usted quien abandonara este gobierno demócrata —dijo Palmer golpeando la mesa con el puño.

—¡Yo sólo recibo órdenes, Palmer. Puede deducir usted el resto sin tanto ruido. Estaré encantada de abandonar la Presidencia. Son ustedes incapaces de trazar una línea lógica de acción y disciplina! —respondió Irene Salazar poniéndose en pie. Su cabello rojo le cubrió el rostro.

—Nadie abandonará la Presidencia ni tampoco Brez, doctora. Ustedes mismos lo decidieron cuando votaron la Constitución.

La voz provenía de un desconocido. Un rostro en la multitud. Llegó desde el otro lado de la sala. No había entrado por la puerta. Simplemente apareció allí flanqueado por cuatro hombres ocultos tras sus Fusiomac. Él desconectó la suya. La identidad se despegó de su rostro absorbida velozmente por la brillante cápsula oval.

Diego Alvarado no parecía el mismo hombre. Evidentemente hacía semanas que no se aplicaba el diseñador en el pelo y la barba. A pesar del frío exterior vestía una simple camiseta negra de cuello cerrado que revelaba la consistencia de sus músculos, y un pantalón oscuro desajustado. Iba descalzo, lo que provocó estupor entre los presentes. Sus ojos verdes brillaban rasgados sobre la piel curtida de su cara.

—Disculpen el retraso. Nos extraviamos en uno de los laberintos. Hemos llegado a escuchar lo del mensaje, aunque nos hemos perdido el resto. ¿Podría transmitirlo, doctora Salazar?

La voz de Alvarado sonaba casi risueña, aunque fría y monocorde, como si fuera capaz de modular cada palabra a voluntad. Pero había algo más en ella. Un zumbido grave que provocaba cierto efecto hipnótico en el oyente. Al menos eso era lo que sentía Irene al escucharla.

La arqueóloga se recuperó de la sorpresa, en realidad emoción, que le produjo la repentina presencia de Alvarado. El enfrentamiento en el Consejo pasó como una tormenta de verano. Todos observaban aquel hombre. Un desconocido para la mayoría de los errehaches. Las miradas cambiaron de dirección cuando Salazar comenzó a hablar.

—La Cúpula de los Viejos nos sugiere que abramos la puerta de metal que descubrimos el mes pasado en el fondo de una galería. Debemos usar lo que hallemos según nuestro criterio y por unanimidad. Fin del mensaje.

Nadie agregó nada más. La existencia de aquella puerta blindada había pasado casi inadvertida incluso para Irene cuando fue descubierta en la inspección. De aquel día sólo recordaba nítidamente el hallazgo de Minnie Mouse, una mascota por la que sentía una veneración casi mística.

Alvarado tomó la palabra.

—Si los Viejos lo dicen la abriremos, aunque creo que será un esfuerzo inútil. A propósito... opino que revelar hoy las identidades de los presentes sería un suicidio premeditado. Si la Unión decide declararnos la guerra nos pondríamos en sus manos. Propongo una votación para que sigan ocultas indefinidamente.

Sesenta brazos se elevaron en el acto como impulsados por un resorte. Cuando los errehaches volvieron la vista atrás Diego Alvarado había desaparecido.

Habían revisado diecinueve mil informes visuales sin resultado. Ni un rostro identificable. Ni rastro de un arma. Sólo gente anónima ocupada en reconstruir cuevas del siglo XX con un puñado de robots Prolemak desclasificados. El coronel Semyon Sharetsky se paseaba por la sala de mando y control retorciéndose las manos en la espalda. Sorribes le ignoraba. El jefe de los Escuadrones Urbanos Antiterroristas (EUA) contemplaba las luces navideñas de la metrópoli Bouteille-Hafkemeyer 1007 a través de la ventana tridimensional. Le gustaba más el nombre que usaban los errehaches. Barcelona.

Una luz rasgó el aire ante sus ojos. Era uno de los nuevos

trenes aéreos. Demasiado rápido para su gusto. Cada vez los hacían más insoportablemente etéreos y veloces. Desde la antigua base, volada por la RH con una neutrocasera, aún podía contemplar los viejos modelos interurbanos. A novecientos kilómetros por hora se podía pensar, si no te enchufabas a una butaca sensorial y disfrutabas del viaje con un par de evasónicas en el cerebro.

El nuevo emplazamiento de la base le arrancó aquel paisaje romántico. Las torres góticas de dos mil metros con sus elegantes ascensores atómicos colgados del vacío, las estrechas avenidas superpuestas flanqueadas por los ingenuos carteles publiláser, los templos acristalados de la Fematería con sus torres puntiagudas destellando en el cielo. Todo tiempo pasado fue mejor, pensó Sorribes apurando su whisky.

El nuevo panorama le provocaba repulsión. Era el astropuerto. O mejor dicho, lo que habían hecho con el mar. Aún podía recordar su color verdeazulado, cubierto por aquel hermoso manto que fulguraba sobre las olas en su eterna tormenta eléctrica... le había hecho soñar junto a Helena.

La atormentada voz de Sharetsky le apagó las imágenes del cerebro.

—¡Tiene que haber algo más. No pueden estar en esa ZP haciendo sólo lo que muestran los informes visuales! —gritó golpeando con el puño la mesa de Sorribes.

Los siete hombres que ocupaban el centro de control y mando le miraron fríamente. Todos vestían ropas civiles. Se les podría haber confundido con *teddy boys* de clase media de no ser por las pit láser de 20 mm que colgaban pegadas a sus sobacos.

—Tal vez se hayan maquillado la jeta —respondió Sorribes con desprecio lanzando una bocanada de humo negro.

—Déjese de bromas. Tiene todo lo necesario para actuar, Sorribes. El rostro de esa bestia llamada comandante Navarro y la mayor concentración de errehaches en toda la historia de la guerra civil.

—¿Guerra civil...? Creí que ustedes lo llamaban conflicto

marginal de baja intensidad o acciones aisladas de la banda terrorista errehache, mil veces derrotada, desarticulada y aniquilada —comentó Sorribes sonriendo diabólicamente a sus hombres, que respondieron exhibiendo algo parecido a una mueca.

—¿De qué parte está usted? —le interrogó Sharetsky con violencia.

—De la parte del instrumento que ve sobre mi mesa. Las órdenes se proyectan brevemente. Si la pantalla no canta no nos movemos. Y no ha cantado, Sharetsky. ¿Sabe lo que eso significa? Que está usted haciendo el ridículo.

—Puede ordenar un registro preventivo. No necesita ninguna orden para hacerlo.

El jefe de los EAU le enseñó los dientes. Era un hombre de cuarenta años, bajo y ligeramente obeso. Pero capaz de moverse con la agilidad y el silencio de un gato doméstico. Decía que era cuestión de oficio. Sus ojos flotaban en marrón líquido. Mirarlos era engañoso. Se podía caer en la trampa de su seducción benevolente.

Pero Sorribes era un ejecutor hueco. Vaciado. Leal a sí mismo por hastío. Sabía que su vida no valía nada fuera de aquella base blindada. Había matado y ordenado matar a decenas de hombres y mujeres de la Resistencia. Les había torturado hasta no poder soportar más sus gritos. Hasta solidarizarse con su dolor y su infantil heroísmo. Era un soldado de la oscuridad que sólo esperaba el descanso de la muerte. Sus batallones le obedecían con una abnegación demente, fabricada por inducción sensorial en los cuarteles. Era el único consuelo del hombre que más respetaba a los errehaches en toda la Unión.

Sorribes endureció el tono y miró directamente a Sharetsky.

—Si tiene tantos cojones como dice la condecoración que recibió, hágalo usted mismo. Tal vez Navarro pueda terminar el trabajo que dejó a medio hacer en Londres... cuando usted escapó de la base dejando que sus hombres, ¡y los míos, Sharetsky!, se ahogaran en sangre.

El rostro del coronel se congestionó en una turbia mueca de odio. Había viajado desde la *Estrella Roja* para convencer a Sorribes de la necesidad de actuar preventivamente contra la ZP77 y volvía al espacio con las manos vacías. No tenía aún el apoyo del comandante de la División de Inteligencia, su jefe directo. Nadie quería arruinarse la carrera con aquella ZP. Pero Sharetsky soñaba con la gloria. La capitulación real de la Resistencia Humana. Luego mataría a Sorribes. Primero tenía que explotarlo a fondo.

Cuando el coronel abandonó la sala de mando y control, Sorribes manipuló el brazo derecho de su sillón y se elevó hasta el centro de la gran ventana tridimensional. Contempló el movimiento en el astropuerto. Le gustaba observar. Era básicamente un policía. Apoyó el dedo pulgar sobre una hendidura en el brazo izquierdo del sillón y esperó la apertura retardada.

La placa se descorrió dejando al descubierto el profundo diseño de una mano. Sorribes colocó la suya sobre la huella anatómica y controló el dispositivo de tiempo del interrogador cerebral. Cuando sintió la señal en el interior de su mente, pensó. Otro pensamiento le respondió. Desde Brez.

—Cuéntame guerrero, ¿qué has visto hoy por el pueblo? —interrogó Sorribes con su pensamiento.

—Casas, calles, pasillos, pájaros, montañas, hombres, mujeres...

Sorribes le ordenó callar mentalmente. Nunca terminaría de controlar aquel maldito sistema. Las cuestiones debían ser muy precisas para evitar la intrusión de zonas mentales que no controlaba la Droga Cerebral. También tenía que contrarrestar el torrente de sinceridad que provocaba cada pregunta. De lo contrario las respuestas podían extenderse durante horas. La Droga Cerebral tenía un problema que aún no había sido resuelto. El prisionero mental tendía a mezclar realidades con especulaciones y fantasías personales, asociaciones de ideas no requeridas y hasta íntimos deseos secretos. Lo que transmitía era todo un sistema de pensamiento. Sorribes tenía que separar la paja del trigo. Por eso nunca se fiaba de sus intervenidos. Él prefería el contacto directo. La piel y los ojos. El corazón y las vísceras de los errehaches.

—¿Has visto pits en Brez? —interrogó mentalmente.

—Ningún pit, señor —respondió inmediatamente el otro pensamiento.

—Quiero que me digas si hay alguna clase de arma a tu alrededor, en algún escondite, casa o subterráneo de ese pueblo —preguntó la mente de Sorribes con desgana. Conocía de antemano la respuesta. Era el séptimo día que le formulaba la misma pregunta.

—Existen instrumentos filosos muy antiguos... hachas. Se trata de... no sé cómo explicarlo... sirven para cortar madera que luego se quema en el fuego. Los bosques están llenos de árboles. Los cortamos para construir variados...

Sorribes le volvió a interrumpir. Su prisionero era un poco corto. Ni siquiera un soldado de la Resistencia.

—Te ordeno que te concentres en una sola idea. Un arma corta o larga, con un cañón. Que sirva para matar a distancia.

La mente del prisionero se dilató. Sorribes sintió la búsqueda desesperada que realizaba en sus recuerdos. Le mostró imágenes confusas, superpuestas, grotescamente deformadas o mutiladas. Otras se estiraban como una materia amorfa. Vislumbró objetos que jamás había visto en su vida. Innombrables. Y luego el estallido de lava cerebral que precedía al resultado de la búsqueda.

—He visto un cañón, señor.

Sorribes se incorporó en la silla.

—Descríbemelo, hijo. ¿Son los articulados de cadera? ¡Suelta de una vez dónde los esconden, hijo de puta! —gritó mentalmente al cerebro de su prisionero.

La mente cautiva se contrajo. Hubo un ligero estallido de pavor.

—No son articulados. No sé si son en realidad cañones. Sólo he visto uno. Era muy viejo, señor, y estaba cubierto por una costra oscura que desprendía polvo metálico... grueso. Todos lo miraban... decían que era un... fusil del siglo XX y hablaban de las guerras civiles.

Sorribes reflexionó intentando abstraerse del terror que inspiraba en el cerebro de su prisionero. Era un pánico que le llegaba en oleadas calientes. Palpitaba en algún lugar profundo de su propia mente provocándole arcadas. Lo sentía presionar desde el interior en los globos de sus ojos y oprimiendo sus tímpanos. Debía referirse a restos de armas antiguas. Arqueología. Los insurrectos del siglo XX las abandonarían tras la rendición. No... en la ZP77 no hubo rendición. Murieron matando. De todas formas la historia carecía de interés profesional.

—Quiero que me digas lo que han hecho hoy los consejeros de la Presidencia —ordenó el poderoso pensamiento del interrogador.

—Han celebrado una reunión en el ayuntamiento. Pero no estaban solos, señor. Otros sesenta errehaches fueron convocados. A mí no me llamaron. Creo que se trata de gente importante —respondió el cerebro oprimido del prisionero.

—¿Hay comandantes de la Resistencia Humana en Brez? ¡Responde o te haré mucho daño! —ordenó el pensamiento de Sorribes.

—Nadie se conoce, todos están ocultos tras las fusi...

Sorribes sintió un violento golpe en el interior de su cerebro. Una luz cegadora destelló en sus ojos y se los quemó. Antes de vomitar sobre su pecho alcanzó a captar el último pensamiento del prisionero.

—¡Soy libre, cabrón!

Las balas atravesaron a quemarropa el cerebro y el corazón del mecánico nuclear Carlos Cerceda. El Kalashnikov de asalto que sostenía Mónica Carlés aún humeaba cuando la comandante se arrodilló junto a su compañero. Murió apoyado en el regazo de su ejecutora agitando las piernas.

Alfonso Navarro contempló la ejecución desde la puerta de la habitación de Cerceda sosteniendo otro AKA-75. El prisionero cerebral era un hombre de Mónica Carlés. Le cedió su muerte. Era la costumbre en RH.

Los ojos anónimos diseñados por la Fusiomac sobre los de Navarro observaron el cuerpo sin vida del mecánico. Se vaciaba de sangre por cinco pequeños orificios abiertos en el pecho y el cuello. La ráfaga, apenas controlada por Carlés, le había atravesado limpiamente abriéndole boquetes de salida en la espalda y la nuca. Le desconcertó la potencia del arma que sostenía en las manos. Era un fusil corto con culata metálica y mango de plástico. Una versión más moderna que la que disparó Alvarado en la bóveda.

Llevaban un mes jugando con aquellos arcaicos instrumentos de guerra rescatados de su nicho de grasa y estaban fascinados. Transmitían algo mágico. Nervio, pensaba Navarro. Fiebre de lucha, decía Kulikov, orgulloso del presunto origen ruso de las armas. Empezaban a conocerlas y relacionarlas con un heroico pasado de lucha contra la opresión. Pero nadie se había planteado matar con ellas hasta que Nabuco, el sondeador mental, insinuó vagamente la presencia de una mente hostil en el cerebro de Cerceda.

El sondeador era engañoso y generalmente sus efectos colaterales perjudicaban más que sus vagas indicaciones sobre la existencia de un prisionero mental. Si el sondeado era un individuo introvertido o ensimismado por naturaleza, el sondeador le convertía de inmediato en un traidor potencial. Si se trataba de un ser huraño, maniático —por ejemplo del orden o el aseo— o taciturno, pasaba a convertirse en sospechoso o sujeto a vigilar. El sondeador odiaba a los independientes e individualistas, a los que le demostraban resistencia mental, a los impulsivos y los débiles. Parecía una máquina de la Unión, no de la Resistencia, que precisamente defendía aquellos valores.

En uno de los controles de rutina cayó Cerceda, quien formaba parte del antiguo grupo operativo de Mónica Carlés. El odiado y temido Nabuco, amo del sondeador, le identificó como probable cerebral y ordenó una vigilancia de nivel 1.

Nabuco era la verdadera ley de Brez, como antes lo fue en la Resistencia. El cargo de navegante del sondeador no era político ni militar, sino hereditario. La Cúpula de los Viejos no intervenía en el nombramiento. Sólo el navegante mental podía designar sucesor, que era otro dotado. Se creía que aquella clase de percepción se heredaba de padres a hijos, pero no fue el caso de Nabuco, elegido por su antecesor en una sesión rutinaria de control cerebral. Nabuco no era soldado ni oficial, técnico, experto o científico. Era un obrero semianalfabeto con extraordinarios poderes intuitivos. Sin ellos, el sondeador era inservible.

Nabuco pesaba 130 kilos y apenas se movía de su doble cámara, la mejor equipada de Brez. Vivía tras una Fusiomac de última generación y cambiaba diariamente de identidad. Nadie, ni siquiera los miembros de la Cúpula de los Viejos, conocía su verdadero rostro.

Varios errehaches sometieron al mecánico a vigilancia. Se instaló una cámara en su cuarto conectada a la habitación de Nabuco, que analizaba sus gestos faciales y se le implantó un transmisor de señales cerebrales tras provocarle un accidente en apariencia fortuito. Cuando Nabuco estuvo seguro dio la orden de ejecutarlo. Aquella noche.

—¿Qué sentiste al matarlo con ese fusil? —preguntó Navarro.

Mónica aún sostenía el cuerpo del mecánico sobre sus piernas.

—¿A qué te refieres? —le interrogó ella en tono sombrío.

—Quiero saber qué sentiste al disparar contra Cerceda con el Kalashnikov...

—Un temblor mecánico en todo el cuerpo... es como si tú mismo impulsaras las balas. Creo que el ruido te bloquea la mente y te empuja a matar... ciegamente —dijo ella contemplando el rostro ensangrentado de Cerceda.

—No será el último en morir en Brez —sentenció Navarro.

El sol nacía tras los Picos Orientales iluminando el pueblo. Navarro lo esperaba cada mañana como una medicina. Le provocaba un estiramiento mental. Algo parecido a un estado fugaz de felicidad que nunca experimentó en el pasado. Era un soldado del subsuelo. Habitante de catacumbas urbanas y ciudades bajo permanente estado de sitio. Sólo surgía para matar. En la isla Europa del archipiélago canario, base permanente de la Resistencia Humana durante cinco décadas, tampoco se podía pisar la tierra. La contaminación radiactiva duraría al menos mil años.

Lograron sobrevivir en el vientre de las montañas volcánicas. Pero no crearon un hogar, sino un sórdido mundo de galerías iluminadas por generadores atómicos. El bombardeo nuclear sólo tuvo una ventaja para la Resistencia. La Unión jamás volvió a intentar conquistar aquella isla moribunda.

Contemplando la salida del sol sobre los picos afilados recordó la última gran ofensiva sobre Canarias. El General observaba el campo de batalla proyectado sobre una consola portátil de guerra. Los cien mil errehaches de la División Europa estaban bajo sus órdenes. Supieron que el ataque había comenzado cuando las primeras explosiones de artillería naval nuclear desintegraron las montañas que se alzaban sobre sus cabezas.

El General sabía que les triturarían desde el aire y el mar. Pero para conquistar la isla tenían que usar hombres, como se había hecho desde el comienzo de los tiempos. Esperaron bajo tierra, muriendo por centenares en los subterráneos. El Almirantazgo de la Unión envió la primera oleada de asalto cuando sus liquidadores avanzaron veinte kilómetros sin encontrar resistencia.

Los soldados avanzaron velozmente a bordo de las Captor deslizándose a pocos metros de la superficie de la isla, cubiertos por las poderosas naves de asalto aéreo.

La Unión necesitaba una victoria aplastante sobre la Resistencia. La guerra contra la Unión Continental Americana por las Materias Primas era un parte de continuos fracasos. Ya habían perdido cuatro yacimientos vitales y el quinto estaba a punto de caer.

La UCA sólo tenía una ventaja sobre la UEC. La dictadura americana respetaba formalmente la libertad individual y de asociación sin manipular directamente el pensamiento a través de la televisión sensorial, como lo hacía la UEC. Habían unificado el continente americano sin guerras civiles, extendiendo el poder de Washington hasta los últimos confines. El número de territorios de la UCA en África, adquiridos, alquilados o conquistados, duplicaba a los de la UEC. El primer secretario general, Klaus Hohenfriedberg, necesitaba descerebrar a la RH en Canarias. Y lo necesitaba desesperadamente.

Las pequeñas bombas neutrónicas enterradas a diez metros de profundidad estallaron simultáneamente en medio de la gran armada de la Unión. Murieron veinte mil soldados y otros tantos fallecieron después o quedaron inválidos. Sus equipos antiatómicos demostraron ser inservibles en el campo de batalla. Apenas se produjeron combates. Sólo escaramuzas aisladas en las montañas. La Unión se retiró. El General, que era un hombre extraño, les permitió recoger a sus muertos. Dijo que era una cuestión de ética militar y se definió a sí mismo como un «caballero». Nadie le entendió. La resistencia no volvió a recuperarse nunca. La mitad de la División Europa pereció bajo el fuego nuclear y el resto...

Las voces interrumpieron el pensamiento de Navarro. El sol ya derramaba su luz amarilla sobre los bordes de los picos. Dos errehaches introdujeron el cuerpo de Cerceda en una bolsa de plástico amarillo y la vaciaron de aire con un sellador. Luego la levantaron sujetándola por unas correas separadas dos metros de la bolsa. El grupo, compuesto por siete personas, abandonó la habitación en fila india con el cadáver ocupando el centro.

Los errehaches sentían miedo en el arcaico cementerio de Brez. Existían dos zonas de enterramiento claramente diferenciadas. La primera pertenecía al período anterior a las guerras civiles. Los errehaches no llegaban a penetrar el misterio de aquellos monumentos funerarios con diabólicas figuras erguidas sobre la piedra. Seres alados de mirada vacía cernidos sobre los huesos de los muertos.

Tampoco relacionaban los deteriorados retratos incrustados en las tumbas con sus ocupantes. Alguien insinuó una explicación. Las imágenes humanas representaban los dioses que veneraba el muerto, varios en algunos casos, incluso niños de corta edad. Pero entonces ¿por qué había cruces en todas las tumbas? No lograban relacionar ambos elementos rituales.

Centenares de cruces decrépitas, grises y erosionadas, se alzaban por todo el cementerio. Brillaban envueltas en luces fluorescentes que destellaban en la noche. Las lápidas fulguraban en la oscuridad provocando reacciones emocionales que los errehaches no habían sentido jamás.

Los enterramientos del período militar eran evidentes, incluso familiares para la Resistencia. El sistema podía ser identificado con relativa claridad. La principal, y terrible, diferencia consistía en que los cuerpos se descompusieron por sí mismos en las Fosas Comunitarias, aunque aquellas, probablemente precursoras de las modernas, se llamaban Fosas Comunes, según podía leerse en los obeliscos de granito negro que las numeraban de una a ciento siete.

Como el resto de Brez las fosas estaban comunicadas mediante un ingenioso sistema subterráneo. Un estrecho pasillo las circundaba lateralmente. De este corredor, húmedo y bajo, partían accesos hasta las bóvedas mortuorias. Los huesos se apilaban en el interior, formando cuerpos o mezclados caóticamente. De las paredes del corredor lateral colgaban arcaicas antorchas eléctricas. Los errehaches ya sabían que formaban parte del sistema de iluminación portátil del pasado, aunque ignoraban cómo había funcionado. Se relacionaba con las cajas rectangulares o cuadradas que podían hallarse en casi todas las casas de Brez bajo el nombre de «baterías». Los errehaches estaban desarrollando un fascinado interés por los objetos del siglo XX.

Pero el contacto con las osamentas humanas les golpeaba directamente en sus principios. Aquello carecía de ideología. Se trataba de la educación que recibieron de niños, heredada de sus padres y sus abuelos. Una concepción de la muerte que no les impuso la Unión ni ningún otro poder. Era simplemente repugnante. Una costumbre salvaje propia de seres primitivos. Enterraban a sus muertos sin desintegrarlos, permitiendo que la tierra, los gérmenes y los insectos les devoraran lentamente durante años.

Las fosas comunes impresionaron incluso a hombres y mujeres habituados a la guerra y el fuego atómico. Los elegidos por sorteo contemplaban escenas que luego eran incapaces de describir por su crudeza. Restos de seres humanos con fragmentos de cabello adheridos al cráneo y largas uñas curvadas. Muecas que provocaban gritos y pesadillas. Calaveras oprimidas por vendas putrefactas que aún mantenían las bocas cerradas, cruces entre los afilados huesos de las manos. Les producía pavor ver los esqueletos con los brazos cruzados sobre el pecho. Aquel gesto les inspiraba maldad.

Avanzaban velozmente por el corredor subterráneo que flanqueaba las fosas. Como carecían de porteadores automáticos de bolsas, improvisaron uno colocando el cuerpo de Cerceda sobre un diseñador Magallanes que proyectaba mecánicamente la espectral geometría de las ciento siete Fosas Comunes en el aire. Mónica Carlés y Navarro abrían la marcha velozmente, esforzándose por no observar ningún detalle. Era algo más que asco. Sentían miedo. Ambos se aferraban a sus Kalashnikov como si aquellas armas del pasado pudieran defenderles del temor primitivo que percibían a cada paso. El pulsante BH iluminaba la galería con su torrente de luz virginal, tan clara como una mañana de verano.

Antes de la fosa 14 estalló la estampida. El cortejo dejó atrás al Magallanes que transportaba ceremoniosamente al muerto. Si aquel lugar era espantoso, la catorce les rompía todos los esquemas. Era algo que ni siquiera los mejores cerebros de la Inteligencia unionista podrían haber imaginado para acabar con el sistema nervioso de un hombre. La fosa 14 estaba llena de cuerpos de niños. La estampida, iluminada por el pulsante —que seguía dócilmente al que portara consigo su diminuto control de mandos— se detuvo al final de la estrecha galería.

El cuerpo del errehache ajusticiado llegó cuatro minutos después a la fosa 106, la última del corredor. Estaba vacía. Era una cámara de siete metros de alto por quince de ancho excavada en la tierra. Sus compañeros esperaban la bolsa con el cadáver formando un grupo compacto. Nadie habló hasta que el Magallanes se detuvo suavemente a la entrada de la fosa.

—¿Alguien conoce las palabras de la Fematería? —preguntó Mónica Carlés sin disimular un ligero temblor en la voz—. Cerceda era creyente —agregó casi en un susurro.

Una errehache surgió del grupo. Estaba pálida y no podía controlar el temblor de su cuerpo. Era muy joven. El paso por las Fosas Comunes había blanqueado un par de cabellos en su negro pelo.

—Yo también soy creyente —murmuró con el miedo pintado en los ojos.

Ordenaron al Magallanes que depositara el cuerpo del errehache en el suelo. Lo hizo torpemente, dejándolo caer de lado en el último momento. Nadie lo tocó. La Fematería prohibía manipular los cadáveres cuando éstos habían sido introducidos en las bolsas desintegradoras.

—En el nombre de la Energía que todo lo establece, que nos forma y nos transforma, que nos insufla la vida, te devolvemos el cuerpo que te pertenece para que retorne a la Nada Inmortal —recitó sobriamente la errehache.

Mónica oprimió el dispositivo que apretaba en la mano. La bolsa desintegradora comenzó a ondular violentamente. El cuerpo que yacía en su interior se convulsionó cambiando sucesivamente de forma. El plástico amarillo revelaba la anatomía del cadáver con extraordinaria nitidez. El relieve comenzó a deformarse y encogerse. Primero se licuaron las piernas, luego los brazos y el torso. Lo último en desintegrarse fue la cabeza. La máscara que formaban los labios, la nariz y los huesos de los ojos se esfumó lentamente, tal como estaba previsto en el rito funerario practicado en la Unión. La bolsa quedó fláccida. Se comprimió sobre sí misma transformándose en una caja plana y rectangular del tamaño de un paquete de cigarrillos Imperio. Era un modelo económico.

—Vámonos de este espantoso lugar —ordenó Navarro.

Antes de llegar a la mitad de la galería subterránea, el grupo inició una nueva carrera espontánea que no cesó hasta alcanzar la superficie. El Magallanes llegó cuatro minutos después, proyectando el mapa de las Fosas Comunes en la helada oscuridad de la noche.

La superestructura que albergaba la Secretaría General de la Unión Europea Continental ocupaba cien kilómetros cuadrados en el centro de Bruselas. El megaedificio, construido en mármol y metal, carecía de torres o ventanas exteriores. Era plano y continuo, sin concesiones a la arquitectura neogótica imperante en todo el continente. A pesar de su amenazadora apariencia exterior, la Secretaría General era una obra maestra del diseño y la tecnología más avanzada de la UEC.

Las terrazas forestales, los deliciosos parques arbolados —donde se reproducían libremente las últimas especies salvajes de Europa— y las lujosas residencias de los Principales Burócratas estaban proyectadas hacia el interior del complejo, conocido en todo el continente como El Paraíso. Allí dentro el aire era puro y penetraba suavemente en los pulmones dejando una tonificante esencia de flores y bosques, miniselvas y prados de yerba mimada por los mejores jardineros de la Unión.

La Secretaría General, centro neurálgico del continente, final y principio de todo el poder, corazón y mente que iluminaba con su infinita sabiduría todas y cada una de las decisiones públicas para mayor grandeza de la UEC no era, como podía parecer a simple vista, la ciudad prohibida de los secretarios generales. Los ciudadanos de la Unión comprendieron, tras décadas de televisión sensorial, que los privilegios de los eurócratas eran la esencia del poder de la Unión. Sin la compleja burocracia, que requería la guía paciente de los eurogestores, no podría existir el confort y la prosperidad que todos disfrutaban.

Las colas frente a los dos accesos laterales de la Secretaría General eran un alegre espectáculo de expectación y entusiasmo. El público, embutido en la deliciosa moda *teddy,* abandonaba por dos horas las calles grises y contaminadas de Bruselas para sumergirse en el Paraíso. Dentro siempre brillaba el sol de la Unión. La lluvia ácida que consumía los últimos bosques y el cáncer provocado por los nuevos materiales atómicos, utilizados en la industria espacial, no existían más allá de las puertas descontaminantes que, según se decía, alargaban la vida de los que las traspasaban.

A Bruselas llegaba gente de las regiones más remotas de la Unión para contemplar con sus propios ojos el grandioso corazón del imperio. No tenían la oportunidad de ver a los eurócratas, siempre ocupados en graves asuntos de Estado. Esa clase de contacto sólo se obtenía mediante largas eurogestiones con los ayudantes de los vicesecretarios de Acceso, el nivel más modesto en la pirámide del poder. Pero para la mayoría de los eurounidos ese simple contacto era suficiente para llenar una vida de risueñas anécdotas. El contactado se convertía en un eurounido de respeto ante los ojos de la sociedad y su categoría social subía como la espuma.

Uno de los europrogramas sensoriales más populares era el show *¡Lo he visto!* Los eurounidos podían compartir las gozosas experiencias de una entrevista privada con alguno de los vicesecretarios de Acceso, sin duda los subeurócratas más famosos de la Unión. Eran personas comprensivas que aconsejaban a los anónimos eurounidos qué hacer con sus problemas. Pero, respondía el público desde sus butacas sensoriales, ¿qué podía hacer un paciente ayudante de vicesecretario de Acceso para remediar el problema de las viviendas compartidas, los cánceres de piel, las zonas radiactivas diseminadas por toda la Unión, la falta crónica de agua o el paro?

La Unión, después de todo, no estaba tan mal. La televisión sensorial era gratuita y universal. La mayoría tenía trabajo y vivienda, aunque muchas fueran compartidas, y la amnistía trajo la paz a las ciudades. El régimen se había suavizado. Incluso podía decirse que era tolerante. No existía limitación para las diversiones, el consumo de drogas y el sexo. La tecnología era el instrumento sagrado de todo aquel bienestar. ¡El que no es feliz es porque no quiere! —repetía a diario el presentador más famoso de la televisión sensorial, Pipo Carré.

La Unión disfrutaba de un período de prosperidad sin precedentes en la última década. Las estrecheces parecían haber llegado a su fin. Las nuevas fábricas aeroespaciales, construidas en los territorios africanos de la UEC, las voraces Fuerzas Armadas de la Unión y el Complejo Militar-Industrial de Rendimiento Acelerado liquidaron en pocos años el lamentable estado de precariedad que había padecido la Unión a comienzos de la década.

Las viviendas se transformaron. Se procedió a la destrucción de viejas ciudades y suburbios Bouteille-Hafkemeyer y en su lugar aparecieron espaciosos edificios góticos de apartamentos que, gracias a la tecnología, parecían el doble de grandes de lo que eran en realidad. Los metros cuadrados se pagaban según la eficacia o el lujo que implicara aquella ilusión, no del espacio real.

Los vehículos aéreos y terrestres eran ridículamente baratos y las evasónicas, la droga sintética más perfecta de la historia humana, que no creaba adicción ni efectos secundarios, sino consumidores compulsivos, se adquirían en los supermercados por el precio de un paquete de cigarrillos Imperio. Había evasónicas de lujo para viajes de placer o sexo más allá de cualquier frontera imaginable. Pero eran mucho más caras. Las evasónicas Oro estaban reservadas exclusivamente a las castas estatal y militar, aunque existía un mercado negro restringido donde la gente adinerada podía obtenerlas.

La libertad de expresión y asociación política quedaron definitivamente abolidas en las conciencias y los cerebros de los eurounidos al final de la Gran Crisis, cuando dejaron de ser necesarias para mejorar el nivel de vida y la adquisición de placer y tecnología, principales motores sociales de la Unión. Los eurounidos perdieron el brote de interés que provocaron las reivindicaciones de la Resistencia Humana. Les llamaban los locos de la democracia.

Incluso olvidaron que el actual primer secretario general llevaba gobernando treinta años sobre la Asamblea de los Treinta Secretarios de la Unión, nombrados por él mismo tras la abolición de las cancillerías y los consulados que representaron tímidamente en Bruselas a los territorios de la antigua Europa.

La elección de un nuevo secretario de la Unión era secreta y no se comunicaba jamás a los eurounidos. El primer secretario general decidía cuál euroclan había ganado la guerra interna por la Secretaría vacante, pero tenía el privilegio de vetar al candidato propuesto, cuyo nombre se mantenía oculto hasta el veredicto final.

Si el nombre del aspirante —siempre un burócrata principal— no era del agrado del primer secretario general, el euroclan perdedor tenía el derecho de proponer su propio candidato. Si éste era aceptado, como sucedió con el secretario de Seguridad Interior, el honorable burócrata Mateo Peña, el euroclan perdedor ganaba tras haber sido derrotado en la guerra interna.

Sorribes sentía el último filme sensorial instalado en una cómoda butaca de la Secretaría de Interior. No prestaba demasiada atención a la acción individual que protagonizaba en aquel momento. Se batía contra una nave de la Unión Continental Americana de la que era capitán. Sus hombres resistían con artificial heroísmo bajo el fuego enemigo. Le transmitían sensaciones de arrojo. Pero él sabía bien que aquél no era el verdadero sentimiento de valor en combate, sino una ficción anímica virtual obtenida recurriendo a los recuerdos de un grupo de soldados veteranos. También le llegaban las infantiles descargas de las pits. Una soberbia oficial, con la que había gozado en la cama minutos antes —se mejoraron notablemente los orgasmos desde la última vez que se enchufó a una película— yacía muerta a sus pies. Sintió un vago impulso de tristeza y decidió quitarse el ligero casco sensorial.

Entonces le llamaron. La tercera asistente del secretario Mateo Peña, una Dama de la Unión, le introdujo con frialdad en la antecámara. Pocos hombres en toda la UEC tenían acceso a Peña, y Sorribes era uno de ellos. Pero había que elegir muy bien el motivo de la audiencia. Si el secretario lo juzgaba intrascendente no le sería concedida otra en los próximos años y sus privilegios en Bruselas se verían perjudicados.

Peña era un hombre pálido y ascético, con un tapiz de pelo ralo en torno a la coronilla y una prominente nariz afilada. Sorribes atravesó despacio la vasta sala circular y se detuvo a dos metros del secretario, que no levantó los ojos para mirarlo. Se mantenía erguido tras una sobria mesa de madera desnuda de tecnología, enfrascado en la lectura de un documento.

Papel, pensó perplejo el policía.

El secretario golpeaba la superficie de la mesa con las uñas de su mano izquierda mientras pasaba hojas con la derecha, una extremidad huesuda que cortaba el aire con violencia. Vestía de negro cerrado, color desusado en la Unión. Un cuello redondo abrochado con rigidez a la altura de la nuez ocultaba su arrugada garganta. Sorribes no le veía los ojos, pero recordaba su destello de acerado fanatismo.

Se mantenía tan inmóvil como era capaz, intentando que su agitada respiración no delatara el temor que sentía ante aquel coloso de poder. El vacío de la cámara circular producía un sentimiento reverencial en el policía. Las paredes de mármol y metal estaban desnudas. No había ordenadores ni accesorios. La mesa del secretario ocupaba el centro de la sala. Estaba sentado en una silla de madera, con una cruz flanqueada por dos espadas grabadas en el respaldo.

—Dígame —dijo sin levantar la vista. Su voz era parte del terror que infundía. Hueca y grave, con un hilo silbante oscilando en la matriz de cada frase.

Sorribes tenía más que pensado el saludo protocolario, el prólogo y la exposición general del asunto. Si se ceñía rigurosamente a su estrategia y tenía éxito, lograría el favor del secretario. Se estaba jugando mucho más que el puesto. Debía informar con moderación, sin alarmar a Peña, pero señalando el peligro potencial de la ZP77 y su implicación política. Aquélla era la parte más peligrosa del asunto. Peña podía desterrarlo a una base del extremo Ártico si interpretaba su informe como una crítica a la política de la Unión respecto a los errehaches.

—Excelencia, agradezco el favor de esta audiencia y el privilegio que me concede al poder exponer un asunto que espero sea oportuno y de su consideración —respondió Sorribes inclinando la cabeza con temor. Sentía un vacío ácido en el estómago que le trepaba caliente por la garganta.

—Eso se verá. No es favor ni privilegio, sino riesgo para el solicitante. Resuma —dijo el secretario silbando las palabras en voz baja, con los ojos fijos en las páginas de papel.

Sorribes observó que sus labios delgados apenas revelaban movimiento al articular las palabras. Decidió ir derecho. Aquel hombre lo fulminaría o indultaría según su inapelable veredicto. Comprendió tarde que había cometido un error. El primero de su brutal carrera al servicio de la represión.

—Lo haré, excelencia. Considero que los errehaches concentrados en la ZP77, según el artículo Cinco, apartado C, del Armisticio, representan un peligro potencial para la seguridad de la Unión Europea Continental.

Al pronunciar la última palabra, Sorribes imaginó cómo sería la remota isla del Ártico Norte que le asignarían y la cara de Helena, su mujer, al saber que sus sueños de Dama de la Unión de Cuarta Clase quedarían sepultados para siempre bajo el hielo de un gulag para funcionarios. Podían acusarle de conspiración, rebelión o incluso traición. Lo más terrible, pensó mientras el secretario descorría de nuevo el velo sepulcral de sus labios, era que no había recibido ayuda de nadie para inmolarse delante de Peña.

—Una notable conclusión. ¿Cómo ha llegado a ella, Sorribes?

El jefe de los EAU sintió la proximidad del peligro. Había

pronunciado su apellido. En aquellos labios descarnados sonaba a condena. Siguió de frente. Sólo le quedaba acatar la sentencia como un hombre.

—Carezco de pruebas concluyentes. Baso mi sospecha en indicios, para mí claros, y en mi experiencia de veinte años en los Escuadrones Antiterroristas Urbanos. Puedo afirmar, excelencia, que he llegado a sentir y pensar como los errehaches para poder combatirlos mejor.

—Tal metamorfosis podría haberle valido en otros tiempos el potro o la cuna de Judas, dos instrumentos útiles para purificar convexos. Usted debe contentarse con la Droga Cerebral, que informa sin castigar el pecado. Supongo que es esta última su principal fuente de sospecha —dijo Peña levantando los ojos por primera vez. Despacio.

Miró a Sorribes con desprecio. El policía sintió cómo aquella mirada negra, de perro traidor y masacrero, se le clavaba en las pupilas. Su insolencia era feroz. Pero le aterraba más su fanatismo.

—Uno de los errehaches era mi prisionero cerebral. El enemigo lo ejecutó en medio de una frase reveladora. Ignoro cómo procedieron a darle muerte instantánea sin recurrir a las armas. Los satélites indican que carecen de ellas —informó Sorribes evitando los ojos del secretario.

—Tal vez lo ajusticiaron a cuchillo o espada —rebatió Peña con astucia.

—Según sabemos, excelencia, los cuchillos provocan una muerte más lenta. La víctima agoniza. Lo que significa actividad mental. Mi prisionero fue liquidado de manera fulminante. Su cerebro murió en el acto provocando en el mío un fuerte impulso destructor. En el último instante me insultó. Opino, señor, que los errehaches disponen de armas. Pero pertenecen a una clase que no conocemos.

—¿Cuál fue su reacción al sentir el insulto y la muerte del cerebro cautivo, Sorribes? —interrogó el secretario sin apenas despegar los labios.

El policía se estremeció ante aquella muestra de erudición

en el arte del interrogatorio y la tortura. Por primera vez experimentó el placer de hablar con un artista consumado en el dolor ajeno. Peña intuyó su fracaso sin estar dentro de la Droga Cerebral. Era un maestro.

—Dolor, excelencia. Un dolor inexpresable. Contemplé el mecanismo de la muerte. Su funcionamiento interno. Estuvo a punto de arrastrarme con ella —respondió el policía con voz quebrada, rememorando el desprendimiento vital, la oscuridad, el repentino destello de luces en el vacío de una dimensión hostil y absoluta, y el regreso a su cuerpo empapado en la pestilencia de su propio vómito.

—Fue débil, Sorribes, y yo no tolero la debilidad en mis subordinados. Si fuera más hombre habría soportado la muerte de su prisionero en estado consciente, y hoy sabríamos lo que oculta esta ZP y tal vez ¡más! Podría haber recogido la información de aquel cerebro bastardo sin lamentarse hoy ante mí por su fracaso. ¿Sabe lo que es la guillotina...?

Sorribes negó con la cabeza, sin levantar los ojos del suelo.

—Lo suponía. Fue uno de los instrumentos de ejecución favoritos entre nuestros antepasados europeos porque procuraba una muerte fácil de aplicación industrial. La máquina decapitaba al condenado mediante una cuchilla que se desplomaba entre dos columnas acanaladas. Fue instalada cerca de aquí, en la plaza Greve de París. El 4 de abril de 1792 se procedió a la primera ejecución, que entusiasmó al público. Pero la ciencia descubrió que la cabeza cortada por la guillotina era consciente al ser arrancada de su cuerpo. Sentía cómo rodaba y caía. Los cerebros más resistentes llegaban a vislumbrar incluso la presencia de otras cabezas cortadas a su alrededor. Los neurólogos calcularon que la consciencia de la desprendida del tronco se prolongaba segundos. Usted, Sorribes, desperdició este tiempo y pagará por ello. Pero le castigaré más tarde. Ahora debe servirme.

El secretario hizo sonar un arcaico instrumento sonoro en forma de cono que reposaba sobre la mesa. Una sección de la pared se abrió a espaldas del policía y volvió a cerrarse sin ruido. Peña no miró directamente al coronel Sharetsky, vicecomandante de Inteligencia Interior. Le señaló con un largo dedo huesudo que vibraba con ira.

—Usted es otro miserable, coronel. Un fantoche arrogante cegado por la lujuria y la ambición. Le ordenaría quemar en una hoguera para freír su cerebro de perro. Su infantil espionaje ha puesto en peligro un minucioso plan concebido durante años. Le acuso de traición por haber alertado a la Resistencia Humana y le condeno a muerte —dijo con voz hueca.

El rostro del secretario se deformó en una mueca fanática, iluminada por la luz negra de sus ojos. A Sharetsky se le rasgó la boca sobre la blanca máscara del miedo.

Sorribes observaba al coronel complacido en su desgracia. Puede que ambos marcharan al infierno, pero lo harían en turnos diferentes. El policía sólo mataba por oficio, aunque disfrutara con la tortura, como todos los de su especie. Sabía quién era y cómo acabaría con sólo mirarse al espejo. Pero Sharetsky era un cobarde. Un soldado sin honor. El coronel se había convertido en una piltrafa y temblaba con la hoz y el martillo de Inteligencia destellando en el pecho del uniforme.

—Mátelo —ordenó el secretario a Sorribes.

—No llevo encima mi arma de reglamento, excelencia —respondió el policía sin vacilar.

—Ejecútelo con este puñal —le apremió Peña arrojando sobre la mesa una larga daga.

Era de doble filo, con profundos canales en ambas caras. Sorribes la empuñó. Se ajustó mansamente a la anatomía de su zurda. No conocía las dagas españolas, pero era un experto en el manejo de navajas automáticas. Sabía cómo y dónde mataban.

Sharetsky no tuvo tiempo de concluir su balbuceo de clemencia. El policía se volvió hacia él velozmente y le abrió un tajo de veinte centímetros en el vientre. El coronel lanzó un grito conteniéndose con ambas manos el paquete intestinal. La sangre brotaba a presión entre sus dedos.

—Un puñal... —exclamó perplejo mirándose la herida.

Fue lo último que vio Sharetsky antes que una nueva puñalada le rebanara limpiamente la garganta. Cayó de rodillas con la cabeza colgada hacia la nuca. Se convulsionó varios minutos y falleció bajo un charco espeso de sangre que se extendía sobre el mármol como el mapa de un continente incógnito. La topografía de un cobarde, pensó Sorribes.

Las serenas palabras del secretario, aplacadas de ira, penetraron en el cerebro del policía como la voz de un dios. Peña había fabricado una nueva criatura de su carne. Serviría al gran inquisidor de la Unión hasta que decidiera su destino.

—Estaba a punto de averiguar el plan de la Cúpula de los Viejos cuando el coronel se interpuso en mi camino. Ahora lo saben todo. Debemos empezar desde cero. Este viejo expediente militar —dijo el secretario señalando el fajo de papeles— detalla lo que pasó en Brez durante la última guerra civil europea. Opusieron una resistencia que relaciono con el fundamentalismo de la RH. Los Viejos son astutos estrategas y planean una nueva fase de la guerra. Pero en la Unión, Sorribes, hay demasiada gente crédula que la considera terminada. Algún día les juzgaremos como criminales. La obstinación del euroclan opositor impidió una inspección a fondo de la ZP77 cuando se acordó el armisticio. Tenían demasiado miedo a las neutrocaseras de la RH y aún más a su General. Debemos fabricar una provocación para destruir Brez. Lo haremos en el curso de un registro policial centrado en la búsqueda del comandante Navarro. Quiero que mueran varios agentes de los Escuadrones Antiterroristas Urbanos. De la forma más dramática posible.

Sorribes asentía como un autómata oprimiendo la daga en su mano izquierda. Los ojos del coronel, tendido a sus pies, le contemplaban desde la muerte.

—Si Sharetsky hubiese sido su prisionero cerebral, habría tenido sobrado tiempo para arrancar todos los secretos de su mente. No olvide la lección, Sorribes. Yo nunca olvido ni perdono. Y ahora escuche atentamente mis órdenes. Esto es lo que quiero que haga en la ZP77.

Navarro golpeó dos veces el acero con un martillo de picar piedra.

—Suena macizo —dijo sin volver la cabeza.

La placa metálica tenía un grosor de quince centímetros y sus laterales dentados penetraban un metro en la roca de la montaña. La inspección del diseñador Magallanes resultó decepcionante. Sólo obtuvo imágenes confusas en un radio de tres metros detrás de la placa.

—Pueden ser objetos fabricados en serie. Los volúmenes son similares —informó Contardi estudiando las formas evanescentes proyectadas en el aire del subterráneo. Diez errehaches estaban ante la puerta, pero ninguno sabía qué hacer para abrirla. Toda su tecnología rebotaba contra el macizo muro de acero y plomo que se alzaba ante ellos como una prolongación de la roca.

No se trataba de una simple excursión para mirar, asombrarse y olvidar. La Cúpula de los Viejos había sugerido descerrajar el muro y usar su contenido a discreción. Para los errehaches era una orden. Las sugerencias de los Viejos tenían carácter de ley.

Alvarado fumaba sentado en una banqueta de esparto. La bayoneta de un AKA de asalto sobresalía un palmo entre sus riñones, sujeta a la cintura del pantalón. Hacía semanas que respondía con monosílabos. Cuando no permanecía encerrado en su ascética habitación, sepultado entre libros antiguos, recorría Brez manipulando un miniordenador cartográfico. Podía pasar horas observando el pueblo desde diferentes perspectivas, tan inmóvil como una de las estatuas del cementerio.

No pertenecía a ningún comité de reconstrucción, brigada de trabajo o institución política. Kulikov y Navarro se encargaban discretamente de atender sus necesidades, que eran mínimas, liquidando los accesos de curiosidad. «Sólo necesita relajarse», solían decir zanjando la cuestión. A veces desaparecía en las montañas con un puñado de veteranos. Nadie hacía preguntas. Preguntar nunca fue una costumbre sana en la Resistencia.

Los ojos de Alvarado permanecían fijos en la placa. Dos trazos verdes rasgados en un rostro curtido. Nadie conocía el resultado de atisbar allí dentro. Nadie lo intentaba. Los cerró lentamente y volvió a abrirlos. Alguien proponía volar la losa de metal con explosivo.

—La explosión sería detectada por los satélites y dudo que lográramos abrir la puerta. La solución puede estar debajo —dijo Alvarado señalando el suelo. Los errehaches siguieron la dirección de su dedo pulgar.

Había recordado fugazmente la ilustración de un viejo libro sobre ingeniería de minas; técnicas de perforación, sustentación de galerías y puertas estancas contra el fuego y las avalanchas. Alvarado relacionó el subterráneo con los cortes transversales de galerías que aparecían en el libro.

La imagen de la puerta hermética, manipulada desde otra sala, surgió de su basurero cerebral entre decenas de fotografías y croquis arcaicos intencionalmente grabados en su memoria con la ayuda de un mnemómetro. Con él se podía aprender un idioma en un par de horas, memorizar un tratado de física cuántica o fijarse la ruta de un carguero lunar.

—Debajo —repitió Alvarado sin moverse de su butaca de esparto.

Claudia Contardi, que creía ciegamente en lo poco que le había oído a Alvarado desde su llegada a Brez, obedeció segura de hallar la solución bajo sus pies. Proyectó el Magallanes hacia la superficie de la galería y esperó ansiosa la respuesta.

Llegó medio minuto después. Todos se acercaron para observar de cerca la borrosa proyección de una gruta artificial excavada a cuatro metros de profundidad. En su interior distinguieron un pesado mecanismo metálico unido a lo que parecía una rueda dentada. Contardi se volvió hacia Alvarado interrogándole con los ojos.

—Fue sólo un disparo en la oscuridad —respondió exhibiendo una de aquellas sonrisas de baja intensidad que descolocaban el ritmo cardíaco de la profesora milanesa.

Irene Salazar también la vio. Podía contar con los dedos de

una mano las veces que le había visto sonreír. Eran señales de un prisionero atrapado en el lado oscuro de Alvarado. El único cautivo de Brez, pensó la doctora enderezando su mirada lateral.

El Magallanes identificó la entrada a la gruta mediante una proyección geofísica. Reveló una trampilla oculta fuera de la galería, en la última casa colindante con la montaña. El estrecho pasadizo de cemento estaba tan encastrado bajo tierra que habría sido imposible localizarlo sin un Magallanes. Navarro fue el primero en descender, seguido por Kulikov, Irene Salazar y Mónica Carlés. Alvarado desapareció durante quince minutos y regresó con un viejo libro bajo el brazo. Fue el último en bajar.

El espacio era pequeño dentro de la gruta. Las linternas revelaron la estructura de un mecanismo fabricado en acero. No intuyeron a simple vista su finalidad y relación con la losa que cerraba la galería sobre sus cabezas. Consistía en una gran rueda dentada, de metro y medio de diámetro, sujeta a un grueso eje que penetraba en la roca. Otra rueda de las mismas características, situada más abajo, encajaba en la primera. Todo el mecanismo permanecía sujeto a un esqueleto metálico atornillado a la pared rocosa del que sobresalía una poderosa manivela en forma de zeta.

—Es un sistema de apertura manual —dijo Alvarado estudiando uno de los croquis impresos en el libro—. Se utilizaban en minas y búnquers militares. Debería servir para descorrer la placa metálica de la galería según se indica en este dibujo —agregó golpeando suavemente la página.

Irene Salazar se asomó sobre su brazo para observar el croquis. La estrechez de la gruta la obligó a rozar involuntariamente el cuerpo de Alvarado. Lo sintió en forma de descarga estática. Era como había imaginado. Duro y cálido. Alvarado percibió los pechos de la doctora irradiando calor, sangre y latidos en su piel. Había olvidado la anatomía de la sensualidad y el deseo del sexo. Sus ojos se cruzaron como los de un hombre y una mujer ajenos a la causa. Alvarado se prometió olvidarla.

—No se mueve. Harán falta cinco o seis más para hacerla girar —dijo Kulikov jadeando. Navarro estaba derrumbado sobre la manivela, con el rostro desencajado por el esfuerzo.

—Buscad refuerzos. Necesitamos a los más fuertes —ordenó el comandante.

Mónica regresó con cinco hombres fornidos y uno de los recipientes de grasa donde habían hallado armas. Llevaban semanas empleándola para engrasar los arcaicos generadores de extracción de agua y otros deslumbrantes artefactos del pasado. Las ruedas dentadas fueron cubiertas de grasa con espátulas tras ser examinadas con el Pulsante BH, que no determinó fallos estructurales.

Los cinco errehaches imprimieron simultáneamente toda su fuerza sobre la manivela, pero el mecanismo no se movió. Kulikov, que pesaba 90 kilos, se unió al grupo. No quedaba sitio para más hombres. Los cuerpos se tensaron de nuevo sobre el acero entre jadeos y empujones. La pequeña bóveda olía a sudor ácido. El segundo impulso se mantuvo parejo diez segundos. Cuando estaban a punto de soltar la manivela, las ruedas dentadas giraron de forma casi imperceptible.

—¡Se han movido! —gritó Navarro, al que entusiasmaba cualquier resurrección tecnológica del siglo XX.

Al caer la noche sobre Brez, la placa metálica se había descorrido lo suficiente para permitir el paso de un hombre. Los errehaches penetraron en fila con Navarro a la cabeza. La abertura no permitió el acceso del Magallanes ni el Pulsante BH. Sólo linternas. Había una tensión sacramental en cada rostro. El paso de la puerta representaba la culminación de todos los misterios hallados en Brez y el acceso a un nuevo mundo oculto en las entrañas de la roca.

Alvarado cerraba la marcha de los diez errehaches. Intuía que la gruta contenía la verdadera herencia legada por los cántabros al futuro. No lograba penetrar en el significado de la palabra «volveremos» pintada sobre el acero de la placa. Los muertos no resucitaban. Las guerras se perdían o se ganaban sin piedad para los vencidos. Así lo enseñaba la historia que aprendió en los libros antiguos. Comprendió que sólo había cambiado la tecnología, los medios para matar y las causas para perseguir, pero no la condición humana de los verdugos y las víctimas.

La humanidad en el siglo XXI padecía un retroceso espiritual, moral e ideológico hacia la esclavitud por otros medios. Esta vez no eran galeras turcas, gulags soviéticos ni cámaras de gas nazis, sino la sumisión mental de la especie a través de la tecnociencia. Aquél era el triunfo de generaciones de dictadores, matarifes industriales y viscerales con el poder en las tripas. Mereció la pena morir mientras se pudo, pensó Alvarado enfocando con su linterna las cajas y recipientes metálicos que se alineaban a ambos costados de la cueva en perfecta formación.

Los diez errehaches avanzaban oyendo el eco de sus respiraciones en el hermetismo de la gruta. Estaba muerta, pero la prepararon para la resurrección con detalle. Un grueso cable de acero con lámparas colgantes espaciadas cada tres metros pendía del techo de roca. Adheridas a la pared se vislumbraban cajas de cristal con palancas pintadas de rojo. Mónica Carlés tiró de una de ellas. Entonces sucedió aquello.

Aún hoy algunos creen que sólo es una leyenda. Mitos para alimentar la lucha contra la dictadura de la Unión. Doctrina RH. Pero la pantalla que se descorrió lentamente ante los ojos de los diez errehaches y el mensaje que se proyectó segundos después no tenían nada de mito. Era un simple proyector alimentado con una pila de uranio. Imágenes garantizadas por mil años.

«Si sois enemigos, que los gusanos devoren vuestros cuerpos en la tumba hasta el día del Juicio Final. No vencisteis. Sólo nos habéis matado, que es poca cosa. Si sois enemigos, tomad todo esto como botín de guerra. Es justo. Nosotros respetamos las leyes de los hombres y del honor. Antes o después vuestras cabezas rodarán en las plazas y las ciudades de la vieja Europa para regocijo del pueblo. Porque el pueblo será quien os las corte con azadas, hoces y cuchillos de matanza.

¡Muerte a los tiranos de España y Europa! ¡Malditos seáis por los siglos, cabrones!»

Las palabras se proyectaban en la pantalla de plástico mientras una voz las recitaba en el descarnado español de finales del siglo XX. Retumbaba metálica y quebrada en la roca.

«Si sois guerrilleros o soldados de la España libre, sed bienvenidos, porque todo lo que os rodea es vuestro. Ha costado sangre y lágrimas traerlo hasta aquí. Muchos valientes han perecido en el empeño. Si ha valido la pena, sólo vuestras agallas lo demostrarán. Si sois gentes de valor sacaréis provecho de nuestra herencia. Es lo mejor que podemos legaros, hermanos y compañeros. Armas para luchar contra los demonios que han secuestrado nuestra patria. Buenas armas para matar y morir matando. Porque vivir con estas cadenas bajo la dictadura de la Unión no es vivir, sino morir viviendo. Romped las cadenas a tiros. Gritad, como se gritó antes en España: ¡No pasarán! No temáis su poder. Mueren como cualquiera. Aquí mismo hemos dado muerte a miles y sólo nos doblegaron por falta de brazos para matar a más. Tal vez seáis inexpertos pero valientes. En tal caso, jóvenes del futuro, os dejamos por escrito las sencillas instrucciones para el buen uso de este arsenal, el mejor que puede conseguirse en nuestros tiempos. Empleadlo con coraje sin que os tiemble el pulso contra los tiranos. Sólo os aconsejamos que no rematéis a prisioneros ni heridos. Pero eso es cosa vuestra. Allá cada cual con su conciencia. La nuestra limpia está. Hemos muerto decentemente con las armas en la mano.

»Si sólo sois neutrales o turistas, sed buenos cristianos y dejad el contenido de esta cueva tal como está, sin robar propiedades que no os pertenecen. A otros más valientes esperan. Si por el contrario sois los camaradas del futuro que esperamos, contemplad las imágenes de nuestro tiempo. ¡Con estas agallas luchamos los cántabros de Brez!»

La pantalla estalló en colores. Hombres vestidos de civil con ajustados chalecos cuajados de municiones saludaban elevando sus armas al aire. Fumaban y reían con gesto fiero. Sus cabezas aparecían vendadas o ceñidas con cintas. A su alrededor circulaban en frenético zafarrancho heridos y municiones. Uno hombre calvo y grueso mostró un cartón con las palabras «Brigada Carmen» y agitó una banderita ante la cámara.

Se produjo un corte violento. Segundos después aparecieron los mismos hombres disparando tras un parapeto de muebles y piedras. Hacían fuego con una violencia aterradora, exponiendo el físico sin prevención. Uno de ellos, alto y pelirrojo, manejaba una pesada ametralladora sosteniéndola en el aire. La cámara enfocó el blanco de las balas aplicando un brusco zoom. Los antiguos uniformes de la Unión aparecieron desenfocados y en retroceso.

Los errehaches contemplaban la pantalla con las bocas entreabiertas de estupor. Brez se había convertido para ellos en una religión y ahora se hallaban ante los sumos sacerdotes. Sus cabezas alzadas hacia la bóveda permanecían inmóviles. Las luces de las diez linternas proyectaban sus haces contra el suelo de roca. Navarro se sentía apóstol de un nueva fe. Aquella mezcla sobrenatural de voces e imágenes simples, desconectas del cerebro y virginales en su pureza, les transformaron para siempre.

Los soldados de la Unión caían traspasados por las balas. Los cántabros saltaron del parapeto lanzando una carga a la bayoneta que no estaba escrita en ningún manual militar. Otro grupo cortó la retirada a los atacantes. Los errehaches contemplaron estupefactos cómo les acribillaban ensartándolos en el suelo o contra los muros de las casas. Jamás habían visto luchar de esa manera.

La brigada Potes apareció en escena portando gruesas armas en los hombros. Reían, fumaban y se pasaban un recipiente blando que exprimían hasta hacerle manar un fino hilo de líquido rojo. Avanzaron expuestos por la calle principal de Brez. La cámara enfocó de nuevo la acción enemiga. A la entrada del pueblo se concentraban blindados. Sus cañones vomitaban fuego contra la parte alta del pueblo.

La cámara regresó a la barricada. Los defensores fumaban con las cabezas encogidas asimilando el fuego artillero. La Potes tomaba posiciones muy cerca de los carros de combate. Algunos de sus miembros se desangraban sobre el cemento. El resto atacó lateralmente el primer blindado con fuego cruzado. La escotilla voló limpiamente expulsando los restos descuartizados de la tripulación.

—Quedan dos tanques —murmuró Navarro para sí mismo, como si participara en aquella remota batalla.

La cámara cambió de posición. Enfocaba un pequeño cañón que dos defensores emplazaron en el centro de la calle. Uno de ellos pereció en el intento. El otro se ocultó en un portal. Durante varios segundos los diez errehaches sólo vieron columnas de humo y fuego. Luego, la cámara enfocó un fino cordel que serpenteaba desde el percutor del cañón hasta el portal donde permanecía oculto el cántabro.

Uno de los dos blindados avanzó disparando sus ametralladoras. El defensor tiró del cordel provocando una detonación seca a la que siguieron imágenes confusas. Contemplaron un blindado en llamas con restos humanos carbonizados sobre el metal. El tercer carro retrocedió. Los cántabros elevaron sus armas al aire. Los errehaches salieron del trance que les mantenía hipnotizados ante la pantalla y gritaron junto a aquellos soldados del pasado.

La cámara se detuvo en un hombre alto y delgado, de corto cabello blanco, que observaba a través de unos prismáticos rodeado de hombres armados. Todos se dirigían a él con evidente respeto. Vestía un chaleco azul sin mangas sobre una camisa negra de cuello cerrado. A diferencia del resto de los defensores, profusamente armados, tan sólo portaba una pistola cruzada en el pecho. Alvarado contempló fijamente su rostro alargado hasta que la imagen se fundió en una mancha negra.

«Ahora sólo os resta abrir vuestros regalos de Navidad. Encontraréis instrucciones detalladas en cada paquete. Suerte y disparad a la cabeza.» La pantalla se oscureció. Las tinieblas cayeron de nuevo sobre la cueva.

La mayoría de los errehaches comprendieron lo básico del mensaje, que con el tiempo se convertiría en un mito de la Resistencia Humana. Pero ésa es otra historia. Navarro se volvió hacia sus compañeros y preguntó:

—¿Quién está con ellos?

Como movidos por una primitiva fuerza motriz, los diez errehaches gritaron «¡Yo!» al unísono levantando el brazo. El eco de aquel juramento se expandió en la profundidad de la caverna.

Alvarado fue el único que mantuvo silencio. La soflama de los cántabros le parecía un acto de irracionalidad política y militar, aunque fuera sincera. Una apología del suicidio para idealistas manejables. Los cántabros se habían batido hasta el exterminio al principio de las guerras civiles europeas, cuando aún se podía cambiar el destino con las armas. Pero los errehaches estaban en guerra contra una dictadura consolidada de poder absoluto. El heroísmo era inútil contra aquella máquina militar y tecnológica capaz de reducir ciudades a cenizas y controlar cada minuto las mentes de los eurounidos. Los errehaches habían perdido demasiadas batallas por obedecer ciegamente a hombres como Navarro.

—No contéis conmigo. Yo no estoy con los cántabros ni pienso participar en la destrucción intencional de Brez. La guerra se acabó y habéis recibido órdenes de abandonar las armas. Consideraré traidor a todo aquel que no cumpla las condiciones del Tratado de Paz establecido con la Unión y propondré que sea ejecutado.

La voz de Alvarado cayó como agua helada sobre la euforia de los errehaches. El tono era duro y neutro, descarnado de cualquier sentimiento. Se les metió en el cuerpo como una orden de inmediato cumplimiento. Mónica Carlés abrió la boca para responder pero la cerró tras recibir un imperativo mensaje visual de Navarro. Irene también volvió a la realidad. Se había dejado arrastrar por los halcones de la Resistencia y estaba emocionada. Más por el contacto intelectual con los Felices que por su abrasiva llamada a las armas. Miró a Alvarado como si le viera por primera vez y comprendió repentinamente su ingenuidad. Creyó adivinar quién era aquel hombre silencioso y aislado en sí mismo que sólo intervenía en los momento críticos, imponiendo discretamente su voluntad sin explotarla en su provecho. Si Alvarado era el segundo supervisor de los Viejos, la Operación Brez debía ocultar un plan alternativo que la Cúpula mantenía en secreto. Las órdenes recibidas por Irene no hacían la menor referencia al hombre que la trataba con aquel educado desdén reservado a los subalternos.

Navarro había perdido parte de su habitual compostura. Desvió los ojos hacia el suelo para evitar la mirada de Alvarado y sólo abrió la boca para darle la razón.

—Creo que nos hemos calentado demasiado con esta sensorial del siglo XX. Alvarado tiene razón. No estamos aquí para seguirle el juego a esas momias —dijo dirigiéndose a sus compañeros.

Kulikov asintió efusivamente con la cabeza y Mónica se abstuvo de cualquier comentario, asombrada del efecto que aquel hombre producía sobre los comandantes más radicales de RH. Pensó en el respeto, casi temor, que imponía Alvarado y lo relacionó con los bruscos cambios de comportamiento que se producían en Navarro, Palmer, Kulikov y otros comandantes cuando él opinaba, sugería o aparecía sin que nadie le esperara. Sus personalidades se esfumaban. Se convertían en hombres grises y temerosos que obedecían mecánicamente, como si Alvarado fuese uno de los Viejos. No. Eso era absurdo. Los Viejos jamás actuaban como un ser individual y nunca abandonaban la base. Se decía que su edad y las secuelas de sus heridas les impedían la acción o incluso el movimiento. Tampoco era un comandante del Estado Mayor. Mónica les conocía a todos.

La voz de Alvarado volvió a sonar como una sonda hipnótica.

—Hemos recibido la orden de inspeccionar esta cueva y averiguar qué hay en ella. No perdamos más tiempo —les dijo mientras enfocaba una hilera de contenedores verdes y grises que se alzaban hasta el techo rocoso.

Empezaron por una caja alargada elegida al azar. Era de material plástico, muy duro. Sobre la base figuraban varias inscripciones: «US ARMY, Fim-99A, Passive Optical Seeker Technology.» Contardi informó que la primera inscripción hacía referencia al ejército de los antiguos Estados Unidos. Nadie le prestó atención. Manipularon el baúl descorriendo un sistema de bisagras y pulsaron en las zonas indicadas con flechas rojas. La tapa se abrió emitiendo un ligero zumbido de despresurización.

El instrumento que apareció iluminado por las linternas no se parecía a nada que los errehaches hubieran visto antes. Era un artefacto de metal estilizado, envuelto en una película de plástico duro que le aislaba del aire.

—Es evidente que está cerrado al vacío, como lo estaba el contenedor. Puede que su mecanismo se haya preservado —opinó Irene Salazar palpando la arrugada superficie del plástico.

—Deberíamos averiguar qué es. Estamos buscando a ciegas —dijo Contardi señalando un manual de instrucciones doblado en uno de los laterales de la caja.

Era breve y estaba lleno de dibujos que representaban hombres con el aparato cargado sobre el hombro. La carátula anunciaba: «Misil superficie-aire Stinger-Post versión 1999. Propiedad del Ejército de Estados Unidos.» Una de las ilustraciones interiores mostraba la trayectoria de un proyectil y su impacto contra un helicóptero. Contardi tradujo velozmente algunos datos.

—Aquí dice que esta arma puede destruir toda clase de vehículos aéreos en vuelo. Funciona mediante la antigua tecnología infrarroja. Sus sensores detectan fuentes de calor y las destruyen. Se asegura que su resultado es óptimo a baja cota. Su motor funciona con una batería de uranio y utiliza combustible sólido. Este modelo puede ser montado sobre un jeep. Mide 1,53, pesa diez kilos, alcanza una velocidad de Mach-2 y tiene un alcance máximo de cinco mil metros. ¿Lo habéis comprendido? —preguntó irónicamente a los errehaches, que observaban fascinados el Stinger.

Mónica Carlés lo extrajo con cuidado de la caja y rasgó de un tirón el precinto de seguridad. Oyeron una seca detonación de aire. El plástico se ablandó liberando el metal. Carlés tardó algunos minutos en retirarlo soportando los atropellados consejos de sus compañeros. En Brez todo el mundo empezaba a opinar sobre las cosas del pasado con solvencia de erudito. Cuando el misil estuvo desenvuelto se lo cargó en el hombro derecho como indicaban los dibujos. Lo sintió ligero. Extendió la mano derecha hasta la empuñadura y la oprimió con firmeza.

—¡Dónde está esa mierda de helicóptero! —exclamó provocando una carcajada general.

Había logrado romper la tensión y dibujar en los labios de Alvarado un destello de cordialidad. Era exactamente lo que pretendía. Puede que los demás hubieran renunciado a seguir el camino de los cántabros. Pero Mónica Carlés tenía otros planes.

Las cajas que contenían los Stinger se apilaban hasta el techo en varias secciones de la cueva. La siguiente serie de embalajes llevaban la inscripción «NBC», siglas que, como descubrieron más tarde, significaban Guerra Química y Biológica. Los viejos misiles tierra-aire tenían sucesores en el presente, pero aquella clase de armas, con la palabra «¡Peligro!» grabada por todas partes, eran completamente desconocidas. Descubrieron con estupor que alojaban virus y bacterias letales para la vida humana. Ciento sesenta clases diferentes. Podían usarse para matar en el acto o producir epidemias e infecciones desconocidas en el siglo XXI. Empleadas con habilidad, eran capaces de paralizar y provocar el caos entre las filas enemigas sin llegar a matar.

—Esta gente sabía usar el terror. Eran sutiles y perversos. Maestros en romper la moral y extenuar al rival. Cuando fabricaron estas armas ya habían renunciado a la doctrina de Destrucción Nuclear Asegurada, diseñada en los años sesenta del siglo XX. La Unión la restauró décadas después, lo que significa un retroceso en la historia de la civilización —dijo Irene a Alvarado, que sostenía en la mano un pequeño proyectil.

—Observe esta bomba —respondió él—. Puede ser disparada desde un mortero como los que hemos visto en el pueblo. ¿Sabe lo que contienen...? Se lo diré: una clase de alucinógeno denominado BZ, de efecto similar al que producía el LSD, precursor de las actuales evasónicas pero en estado primitivo. El LSD creó una escuela artística en el siglo XX especialmente aplicada a la música. Sus principios eran la paz y el amor universal. Los militares decidieron usarlo para provocar confusión mental entre los soldados del ejército enemigo. Una idea sutil y perversa, como usted dijo.

Irene asintió sin mirarle a los ojos. Los comentarios eruditos de Alvarado, siempre casuales, nunca eran lo que aparentaban. Ignoraba la especialidad de aquel hombre, incluso su misión en la RH. Pero la atracción que sentía por él contenía una dosis de miedo y desconfianza. Su convicción de estar ante el segundo controlador del Plan, que manejaba sabiamente su poder, se reafirmaba.

—Supongo que se rendirían en masa sin disparar un tiro, sonriendo. Ignoraba que supiera tanta historia antigua. Siempre consigue sorprenderme —respondió Irene con recelo.

—Está en los libros. Y en Brez, doctora, abundan. Hay una excelente historia de los movimientos juveniles antimilitaristas y otra sobre la Década Prodigiosa. La refinada estrategia militar a la que usted se refería nació mucho antes del siglo XX. Un general llamado Napoleón Bonaparte demostró que la determinación confiere a un ejército su principal ventaja. Decía que para ganar es necesario explotar al máximo las pequeñas victorias tácticas obtenidas con sangre. Si se decide combatir, doctora, hay que hacerlo con determinación. El general Clausewitz, que vivió en el siglo XIX, escribió que la guerra no es un pasatiempo ni un juego intelectual, si no la continuación de la política por otros medios.

Alvarado abrió ligeramente los labios esbozando una sonrisa. Pero sus ojos permanecieron herméticos. Irene Salazar supuso que le había transmitido un mensaje en clave. Cuando empezaba a descodificarlo oyó la voz de Contardi.

—Según el *Manual de guerra química y biológica*, con estas bombas podemos provocar peste, brucelosis, viruela, tuleramia y dengue. ¿Alguno sabe de qué se trata?

La pregunta de la experta en tecnología del siglo XX volvió a tropezar con un muro de indiferencia. Los errehaches abrían frenéticamente una caja tras otra. Descomprimían del vacío bombas de mano, máscaras antigás, proyectiles explosivos, de fragmentación, humo e iluminación y un contenedor repleto de escopetas cortas de asalto. Dos horas más tarde, iluminados por una potente luz auxiliar, aún no habían inspeccionado ni una décima parte del arsenal de los cántabros. Las herramientas pesadas seguían durmiendo envueltas en plástico hermético.

—Es preciosa —murmuró Navarro deslizando el cargador de una Ithaca M37 para combate a corta distancia. El arma le respondió con un contundente ¡clac! El comandante se humedeció los labios con la punta de la lengua.

—Te gustan demasiado las armas, Navarro. Nunca he sabido si estás en esto sólo por el placer de matar. Te he visto hacerlo y no me gusta tu estilo. Me pregunto si hay algo en la cabeza que aprieta el gatillo.

Navarro miró a Mónica Carlés elevando el cañón de la repetidora. El brillo violento de sus ojos no produjo el efecto que el comandante esperaba. Ella le mantuvo la mirada con desdén.

—No abuses de tu suerte. He matado a hombres por menos de lo que acabas de decirme —le respondió filtrando las palabras entre los dientes.

—Lo sé. Por eso creo que te gusta. La gente de tu especie justifica que muchos eurounidos nos consideren hoy una banda de asesinos. En el último asalto de Barcelona liquidaste a soldados de la Unión desarmados y utilizaste civiles como escudos humanos. Dos de ellos murieron. El *Manual de Guerra* dice que la captura de rehenes es una cobardía que se paga con la vida.

Mónica Carlés se mantenía erguida ante el comandante con las piernas abiertas y el pecho adelantado. Su cabeza no superaba la nuez de Navarro, que subía y bajaba nerviosa en su cuello.

—Tú y yo estamos fabricados del mismo material. Somos de usar y tirar. Tus principios no te hacen diferente ante los que has matado. Si te sientes vulnerable habla con Nabuco. Él tiene un buen tratamiento para los arrepentidos. Prefiero ser terror y muerte a un traidor. Además, a los civiles les mataron ellos.

—Eso es indiferente. Te estoy hablando de principios. Yo también mato, pero lo hago en nombre de una causa y no encuentro placer en ello. Cuando ingresaste en la RH eras distinto. En una ocasión desactivaste una neutrocasera porque quedaba gente inocente en el edificio. Otra vez te hirieron por salvar a una niña en pleno fuego cruzado. Yo te admiraba. Eras mi modelo. Hasta me gustabas como hombre. Hoy no lloraría tu muerte. Te pareces demasiado al enemigo.

La violencia se apagó en los ojos del comandante. Había una grieta vulnerable en su máscara de exterminador alucinado. El único patrimonio de Navarro era su prestigio de liquidador. Para mantenerlo intacto aceptaba los trabajos más sucios y las misiones sin retorno. Como tantos otros errehaches se había construido una personalidad de sangre, guerra y fanatismo. Mónica Carlés se proponía abrir un hueco en la armadura y utilizar al hombre que ocultaba contra Irene Salazar y Diego Alvarado. Navarro se apartó de ella. Antes de darle la espalda arrojó la Ithaka a la caja donde la había encontrado.

Los lanzagranadas automáticos MK-19 provocaron una nueva oleada de exaltación. Los exploradores de la cueva se dividían claramente entre científicos e intelectuales como Irene Salazar, Contardi o André Caron y los militares, que incluían a la mayoría de los presentes. Para éstos las armas eran mucho más que arqueología. Funcionaban y estaban listas para el combate. Les fascinaba que el plan trazado en el siglo XX por los cántabros se consumara con tanta perfección.

El MK-19 era un arma negra y compacta, sustentada sobre cuatro gruesos soportes tentaculares. Los proyectiles explosivos de 40 mm corrían a través de una gruesa cinta servida desde una caja lateral. Descubrieron que su manejo era sencillo. Tenía un alcance de 1.500 m y disparaba cincuenta granadas por minuto.

Los morteros que hallaron sellados en grandes baúles no les impresionaron. Sus esqueletos metálicos estaban por todas partes en Brez. Pero aquéllos eran completamente nuevos y abarcaban calibres hasta 120 mm. No comprendieron sus sistemas de puntería ni los instrumentos electrónicos que parecían asociados a ellos.

Sobre los morteros se apilaban las cajas de misiles anticarro. Kulikov descerrajó con ansiedad el primer contenedor con la inscripción «Antitank Guided Missile» y pasó las instrucciones a Contardi mientras él rasgaba el precinto hermético del arma resucitándola en el siglo XXI. Los cántabros les legaron tres clases de misiles terrestres, RPG-18, Milan y Dragon.

—Ese aparato tiene un alcance de cuatro mil metros y vuela hacia el blanco a la absurda velocidad de mil kilómetros por hora. Creo que se puede llegar antes corriendo. No parece nada fácil de manejar. El manual es grueso y no entiendo la mayoría de los conceptos. Se refiere a un piloto automático que guía el viejo cohete y corrige su trayectoria. Fue fabricado en Europa por un tal Consorcio Euromisil —informó Contardi con su habitual tono distante y académico.

—Entonces comprendo que no se entienda. Aquí siempre lo hemos complicado todo. Mirad en cambio las instrucciones de las armas americanas. Hasta un niño puede comprenderlas —opinó Kulikov sopesando el Milan.

Varios errehaches le miraron con reproche. Europa era un sacramento ideológico que estaba en la base de la RH. «Una

Europa de pueblos soberanos unidos voluntariamente, que mantengan inviolada su ley, cultura, lengua e independencia», declaraba la Constitución alternativa de la Resistencia Humana.

Decenas de armas ligeras y pesadas estaban esparcidas por la cueva. Algunas les eran completamente desconocidas, como las radios de campaña Siemens. Otras les hicieron reír por su ingenuo primitivismo. Especialmente los equipos de visión infrarroja «para operaciones nocturnas». En el siglo XXI era suficiente ingerir una pequeña píldora inocua para ver durante la noche a plena luz.

Sólo habían desempaquetado muestras, eligiendo al azar. Pero aún quedaban varias secciones intactas. Al fondo de la cueva se apilaban decenas de embalajes del mismo tamaño. Los rótulos estaban escritos en cirílico. Alvarado observó su deficiente impresión. No los había desfigurado el tiempo. Era un defecto de fábrica. Cada caja llevaba impresa una estrella roja de seis puntas.

Un extraño magnetismo le atrajo hacia ellas. A diferencia de otros contenedores, los cajones estaban fabricados con madera rústica sopleteada en verde. Las estrellas rojas pintadas en la tapa representaban el símbolo de un antiguo poder. Bajo las letras grandes escritas en cirílico —un alfabeto muerto— descubrió caracteres más pequeños en inglés. No tuvo dificultad para traducirlos: «Unión de Repúblicas Socialistas Soviéticas (URSS).»

Alvarado desenfundó la bayoneta que llevaba sujeta a la cintura y la introdujo de punta en la juntura superior de una de las cajas. Un cigarrillo se consumía lentamente entre sus labios. Empujó suavemente hacia afuera. La madera cedió con un crujido seco. Volvió a repetir la operación en el otro extremo de la caja, sin prisa ni ansiedad. Antes de presionar sobre el grueso filo de la bayoneta aspiró un poco de humo. Fumaba Imperio negro con auténtica nicotina. Eran exóticos y caros.

Una hilera de clavos oxidados quedó al descubierto. Guardó la bayoneta en su funda de cuero y terminó de abrir el cajón a mano. No exhaló vacío. Apagó el potente foco de la linterna e introdujo las manos en la caja, tenuemente iluminado por la luz auxiliar instalada al otro extremo de la cueva. Presintió lo que tocaban sus manos.

Eran bolsas blandas en la superficie que se endurecían al presionarlas. Dentro había metal. Extrajo una de ellas y la examinó bajo aquel suave resplandor. Era negra y estaba cerrada, aunque no herméticamente. En su interior palpó una masa viscosa que apenas se desplazaba al ser manipulada. La forma que ocultaba seguía siendo invisible.

Volvió a desenfundar su cuchillo y rajó la bolsa por uno de los extremos. Introdujo la mano en aquella masa densa y tiró lentamente del objeto, que se resistía a salir del vientre de grasa. La operación le recordó un parto. Ante sus ojos renacía para matar una leyenda del siglo XX. Alvarado sintió los contornos de un Kalashnikov envueltos en su placenta de grasa.

Palpó el arma con el estómago encogido por una emoción que no deseaba sentir. Descorrió despacio la gruesa capa de grasa empujándola hacia el suelo. Entonces lo vio claramente. Era un AKMS de culata abatible. Había memorizado toda la información existente sobre aquel mítico fusil ametrallador de asalto. La URSS nunca lo exportó. Fue fabricado para las divisiones paracaidistas soviéticas. La elite del Ejército Rojo. Los ingenieros rusos depositaron en él su experiencia tecnológica de cincuenta años. La grasa POLCOM había mantenido intacta la pureza del material.

Brez se estaba preparando para librar una guerra que Diego Alvarado se proponía evitar. Después de haberla planeado hasta el último detalle.

Emma Morris se pellizcó los pómulos y comprobó el efecto en su espejo portátil. Un golpe de sangre tiñó levemente de rojo la pálida piel de sus mejillas. Los ojos estaban en su punto, con las sombras reglamentarias en los párpados y la ligera película de maquillaje suavizándole las ojeras. Se humedeció sus gruesos labios con la punta de la lengua y subió mecánicamente el espejo. Su larga cabellera negra con mechones blancos caía en orden sobre los hombros, ajustada por una diadema de brillantes en forma de minúsculos gatos. Tenía veintisiete años pero conservaba el cuerpo de una adolescente.

—Estoy lista —advirtió a Peter, el cámara que la encuadraba con una Sony sensorial.

El operador hizo un gesto mecánico. Era el noveno directo del día desde el abarrotado astropuerto Kennedy de Nueva York.

—Dentro de treinta minutos comenzará una nueva era política para América. Por primera vez desde el comienzo de la guerra de las Uniones, el secretario general Klaus Hohenfriedberg pisará suelo americano para iniciar conversaciones directas de paz con la administración del presidente Eduard Rodríguez. La cumbre del siglo comenzará a las doce de la mañana en el palacio Bill Gates del lago Washington, donde ambos líderes se reunirán asistidos por un reducido grupo de colaboradores, cinco por cada mandatario, y los comandantes de las Fuerzas Armadas de América, Wang Che-k'ien, y Europa, Anatoli Korzakov. La cadena Unión CNN transmitirá durante sesenta segundos, en exclusiva mundial, los mensajes sensoriales de ambos generales. La guerra por las materias primas está a punto de llegar a su fin. Emma Morris, Unión CNN, Nueva York.

Prácticamente había terminado su trabajo. La llegada de la nave, la ceremonia oficial de bienvenida y la parada militar estaban tan lejos de sus posibilidades profesionales como una entrevista con Klaus Hohenfriedberg, el hombre más odiado de América. Emma era una reportera de previas. Llenaba tiempo sensorial con sus curvas y sus labios sensuales hasta que su jefa, Josephine Markham, entraba en directo. En el palacio Gates esperaba el equipo de Patricia Mumamba, la megaestrella de la Unión CNN.

—Has estado bien, aunque un poco baja de emanaciones sensoriales. El relieve de tus pechos llegaba un poco flojo y los labios... bueno, los labios no eran los mismos de otras veces.

Falta de turgencia, supongo. No te lo tomes a mal. Les pasa a las mejores —dijo Peter desviando sus cansados ojos celestes. Era un hombre alto y fibroso, prematuramente envejecido por setenta misiones de guerra como reportero gráfico de primera clase. Lo había visto todo demasiadas veces y llevaba el síndrome postrauma clavado en el corazón como una estaca. Peter era el último mercenario de su especie. Ascender siempre le dio por culo. Lo consideraba un deshonor.

»No te preocupes. Nadie lo notará en un día como éste —agregó Revenge mientras se desarticulaba la cámara del brazo.

Habían hecho el amor una sola vez, a bordo de una nave de asalto, tras un mes de guerra, aislamiento y soledad. Pero Peter no lo olvidó. Algunas noches se despertaba pensando en ella. Era mejor que abrir los ojos sudando en la oscuridad, con la sensación de seguir sepultado bajo vísceras ajenas.

—Gracias por nada —respondió Emma.

Detrás de los cámaras se alineaba una fila de hombres y mujeres inmóviles, vestidos con los uniformes de las compañías o embutidos en mandiles de trabajo. Miraban al vacío. Emma activó a Jem con la voz. El sencillo robot doméstico de mil dólares avanzó hasta su señora e inclinó respetuosamente la cabeza. Era un sintético viejo, de tercera o cuarta generación. Lo más simple del mercado. Su lejana semejanza con los humanos le hacía aún más patético.

—Dame a *Rasia* —ordenó la reportera.

El sirviente introdujo ambas manos en el amplio bolsillo de su guardapolvo gris y entregó a Emma una diminuta gata negra con la punta de la cola manchada de blanco.

—Hola tesoro, te he dejado mucho tiempo solita. Ahora mamá te comprará la última sensorial Moviecat y luego llamaremos a tu amiga Sonia y prepararemos el almuerzo —le susurró a *Rasia.* La gata de dos años cabía en la palma de su mano. Era un producto genético común en la UCA. Los mejores sentimientos de los americanos se repartían entre sus robots domésticos, sus animales y sus relojes humanizados.

La soledad, oficialmente declarada el primer enemigo social de América, producía decenas de antídotos. Los más corrientes y baratos eran los relojes salvavidas. El pequeño ser artificial, animal o humano, vivía dentro de la esfera. Actuaba según el estado psicológico que su dueño le transmitía. Podía mirarle desde la esfera con admiración u optimismo desbordantes. En los momentos críticos realizaba esfuerzos desesperados por elevar la moral de su propietario.

Si el salvavidas percibía claramente ondas sensoriales de autodestrucción, alertaba al equipo de rescate más próximo. Mil americanos se suicidaban diariamente en todo el continente. Tres días antes de la cumbre de paz lo hizo el comandante de la Fuerza Aeroespacial de la UCA, un héroe que provocaba los máximos niveles de delirio sensorial en televisión. Arrastró con él a dos mil mujeres en cuarenta y ocho horas. Emma llevaba un salvavidas último modelo en la muñeca izquierda. Era obligatorio para todo el personal de la Unión CNN. La esfera se iluminó emitiendo una marcha triunfal. El rostro de un joven apuesto, de grandes ojos azules, cabello negro y barbilla cuadrada, surgió exhibiendo una blanca sonrisa.

—Hola, gran reportera de América. Has estado maravillosa. Tu último directo ha sido un clásico. No estoy en absoluto de acuerdo con Peter sobre la irradiación sensorial de tus pechos, tan magníficos. Los mejores de la UCA. Los he recibido en todo su esplendor, pulsantes de poder y vida. Considero que el estado de tus labios es también excelente. No los supera ni la Mumamba en su mejor día. El arranque de tu crónica ha encendido mi espíritu de patriota americano. Me ha entusiasmado la parte en la que decías que hoy empieza una nueva era política para América... y...

—Cállate, no necesito que me levantes la moral. Sé que sólo sirvo para relleno —le respondió Emma. El salvavidas enmudeció. La respuesta sensorial de su propietaria lo aconsejaba. Había vuelto a captar su deseo de tener un hijo. Era una cuestión crítica. Emma Morris no estaba en la lista de Madres Óptimas de la UCA. La habían rechazado tres veces.

Tardó dos horas en llegar a su apartamento. Cincuenta metros cuadrados en el piso 157 de una torre gris. El resplandor de un publiláser se filtraba a través de la ventana. Anunciaba un tratamiento biológico contra la depresión.

—¿Qué desea la señora para comer? —preguntó Jan.

Emma no respondió. Contemplaba su cuerpo desnudo en el espejo del baño. Sus pechos no se habían reducido de tamaño. Noventa centímetros de carne y piel tensa, sin huellas de flacidez. Los pezones sobresalían un centímetro de su base rosada. El sensómetro de la cámara registraba en aquel punto transmisiones de notable audiencia. Tampoco había engordado. El medidor anatómico fijado a la pared no registraba alteración en los sesenta centímetros de su cintura. Una mueca de desagrado alteró su rostro. Descubrió un minúsculo grano a un costado de la nariz, pequeña y respingona. Sus desagradables emisiones podían provocar asco en la audiencia. Lo eliminó aplicando un vaporizador.

Pidió al espejo un primer plano de sus ojos. Le gustaban. Transmitían paz y candor en verde claro. Debajo del color estaba aquella emisión de sensualidad que tanto excitaba a su jefe. Los labios eran gruesos, recortados en cuatro arcos sobre el óvalo del rostro. Los humedeció con la punta de la lengua. Inició la inspección de la piel. Estaba catalogada por la compañía en el género de las sensaciones melocotón. Los baños de espuma sintética preservaban su apariencia infantil. La calidez sensorial que irradiaba era de las más altas en la Unión CNN.

El espejo la proyectó de espaldas. Observó centímetro a centímetro sus finas piernas y sus pequeños pies. El conjunto alcanzaba una puntuación media de nueve en cada directo. Aquel día no superó los siete. ¿Por qué? Dejó para el final la parte más segura de su contrato profesional con CNN.

El trasero de Emma Morris provocaba envidia incluso en Patricia Mumamba, la megaestrella del periodismo americano. Era alto, redondo y expuesto a una altura inalcanzable para la mayoría de las americanas. Imantaba los vestidos aunque ella intentara evitarlo, revelando su perfecta línea de separación. Le debía sus días de mayor éxito profesional.

Emma volvió a mirarse a los ojos. El problema no estaba en su cuerpo. La traicionaba su mente.

Caminó desnuda hasta el salón.

—Elige cualquier menú macrobiótico. Cantidad mínima —ordenó a Jan.

El robot doméstico inclinó la cabeza y viró torpemente hacia el KenwoodCheff. Oprimió un par de botones y esperó concentrado. Un minuto después surgió de la rejilla central una bandeja con diez variedades de grano y un jugo de zanahoria. Jan se cambió rápidamente de guardapolvo y presentó la bandeja a su ama.

—Gracias por nada —dijo Emma recostada sobre la sueñoaire que ocupaba todo el lateral del apartamento. La gata ronroneaba entre sus pechos desnudos. Patricia Mumamba entrevistaba al general Wang Che-k'ieng en el palacio Gates. Su imagen perfecta llenaba el aire. Emma Morris se durmió sin probar la comida. Soñó de nuevo con un niño de ojos verde claro y cabello negro que la llamaba mamá.

El comandante Anderson intentaba derribar un muro en la zona baja de Brez. Empujaba la masa de cemento y piedra maniobrando desde el interior de un robot Prolemak. No necesitó asomarse al oír el agudo zumbido de aproximación. Sabía que se trataba de una nave militar de la Unión Europea Continental. Las había derribado de oído. Giró la cabeza hacia el comunicador de su hombro izquierdo y dio la alarma.

—Perros en el aire.

El mensaje fue recibido en el ayuntamiento, donde funcionaba el gobierno de Brez.

—Alerta general. Personal a sus puestos —ordenó Irene Salazar a todos los errehaches. Aquella operación había sido ensayada decenas de veces. Los puestos y tareas fueron asignadas al viejo estilo de la Resistencia. Sabían que tarde o temprano el enemigo aparecería de nuevo en sus vidas.

Navarro recibió el mensaje en el interior de la galería de roca. Los comandantes llevaban sesenta días estudiando el manejo de las armas halladas en el arsenal y practicando tiro con los Kalashnikov AKMS. Pero sólo necesitaron una semana para asimilar su manejo. Como dijo Irene Salazar, eran instintivos.

Sustituyeron los AKA por cinco fusiles de francotirador Heckler & Koch SG1 y abandonaron la galería ocultando sus rostros tras las Fusiomac. El acceso exterior hasta la puerta de acero había sido tapiado con un muro. La nueva entrada, diseñada con la ayuda del Magallanes, era secreta.

Alvarado escuchó la voz de Irene Salazar en la cima de una montaña cercana, mientras observaba Brez a través de unos viejos prismáticos. Fue el primero en detectar la nave de la UEC. Kulikov y otros cuatro comandantes estaban con él. Recibían instrucción sobre tácticas de guerra irregular según un manual militar español del siglo XX. El entrenamiento guerrillero empezó como deporte y acabó en pasión.

—Ocupad vuestros puestos. Yo me quedó aquí —ordenó Alvarado. Sólo Kulikov amagó con el saludo militar de la RH, pero lo abortó a mitad del recorrido.

Anderson comprobó su Fusiomac y estableció contacto con los ingleses.

—No quiero escenas. Sois obreros y agricultores, no soldados. Comportaos con naturalidad y responded si os preguntan con la mentalidad y el lenguaje que hemos establecido. Mataré personalmente al primer idiota que se pase de la raya como un perro —ordenó a sus antiguos comandos de Londres.

Navarro se acomodó en el campanario de la iglesia románica de Brez. Se cubrió la cara con betún negro del siglo XX y ajustó la mira telescópica del SG1. No estaba seguro de la reacción de los españoles. El odio que sentían por los unionistas era patológico. Años de disciplina y autocontrol no les terminaron de domar. Usó la clave reservada de su grupo.

—Soy Navarro. Que ninguno piense que ha empezado la

guerra. Os quiero ver cuidando tomates y sacando agua del pozo. ¿Te queda claro, Txiki?

—Recibido —respondió la gruesa voz del vasco.

—Sois más de la mitad de Brez y los dueños legítimos de esta tierra. Muchos de los nuestros no han disparado nunca una pit ni saben lo que es luchar. Están en vuestras manos. Buen día.

Navarro pegó el ojo izquierdo a la mira telescópica y esperó. La nave de la UEC aterrizaba a doscientos metros de Brez, sobre un prado horizontal. El comandante pensó en la soberbia posición militar que ofrecía el pueblo. Con uno de los viejos misiles Milan, la Unión no habría infectado aquella tierra con su presencia. Aspiró el ácido olor a grasa que emanaba el fusil de precisión mientras apuntaba a la frente del primer hombre que saltó de la nave unionista.

Era un *teddy boy* de los Escuadrones Antiterroristas Urbanos. Bajo su chaqueta a cuadros verdes abultaba una pit de 20 mm. Cinco miras telescópicas se clavaron en su gruesa cabeza. El *teddy* se llenó los pulmones de aire y tosió. Demasiado puro. Detrás surgieron más policías de la Secretaría de Interior armados con pits largos de asalto. Observaron el pueblo y se desplegaron a ambos lados de la nave.

El Domke que transportaba a Irene Salazar tomó la última curva de Brez evitando limpiamente el agujero abierto al precipicio. Conducía André Caron. Palmer ocupaba el asiento trasero. Junto a él estaba Lacochandegui. El leonés no iba desnudo. La afilada bayoneta de un Kalashnikov le tatuaba los riñones. Nadie hablaba a bordo del jeep. Cada uno sabía exactamente lo que debía hacer y decir en el primer encuentro con la UEC. Irene Salazar fue elegida portavoz. Tenía plenos poderes para negociar. Una bandera europea del siglo XX, con las iniciales RH bordadas en grueso hilo rojo, ondeaba a un costado del Domke. Debajo había otra. Blanca.

Caron detuvo el viejo jeep a la entrada de Brez, en medio de la estrecha carretera de cemento ondulado. Lacochandegui pensaba en la bomba imantada al chasis bajo su trasero. La instaló personalmente a última hora para volar el Domke en caso de necesidad. Era una buena costumbre de la Resistencia Humana. Diego Alvarado observaba con los prismáticos desde la cima de la montaña. La nave unionista y el Domke entraban en su ángulo de visión. El viento de los Picos destellaba en su espalda.

El inspector pisó el húmedo prado, dio un paso, y resbaló. Un guardaespaldas de dos metros le sostuvo con torpeza por el brazo. El enviado de la UEC vestía el uniforme civil del gobierno de la Unión. Servía ciegamente a Sorribes, el jefe de los Escuadrones Antiterroristas Urbanos. Su conocimiento de la RH no superaba la teoría.

Martínez era un analista de información. El día que abrió los ojos en Barcelona, parido por una Madre Selecta dedicada a fabricar funcionarios, la Resistencia tomaba simultáneamente los suburbios industriales de Madrid y Amsterdam manteniéndoles a sangre y fuego durante una semana. Habían pasado treinta años. El inspector dominaba el currículum de cada comandante conocido y almacenaba en su memoria los rostros de miles de errehaches. Pero jamás había visto uno de cerca. Martínez temblaba aquella mañana de sol dentro de su traje gris.

Jordi Rosas le miró con desprecio. El duro capitán de los Escuadrones Antiterroristas Urbanos no toleraba escenas de miedo ante el enemigo. Su sistema era sencillo. Mataba a los cobardes a quemarropa. Sin comentarios ni acusaciones. Según su criterio. Rosas estaba al mando de los treinta hombres que desembarcaron en Brez. Era un viejo conocido de los errehaches. Llevaba en el cuerpo dos manotazos. Recuerdo del asalto a Barcelona. Uno le había convertido la frente en carne frita. El otro lo transportaba en forma de riñón artificial. Su odio a los errehaches sólo era comparable al que éstos sentían por él.

—Si te veo temblar ante ellos te mato, Martínez. No toleraré que nos dejes en ridículo. Haz tu trabajo y nosotros haremos el nuestro. Recuerda que te estoy vigilando.

El inspector recibió la advertencia de Rosas como una condena a muerte. No lograba controlar las descargas nerviosas que le mordían el cuerpo.

—En marcha —ordenó el capitán.

Los hombres de la Unión avanzaron en filas paralelas, con las armas apuntando al suelo y los cascos blindados cubriéndoles los rostros. Martínez ocupaba el centro de la formación. Rosas caminaba detrás, erguido. Irene se fijó en su chaqueta *teddy* a cuadros verdes.

Los errehaches bajaron del Domke y esperaron.

Los policías vestidos de negro se detuvieron a dos metros de Salazar. La arqueóloga vestía un traje de chaqueta cruzado color burdeos y zapatos de tacón a juego. Llevaba el cabello rojo recogido en la nuca y un pañuelo de seda negro anudado al cuello. Martínez la contempló estupefacto. No esperaba aquella insultante anormalidad estética.

—Me llamo Salazar y hablo en nombre del gobierno democrático de Brez. La Unión está violando el artículo tres del protocolo anexo al Tratado de Paz. Han penetrado armados y sin advertencia previa en la Zona Prohibida 77, entregada por el gobierno de la UEC a la Resistencia Humana. Deben abandonar nuestro territorio, solicitar autorización para atravesar legalmente la frontera y esperar la respuesta de nuestro gobierno demócrata.

Martínez sintió repulsión ante aquella palabra eliminada de la eurolengua. Era su turno. Sentía el aliento de Rosas en la nuca.

—Nosotros administramos el Cese de Fuego. Son ustedes los que lo han violado ocultando a criminales de guerra y terroristas condenados a pena de muerte. Entrégueme a Alfonso Navarro. Sabemos que está aquí.

Martínez buscó a Rosas de reojo, pero el capitán estaba fuera de su alcance visual. Irene Salazar no pestañeó. Rosas captó su solidez. Era ella la que llevaba la iniciativa. El capitán sintió un intenso deseo de matarla.

—La ZP77 sólo acoge amnistiados. Ese nombre no figura entre los ciudadanos de Brez —respondió tranquila.

—Hemos fotografiado el rostro de Navarro con los satélites —dijo Martínez cediendo de nuevo la iniciativa.

—Evidentemente sus analistas han cometido un error —rebatió Salazar con desdén.

—Procederemos al registro inmediato de esta ZP. Les conviene que sea voluntario. También sabemos que están desarmados —anunció el inspector elevando la voz todo lo que le permitía su frágil sistema nervioso.

Irene Salazar le respondió con un flexible ultimátum.

—Le repito las condiciones. Si desean atravesar la frontera tendrán que solicitar permiso. Como concesión a la nueva etapa de relaciones acordada en el Cese de Fuego, le autorizo en nombre de mi gobierno a que lo haga como representante de la UEC.

La piel de Rosas se tiñó de sangre al tiempo que sus ojos perdían visión. Las sienes se le endurecieron hasta volverse insensibles. Oprimió la lengua contra el injerto que palpitaba en su paladar y sintió cómo brotaba la hormona que paralizaba sus ataques de esquizofrenia. La visión se le aclaró. El corazón dejó de vomitar sangre a presión sobre el cerebro. Cuando estuvo seguro de haber dominado el deseo salvaje de matar acercó el rostro a la oreja del inspector.

—Acepte sin condiciones —ordenó en voz baja.

Martínez decidió no enfrentarse a los ojos de Rosas. Le estaba haciendo un favor.

—Solicito permiso para pasar —dijo el inspector en un susurro.

Irene explotó la rendición de aquel hombre débil. Tres mil errehaches asistían a la conversación a través de los comunicadores y Salazar no estaba dispuesta a defraudarlos, aunque careciera de fuerza para respaldar su insolencia. La Unión estaba dispuesta a pagar cualquier precio para ejecutar su inspección en Brez, pero la arqueóloga aún ignoraba por qué.

—Su petición carece de carácter formal. Mi gobierno sólo aceptará un tratamiento de igualdad entre Estados soberanos. La fórmula que usted emplea no es satisfactoria. Exigimos un documento diplomático no vinculante con su firma.

André Caron entregó a Irene un portadocumentos con el escudo del antiguo ayuntamiento de Brez en la tapa. Martínez miró sin comprender las espadas cruzadas sobre la torre de un castillo y el lema «por la razón o por la fuerza» grabado en letras doradas. Sus dedos se hundieron suavemente en aquel material desconocido. Era la primera vez que tocaba cuero.

—Lo encontrará dentro —dijo Salazar con impaciencia.

Martínez abrió la tapa negra y sufrió un nuevo sobresalto.

—¡Papel! —exclamó con asombro.

—Según la fórmula diplomática establecida por mi gobierno, debe leer el texto en voz alta y proceder luego a su firma —exigió Salazar.

—Este material está prohibido por las leyes de la UEC y su empleo es un grave crimen contra la Ley de Materias Primas —dijo con una mezcla de temor y repulsión. Pensó en lo que podrían llegar a hacerle si imprimía su huella digital sobre aquella herejía.

—O lo firma o no pasa. Le concedo cinco minutos.

Martínez se volvió hacia Rosas. El capitán miraba al vacío. Sus ojos flotaban más allá de los cuatro errehaches y parecía ajeno a la negociación. Desde la torre de la iglesia, Navarro volvió a imaginar el efecto que produciría la vieja bala explosiva en el cerebro de aquel bastardo.

—Firme —ordenó Rosas sin mirarle.

El inspector tragó saliva y extrajo del bolsillo su contraseña digital. La oprimió contra el papel sin mirar.

—Ahora lea el texto en voz alta —apremió Irene Salazar.

Martínez obedeció con voz quebrada.

—En nombre del secretario general Klaus Hohenfriedberg y en calidad de representante oficial de la Unión Europea Continental, solicito permiso para ingresar en el territorio soberano de la República Democrática de Brez, conocido como ZP77, cuyo gobierno, independencia territorial, jurídica, política y militar reconocemos en este protocolo acordado entre ambos Estados, voluntariamente y sin coacción por ninguna de las partes. Por todo ello firmo en nombre de Klaus Hohenfriedberg.

Irene Salazar le arrancó el portadocumentos de las manos y se lo devolvió a Caron. La UEC acababa de reconocer la existencia de un Estado libre dentro de Europa. Carecía de valor, lo sabía muy bien, pero aquel papel del siglo XX representaba la mayor victoria política en la historia de la Resistencia Humana. El Plan de la Cúpula de los Viejos se estaba consumando. Ellos eran los verdaderos redactores del protocolo.

—Autorizaremos el paso de los policías si extraen los cargadores de los pit láser y los entregan en consigna a su comandante.

Rosas no contaba con eso. Desarmarse voluntariamente ante el enemigo no implicaba castigo. Simplemente no estaba previsto. Ellos representaban el poder absoluto desde el origen de la UEC. Aquel dominio emanaba de la Fematería. Desde hacía una década, los teólogos de la Femat atribuían a los secretarios generales un origen sagrado. Les consideraban la esencia de la perfección genética, seres donde se concentraban los elementos más puros de la materia universal. Los ejecutores de aquella voluntad no podían entregar las armas.

Rosas tenía que tomar una decisión que repugnaba sus principios. El plan no podía seguir adelante sin la presencia de sus hombres en la ZP, bajo los ojos de los satélites. La operación carecía de alternativas. En aquel momento le llegó la respuesta a través de la sonda sensorial conectada a su cerebro. El secretario de Interior, Mateo Peña, había decidido por él.

—Necesito tiempo para consultar las nuevas condiciones —dijo Martínez.

—Sus cinco minutos se agotan —respondió Salazar.

El inspector le dio la espalda y retrocedió entre las dos filas de policías sin rostro. Rosas le siguió.

—Entregaremos las cargas al comandante Turco y usted se despojará de su salvavidas biológico como gesto de confianza. Se lo entregará personalmente a la errehache. Les permitiremos que nos registren, uno por uno, y acataremos todas sus condiciones. ¿Queda claro?

Martínez asintió compungido. Jamás debió aceptar aquella misión envenenada. Primero firmaba un documento innombrable que reconocía la existencia de un Estado errehache en la Unión y ahora le obligaban a despojarse de su única protección contra aquellos bárbaros. Miró a Rosas pidiendo clemencia. El capitán sintió deseos de arrancarle los ojos.

Los treinta policías entregaron la munición y regresaron a sus puestos. El comandante Turco, un honesto oficial de veinticinco años, guardó las municiones en una pequeña mochila y se la colgó en la espalda. Martínez desconectó su salvavidas biológico ante los ojos de Irene Salazar y le tendió la pequeña caja metálica fijada al cinturón.

—Yo no se lo he pedido. Puede volver a conectarlo —respondió ella con altivez—. Avancen detrás del Domke, en fila —agregó dándole la espalda mientras subía al vehículo.

Los errehaches contemplaron la caravana desde las murallas, las huertas y las casas de Brez. La bandera de la Resistencia Humana ondeaba al frente de la comitiva enemiga.

El pueblo de las montañas cántabras no era desconocido para Rosas y sus hombres. Los satélites y las cámaras de la estación espacial *Estrella Roja* transmitían en directo la vida en Brez desde hacía meses. Conocían sus calles, la actividad exterior de los errehaches, el tétrico cementerio y la muralla de roca que defendía el pueblo fundida a la montaña. Pero ignoraban por completo qué había bajo la superficie.

La caravana pasó lentamente ante los murales subversivos de la antigua resistencia cántabra. Los errehaches que trabajaban en las pequeñas huertas escalonadas no volvieron la cabeza. Tampoco lo hicieron los miembros de los equipos de reconstrucción ni las parejas que tomaban el sol con sus hijos en los porches de madera y granito. Las Fusiomac conferían a los más fogueados comandos de RH una apariencia anodina.

El cerebro de Martínez seguía en blanco. Ni una sola de las caras que aparecían ante sus ojos estaba fichada o sugería engaño. Le repugnaba la apariencia de los rebeldes, embutidos en aquellas bolsas opacas de tela holgada que ocultaban las verdaderas formas de sus cuerpos, y las melenas desgreñadas sujetas con cintas de colores. Los anillos incrustados en la carne de las orejas o perforando la nariz le producían horror. Eran demonios, como siempre había pensado. Criaturas de infinita perversidad que amenazaban la existencia pacífica de los eurounidos.

La comitiva se detuvo a la entrada del ayuntamiento, donde ondeaba una antigua bandera europea maquillada con las siglas RH.

—Le presento a Gunter Hagen, nuestro ministro de Exteriores. Es la persona que representa al gobierno ante países extranjeros —explicó Irene Salazar al inspector.

Hagen inclinó ligeramente la cabeza. Su cuello estaba adornado con una pajarita negra. Vestía el traje más extravagante que los unionistas habían contemplado en sus vidas. Era un esmoquin oscuro con cola de pingüino, tan ajado como un sudario.

—No aceptamos el término inspección. Ustedes carecen del derecho a inspeccionar nada en un país extranjero. Lo dejaremos en visita oficial con rango diplomático. Si lo desean, podemos realizar una breve gira de carácter turístico a la capital de la república.

Rosas habló por primera vez. Su voz era ronca y parecía adherida a placas mucosas.

—No sé qué clase de terrorista hijo de puta eres, ministro, pero no gastaría una sola pit para matarte. Mereces una sonda que te descerebre del todo. Entrégame a Navarro. Tengo que ajustarle un par de vísceras.

Hagen avanzó hasta colocarse a un centímetro de Rosas. Su mandíbula temblaba, pero el capitán supo que era un cobarde.

—Perro unionista —le dijo con la ira desnuda de los débiles.

—Mátame si eres hombre, payaso de mierda —respondió Rosas.

Hagen retrocedió un paso. El viejo miedo berlinés se le volvió a clavar en el pecho.

Lacochandegui escupió una masa verde que quedó colgando en la bota izquierda de Rosas. El capitán ignoraba que se había batido cara a cara con aquel hombre en el asalto de Barcelona. Tampoco sabía que fue el leonés quien le frió la cara.

—Matarte sí, pero ¿cómo?

Antes de que Rosas pudiera responder vislumbró un destello metálico y sintió un ligero cosquilleo en la tripa. Cuando bajó los ojos, tres de los cuatro botones dorados de su chaqueta *teddy* habían desaparecido. Lacochandegui le enseñó sonriendo la afilada bayoneta de Kalashnikov.

—Con esto te puedo arrancar el corazón y comérmelo crudo. Me gusta el corazón de perro loco —le dijo escupiéndole después en la cara.

Rosas tuvo que oprimir de nuevo el injerto de su paladar para obtener la hormona. Cada vez que lo hacía su rostro se deformaba en una mueca compulsiva. Se limpió el salivazo con la manga.

—Tendrías que haberme matado. Ahora estás debiendo tu vida —respondió el policía.

Navarro intervino furioso desde la torre del campanario.

—Te has pasado, Lacochandegui. Ya arreglaremos cuentas tú y yo, cabrón —le amonestó a través del comunicador.

Hagen estaba quemado. Había perdido credibilidad. Salazar volvió a tomar el control.

—Pueden iniciar la visita. Son libres, pero les advierto que no toleraremos más provocaciones.

Los policías se distribuyeron en grupos de cinco. Rosas y Martínez entraron en una casa acompañados por tres soldados. La mujer que la ocupaba ignoró su presencia. Siguió jugando con una niña, que se balanceaba en un remoto caballito de madera.

—Dígame su nombre —ordenó Rosas.

La errehache le miró. Era una rusa alta y pálida, de ojos muy claros y pómulos altivos. Su mirada real helaba por su cortante frialdad. Pero la Fusiomac la había convertido en una mujer rellena de cuarenta años, con una estúpida sonrisa colgada en los labios. Contempló a Rosas con simpatía. Tatiana

Nesterenko, una de las más eficientes comandantes de la Resistencia Humana, dijo llamarse Ana Soloviova.

—Está en la lista de amnistiadas —confirmó Martínez.

—¿Qué hacía antes de venir a Brez? —preguntó Rosas.

—Trabajo de propaganda en Moscú.

—¿Ha intervenido alguna vez en acciones de guerra?

—Sólo soy una simpatizante.

—¿Cuál es su trabajo en esta ZP?

—Me encargo de una huerta de tomates ¿Quieren verla?

—Sé que estás mintiendo, puta errehache. Quiero saber lo que escondes debajo de esa sucia ropa. ¡Desnudadla! —ordenó Rosas a los policías.

La comandante Nesterenko oyó con nitidez la voz de Irene Salazar en el microscópico audífono que llevaba sumergido en el oído izquierdo.

—Síguеles el juego. Intervendremos si es necesario.

Los dos policías la aferraron por los brazos. Ella se zafó con sólida elegancia.

—Lo haré yo misma —dijo con una sonrisa feroz.

La errehache descorrió de un golpe la cremallera de su amplio mono azul sin dejar de mirar a Rosas. Luego se quitó el jersey negro que llevaba debajo. No portaba cinta de suspensión. Los policías contemplaron sus grandes pechos caídos. Martínez sintió una mezcla de asco y atracción. Todas las eurounidas utilizaban desde la pubertad las sutiles cintas biológicas que, introducidas bajo la piel, mantenían los pechos eternamente jóvenes y erguidos, controlando su forma, tamaño y previniendo cualquier enfermedad. Las errehaches rechazaban las cintas por motivos ideológicos. Tampoco toleraban el uso de los alargadores biológicos de pene, que podían ser regulados en cada ocasión según el tamaño de la vagina o la fantasía de su propietario, ni el consumo de evasónicas eróticas, cuya sobredosis llegaba a matar de placer. Las errehaches eran las últimas puritanas de Europa.

Nesterenko se desabrochó las botas, un viejo modelo climatizado que se adaptaba con suavidad a los pies de su propietario y se despojó por completo del mono azul. Había sido hermosa a los veinte años y apetecible a los treinta. Los cuarenta le endurecieron la carne sin belleza. Su cuerpo era austero y sólido, fabricado para la guerra. Una cicatriz sin desbravar le afeaba el vientre en forma de ese.

—¿Eso te lo hicieron repartiendo propaganda? —preguntó Rosas.

Nesterenko le miró fijamente a los ojos sin responder. El capitán reconoció la mirada de un soldado.

—Volveré a preguntártelo otra vez, puta terrorista. ¿Cómo te rajaron la tripa?

La comandante rusa se tomó su tiempo para responder, inmóvil como un bloque de hielo. El rostro diseñado por la Fusiomac no encajaba con su anatomía militar ni tampoco con la cicatriz. Rosas podía ser esquizofrénico, pero no era estúpido.

—Me mordió un oso —respondió Nesterenko con sonrisa idiota.

Rosas también enseñó su hilera de dientes caninos.

—Quedas detenida por pertenencia al ejército de la Resistencia Humana. Si es necesario te haremos una autopsia en la cara para saber quién eres. La ciencia avanza mucho hoy en día, ¿no es cierto, comandante? Seguro que puedo llamarte así. O tal vez sólo seas un soldadito de juguete. Puedes taparte las tetas antes de que vomitemos. ¡Detenedla! —ordenó Rosas a los dos policías.

Obedecieron ligando las muñecas de Nesterenko con unas esposas de apertura digitalizada. El material en el que estaban fabricadas podía resistir incluso el efecto de una explosión nuclear. Su apertura se ejecutaba con el código del policía que las utilizaba y otra clave archivada en la División.

Mientras los agentes de Interior hacían el trabajo de espaldas, Rosas extrajo de su bota una fina daga de doble filo. Se colocó detrás de Martínez, que observaba satisfecho la detención, y le tapó la boca con su mano derecha empujando hacía atrás la cabeza del inspector. Clavó profundamente la daga con la izquierda en un lateral del cuello y lo desgajó de un tajo. El grito de Martínez quedó ahogado en aquel abrazo mortal. Soltó el cuerpo del inspector para evitar mancharse de sangre.

La comandante Nesterenko presenció la ejecución con frialdad, sin abrir la boca. Observó cómo Martínez se convulsionaba en el suelo con la garganta abierta. Lo estaba poniendo todo perdido. Rosas le escupió en la cara y elevó los ojos hacia la comandante.

—He conocido a gente que lo habría hecho en la mitad de tiempo y con mucha más limpieza. Es usted un asesino lento y mediocre, capitán —le dijo la errehache. Los policías tampoco cambiaron de expresión tras sus cascos blindados. Sabían que Martínez no saldría vivo de aquella ZP.

—La acuso de haber asesinado al representante del gobierno de la UEC. Le ha matado por la espalda y desarmado cuando realizaba una misión de paz en la ZP77, ante los ojos de cuatro testigos —respondió Rosas en tono solemne, mirándola a su vez con desprecio.

Irene Salazar se dio cuenta demasiado tarde de lo que estaba sucediendo en la casa. Rosas actuó con enorme rapidez, a pesar de las críticas de la comandante rusa. Ejecutó a Martínez en cinco segundos. A ella le bastó uno para comprender el plan de la Unión y por qué habían aceptado las intratables condiciones para entrar en Brez. Los errehaches nunca podrían demostrar su inocencia porque nadie estaba interesado en ella.

Alvarado lo había comprendido mucho antes, observando a través de sus prismáticos, desde la montaña, la ceremonia de la carretera y oyendo el diálogo entre los errehaches y los unionistas. Decidió no intervenir. Lo consideraba un desgaste inútil. El secretario Mateo Peña, por propia iniciativa o cumpliendo órdenes de Klaus Hohenfriedberg, había decidido destruir Brez, tal como estaba previsto por la Cúpula de los Viejos. La única duda era cómo y cuándo.

Alvarado recordó una cita del viejo general Clausewitz: «La destrucción de las fuerzas enemigas carece de relevancia en sí misma si no se alcanzan los objetivos estratégicos y políticos establecidos.» Ambos fueron definidos por los Viejos. La

Unión tenía los suyos. En ambos casos, el precio a pagar eran los tres mil errehaches de Brez. Un plan sutil y perverso, pensó Alvarado.

Irene Salazar irrumpió en la habitación seguida por Lacochandegui, Kulikov, Mónica Carlés y otros errehaches. Observaron el cadáver de Martínez y la mancha de sangre que cubría el suelo de piedra. Nesterenko rompió el silencio.

—El capitán acaba de degollarlo con el cuchillo que guarda en la bota. Pretende cargarnos el muerto —dijo fríamente.

Lacochandegui se encaró a Rosas y le hundió la rodilla de su pierna sana en los testículos. El capitán encajó el brutal golpe doblándose en dos, pero sin proferir un lamento. El leonés desenfundó velozmente la balloneta y le cortó de un solo tajo la oreja derecha. La herida encharcó de sangre la cara y el cuello del policía de los Escuadrones Antiterroristas Urbanos.

Kulikov detuvo el brazo de Lacochandegui cuando el cuchillo rasgaba el aire directo hacia la nuca de Rosas.

—Te estás volviendo sordo —le dijo con dureza señalando el comunicador de su oído.

Navarro gritaba a todo pulmón en el tímpano de Lacochandegui y cualquier errehache cercano a él.

—¡Te ordeno que no le mates, ¿me has oído, leonés?! ¡No le mates, cabrón!

El comandante carecía de visión desde la torre de la iglesia, pero conocía demasiado bien a cada uno de sus hombres. Le bastaba con oír el diálogo. Se arrepintió de haber permitido que Lacochandegui, un soldado salvaje y pasado de vueltas, formara parte de la «comisión negociadora», como la llamaba Salazar. Pero ¿quién podía saber que Rosas acudiría personalmente a Brez? Sólo el diablo.

El capitán de la Unión se incorporó sin mirar al hombre que le había mutilado la oreja. El leonés cerró los ojos con fuerza para controlar su imperioso deseo de matarle. Rosas sorbió todo el aire que le permitieron sus pulmones y se dirigió a Irene Salazar. Estaba seguro de haber salvado la vida.

—El gobierno de la Unión interpretará ese abominable crimen como una explícita declaración de guerra. Aténganse a las consecuencias —le dijo mientras se tragaba a toda prisa una píldora que cortó en seco la hemorragia del agujero rojo que ocupaba el lugar de su oreja.

Desde su desnudo despacho de Bruselas, el secretario de Interior Mateo Peña asistía a la escena con interés y evidente satisfacción. Aquel drama se le antojaba clásico. Podía palpar y disfrutar el odio que animaba a los contendientes. Sus criaturas, pensó, se engrandecían por sí mismas tras su frágil creación intelectual. Cuando salían de su cerebro nunca podía determinar si serían grandes o miserables. Si las dejaría vivir y prosperar o las aplastaría como hojas marchitas. Rosas era una criatura trágica y suicida de antiguo cuño. La muerte le atraía violentamente. Su esquizofrenia confería un toque exquisito a todas sus actuaciones. El capitán le había fabricado por fin la provocación que necesitaba para arrancar Brez de las entrañas de Unión Europea Continental y quemar a los herejes que la habitaban en el fuego eterno de la purificación.

—Abandonen de inmediato nuestro territorio o no podré hacerme responsable de sus vidas. La muerte del inspector ha sido inútil. Hemos registrado toda la escena. No podrán destruirnos con una estratagema tan burda. Tienen diez minutos para abandonar Brez —gritó Salazar perdiendo su habitual compostura.

No habían grabado nada. El único testigo del asesinato perpetrado por Rosas era una comandante proscrita de la RH que no podía ser exhibida en público. La buscaban en toda Europa para ejecutarla.

El capitán ignoró las palabras de Salazar con desprecio. Permanecía en pie, con una sonrisa manchada de sangre.

—Meted a nuestro heroico inspector en una bolsa y regresad a la nave —ordenó a los policías sin rostro.

Mónica Carlés se interpuso entre ellos y el cuerpo decapitado.

—Antes soltad a nuestra compañera o no saldréis vivos de esta casa —les dijo señalando a la comandante Nesterenko.

El policía encargado de las esposas interrogó a Rosas con la mirada.

—Hazlo. La vida de esta asesina no vale ni la pit que la liquidará uno de estos días —respondió el capitán.

Tras liberar a la errehache, uno de los agentes de Interior extrajo de su equipo una bolsa militar desintegradora que se hinchó al ser activada. Introdujeron a Martínez en el interior manipulando su cadáver con asco y salieron a la calle sosteniendo el envase por las asas. Rosas les siguió a pocos metros de distancia, sin dejar de sonreír.

Los unionistas descendieron en grupo por la calle principal de Brez hacia la nave. Navarro los fue contando desde la torre de la iglesia.

—Faltan cinco —informó a través del comunicador.

Alguien respondió desde el pueblo.

—Están muertos. Uno de ellos es el oficial Turco. Le han atravesado el corazón con una navaja.

Se produjo un tenso silencio de radio. Todos sabían que la guerra había comenzado.

Los antiguos manuales de instrucción militar dejaron de ser un juego apasionante. Se convirtieron en una materia árida y, en ocasiones, absurda, para hombres entrenados en la guerra del siglo XXI. Aquella ciencia arcaica les obligaba a asumir posiciones físicas, movimientos mecánicos y tácticas militares obsoletas. Pero sobre todo les forzaba a cambiar su mentalidad de lucha colectiva por un complejo sistema de iniciativas personales sincronizadas que generalmente se basaban en la improvisación. Aquella palabra no existía en la guerra moderna, excepto para los ibéricos. Los errehaches tuvieron que redescubrirla y asumir su contenido filosófico para poder utilizar el arsenal de los cántabros.

La mayor parte de las armas eran lentas y obedecían a la remota estrategia militar del siglo XX. Los sistemas de puntería más avanzados del arsenal incluían la tecnología láser en los albores de su desarrollo tecnológico. El resto eran infrarrojos —un sistema desconocido para los errehaches— electrónicos o simplemente manuales.

Kulikov impartía instrucciones a su grupo —una mezcla de polacos, rusos y escandinavos— plantado sobre una roca. Sostenía entre las manos un AKA-74 del calibre 5,45 provisto de un lanzagranadas de 40 mm. Un tibio sol de invierno calentaba las cumbres de granito.

—La cuestión es muy simple. Los dos visores metálicos tienen que coincidir con el objetivo —dijo señalando ambas alzas—. Cerrad el ojo derecho, apuntad con calma y disparad oprimiendo el gatillo y soltándolo rápidamente. Ya conocéis la posición de disparo. Los zurdos al revés. Listos... ¡Fuego! —gritó el comandante ruso.

Las ráfagas de doscientos setenta Kalashnikov retumbaron en la zona más profunda del valle, entre las paredes verticales del macizo oriental de los Picos de Europa, lejos de las cámaras de los satélites de la Unión. Aquella agreste zona de España seguía tan aislada de la civilización como lo estuvo en los siglos precedentes.

Los blancos de madera señalados con toscos círculos rojos como indicaban los manuales de tiro, absorbieron los impactos. Pero muy pocos proyectiles perforaron las dianas. El retroceso de los AKAS hacía su manejo intratable para la mayoría de los errehaches. No lograban evitar la trayectoria ascendente de los disparos ni corregir sobre la marcha el ángulo de tiro. Kulikov inspeccionó el resultado de la descarga y se volvió irritado hacia el grupo.

—¡Sois una pandilla de intervenidos mentales. Habéis vaciado los cargadores sin acertar en los blancos. Sobre todo tú, Nina Alexandrova, la soldado más incapaz y distraída que he tenido la mala suerte de mandar!

—¡Dame una pit láser y te demostraré lo que puedo hacer con todos tus blancos juntos, comandante! —respondió la errehache en su lengua materna.

—No hay pits ni las habrá. Éstas son las únicas armas con

las que contamos si la Unión nos ataca. Sirvieron durante décadas para asolar este planeta. Sabed que en el año 1916 murieron setecientos mil soldados en una batalla que sólo duró veinticuatro horas, y peleaban con armas aún más antiguas que las que sostenéis ahora entre las manos. ¡Lo que tenían eran agallas para pelear, y eso no abunda hoy por aquí! —rugió Kulikov mirando colérico a los errehaches.

—Volveremos a empezar. Quiero que aferréis los AKAS con fuerza para evitar el retroceso ascendente. Sé que no es fácil, pero nos va en ello luchar como soldados libres o ser ejecutados con la sonda cerebral... Ahora probaremos tumbados en el suelo.

Los errehaches formaron una semicircunferecia frente a los blancos. Abrieron las piernas sobre la yerba ondulante del valle y apoyaron los cargadores de los fusiles en el suelo con las culatas pegadas a las clavículas. El regulador de tiro de los AKAS seguía en ráfaga. Debían presionar los gatillos durante medio segundo para disparar tres proyectiles. Esperaron la orden con un ojo cerrado y el otro abierto, haciendo coincidir las dos alzas sobre los círculos rojos. Un golpe de viento helado envolvió sus cuerpos. Un águila real sobrevoló sus cabezas con majestuosa indiferencia. Aquella guerra era de otro mundo.

—Preparados, apuntad, ¡fuego!

A otro lado de la montaña se entrenaban los ibéricos de Navarro, y más hacia el norte, en el fondo de un valle estrecho y umbrío, los ingleses del comandante Anderson. El fuego lograba en ambos grupos un resultado más preciso. Los españoles manejaban los AKAS con instintiva familiaridad y empezaban a descubrir sus magníficas prestaciones de combate. Tampoco se les daban mal los antitanque RPG. Navarro organizó el entrenamiento de forma flexible. La guerrilla era el elemento natural de los ibéricos. No había nada en los manuales militares de guerra irregular que no hubieran practicado, salvando las distancias y los medios, en las ciudades de media Europa.

—Los españoles inventamos la guerrilla y con ella derrotamos a ejércitos tan poderosos como el de la Unión. No me estoy marcando un farol. Vuestros antepasados más remotos resistieron a los invasores romanos, árabes y a un tal Napoleón que los tenía muy bien puestos. Está escrito en los libros. Eran superestrellas en el arte de golpear y replegarse. Lo mismo que hacemos nosotros en el siglo XXI. Los perros nunca han sabido cómo enfrentarse a esa clase de estrategia. Ahora los tendremos enfrente, como en Canarias. Si no emplean cañones nucleares pesados podemos hacerles mucha sangre —dijo Navarro a los cuatrocientos hombres desplegados alrededor de varias cabañas de ganado en ruinas.

—¿Cómo sabes que no nos atacarán con armamento nuclear? —preguntó uno de los errehaches.

—No lo sé. Pero si los Viejos nos han concentrado en Brez sabrán lo que hacen. No ignoran que la Unión puede destruirnos con una sola bomba nuclear táctica sin apenas contaminar el aire —respondió el comandante.

Los errehaches volvieron a practicar el ejercicio. Se trataba de asaltar, controlar y abandonar las antiguas cabañas ganaderas de invernada en un tiempo máximo de diez minutos, reduciendo a los que fingían resistir en el interior. Un grupo cubría la acción desde fuera con antitanques RPG y ametralladoras pesadas Browning M2 del calibre 12,7, un clásico del siglo XX. Sus veinticinco kilos no terminaban de ser asimilados por los errehaches, habituados a armas muy ligeras de gran poder destructivo. Otro grupo iba armado con ametralladoras ligeras Heckler & Koch GSG9 de 7,62 mm.

La operación se ejecutó con rapidez. Navarro ordenó disparar para ver cómo funcionaban aquellos venerables trabucos del siglo XX. Cinco ametralladoras abrieron fuego simultáneamente contra los viejos establos de piedra y madera, mientras Txiki disparaba un RPG desde el flanco. Las explosiones sacudieron la tierra rebotando entre las estrechas gargantas rocosas.

Los errehaches se alzaron asombrados de sus posiciones mientras se disipaba el espeso humo negro. Navarro apretó los dientes, incrédulo ante el resultado del ataque. Una de las sólidas cabañas de invernada implosionó reventada por el antitanque. Las Browning redujeron a escombros la madera y la piedra. Los errehaches aún se sacudían el polvo cuando Txiki surgió de su escondite. Parecía drogado por una evasónica. El corazón le latía desbocado. Sostenía entre las manos un tubo metálico color verde oscuro.

—¿Habéis visto lo que mi cohete le ha hecho a esa casa...? —preguntó ensimismado.

Todos asintieron en silencio. El vasco se había quedado colgado de los RPG. Era el último de una larga lista que comenzó en 1943, cuando los ingenieros militares soviéticos diseñaron el primero para desventrar dragones alemanes.

Al otro lado del valle, los ingleses simulaban ataques sobre fuerzas enemigas desde posiciones elevadas. En pocos días asimilaron las diversas tácticas de emboscada en montaña y aprendieron el uso de las armas ofensivas del arsenal. El contingente británico de Brez estaba formado por 401 hombres y mujeres, en su mayoría soldados de la Resistencia. Su flemático valor en combate era legendario.

Fueron ellos los encargados de probar por primera vez uno de los cañones españoles de 125 mm que hallaron desmontados en el arsenal. El resultado superó todas las previsiones. El proyectil explosivo decapitó limpiamente una cresta de roca a dos mil metros de distancia. Los cálculos y coordenadas de tiro se reelaboraron en los sofisticados ordenadores de la RH. Poseían doce de aquellas piezas sin retroceso, ligeras y fáciles de transportar.

El Estado Mayor de Brez, constituido tras una dramática votación en el ayuntamiento por los comandantes de mayor experiencia, ya había decidido el emplazamiento de la artillería, los morteros, los puestos de ametralladoras y el personal que debía ocupar las principales fortificaciones en caso de ataque. Fortificar no era una ciencia nueva para la RH. Pero en Brez sólo contaban con los modestos robots Prolemak para cavar túneles, posiciones defensivas y reforzar los viejos muros de granito y cemento.

La geometría de las fortificaciones estaba en la base táctica de todo el sistema defensivo sugerido por Alvarado, cuya presencia en el Estado Mayor era sólo consultiva. Los defensores debían contar con capacidad de maniobra y retirada, tanto si eran atacados por los flancos, el centro, la retaguardia, el aire o simultáneamente desde todos los ángulos. Los ordenadores diseñaron un sistema de movimientos y posiciones intercomunicadas sobre la base de una defensa activa, otra estratégica y una tercera de reserva, que era la más numerosa. La naturaleza del cálculo geométrico confería a las redes defensivas un carácter convergente.

Los errehaches estaban en condiciones de abandonar cada uno de los cuatro anillos defensivos sin sufrir grandes pérdidas y regresar a ellos a través de galerías. Los Prolemak excavaban los toscos túneles en pocas horas, pero carecían de capacidad y material para blindarlos. No soportarían un ataque nuclear, aunque fuera de baja intensidad. Los cuatro anillos coincidían en un túnel que desembocaba en las montañas. Los robots suturaron la puerta exterior entre los agudos picos de roca que coronaban Brez. Era la única salida de la ZP77. Un salto a la nada.

El Magallanes trazó mapas holográficos de todos los puntos estratégicos con influencia sobre el supuesto campo de batalla: el macizo oriental de los Picos de Europa, los farallones de roca más próximos, los bosques frondosos que dificultaban el avance por tierra, las destrozadas carreteras de asfalto, las sendas interiores de cemento y el profundo valle arbolado que se abría bajo las entrañas de Brez. El pueblo cántabro pendía de una inclinada ladera abierta al precipicio. Su pecho era un escudo granítico de 150 metros completamente vertical. El único acceso lo constituía una estrecha carretera llena de curvas y profundos socavones. Un patinazo te colocaba mil metros más abajo. En línea recta y sin paradas intermedias.

Diego Alvarado reflexionaba sentado ante el fuego, bajo la sombra de los picos orientales. Permanecía inmóvil contemplando las llamas con un Kalashnikov apoyado en las piernas. Se cubrió los hombros con una antigua manta de franela gris llena de agujeros. El fuego destellaba en sus ojos verdes. Su cuerpo estaba helado, pero el frío no había penetrado en su cerebro. Se sentía ausente de Brez y su destino. Llevaba veinticinco años luchando por la Resistencia y lo había perdido todo en el camino. Miles de soldados, la fe y la virtud. Se opuso al armisticio sin convicción y se dejó arrastrar hasta aquella ZP impelido por el viento de su tragedia personal.

Su mayor derrota no se consumó en el campo de batalla. La Unión ejecutó a su esposa porque él estaba demasiado ocupado defendiendo o sacrificando otras vidas. No supo ni quiso protegerla. Se torturaba con aquella idea. «Señor, su mujer ha fallecido en un asalto del ejército unionista. La han asesinado mientras dormía en su cama. Falleció sin sufrimiento», le dijo la comandante al mando de la Base Dos pocos minutos antes de morir.

Alvarado recibió la noticia como un disparo en el cerebro. Pocos días después le llegó su último mensaje. Un errehache le entregó la grabación sensorial y volvió a dejarlo solo en la habitación, un agujero a doscientos metros de profundidad bajo la superficie de una anónima ciudad de provincias al sur de la UEC. Su mano temblaba cuando introdujo el microdisco en el reproductor sensorial. Se conectó el ligero casco y esperó.

La imagen de la única mujer que había amado en su vida apareció proyectada en el vacío de la habitación. Verónica le miraba fríamente, erguida y distante, con una expresión vacía de afecto. Sintió el olor de su cabello y el roce de su piel. La amaba con una pasión que sólo se extinguiría con la muerte. Pero lo que ella le transmitía no era amor. Alvarado conocía el odio en todas sus formas. No podía engañarse.

«Cuando me sientas estaré muerta. Los unionistas están entrando en la base. Oigo el fragor de la lucha aproximándose por los pasillos. He tomado dos evasónicas para recibir en paz a la muerte. No llores por mí. Durante los últimos dos años te he engañado con otro hombre. Le he entregado todo lo que creías tuyo. Mi cuerpo, mis sentimientos y las ilusiones que tú mataste. Él nunca me exigió militancia a cambio de amor ni tampoco que sacrificara mi vida por un mundo mejor. Has fracasado como esposo y como hombre. Me has esclavizado en nombre de tus ideales. Me has matado.»

Sus hombros se agitaron ante el fuego. Dos lágrimas ardientes recorrieron la helada piel de su rostro. Desenfundó la bayoneta del AKA y la clavó con ira sobre la yerba rasa. Entonces oyó aquel leve roce en la foresta, tan sutil como un paso de seda. Levantó los ojos sin moverse y esperó concentrado.

Era el mejor cazador de la Resistencia Humana. El más frío. Su cerebro funcionaba a bajas temperaturas, refrigerado por la razón y la lógica. Nunca permitió que los sentimientos penetraran en aquella bóveda de hielo, excepto cuando se enamoró de Verónica. Sólo a ella entregó su cuerpo y también la mejor parte de su naturaleza.

El susurro se reprodujo a unos veinte metros del fuego en línea recta. Alvarado rodó suavemente sobre sí mismo y volvió a inmovilizarse en la oscuridad, con el Kalashnikov en posición de tiro. Reptó sobre la yerba sin apenas rozarla hasta el límite del bosque. En el bolsillo de su pantalón guardaba píldoras de visión nocturna capaces de convertir las tinieblas en luz, pero renunció a ellas. Deseaba sorprender a la sombra que se cernía a pocos metros de sus ojos como lo habían hecho los hombres desde los albores de la especie. La guerra le enseñó que el avance tecnológico no coincidía con la evolución moral. El abismo entre ambos era el origen de la barbarie, la dictadura y la decadencia espiritual de Europa.

La sombra creció ante sus ojos. La luz de la luna en cuarto menguante apenas traspasaba el tupido techo vegetal del bosque, virgen y salvaje tras décadas de ausencia humana. Alvarado elevó lentamente el cañón del Kalashnikov y encendió la luz del foco adherido a la base del fusil.

El oso pardo giró violentamente con los ojos rojos inyectados en aquella luz amarilla. Cuatro colmillos blancos resplandecieron en sus fauces abiertas. Alvarado oprimió el gatillo hasta el límite, pero una fuerza superior a la de su dedo le impidió dispararle entre los ojos.

Era un maravilloso ser libre. Libre de las cadenas de la Unión. Libre del control cerebral, libre de la corrupta civilización del siglo XXI, de sus matanzas, sus guerras por las materias primas y su tecnología opresora. El oso pardo se le reveló como el enviado de un mundo mejor. Aquel animal que todos creían extinguido era el verdadero símbolo de la lucha por la libertad y la conciencia individual.

Alvarado le seguía apuntando, pero sabía que nunca dispararía. Dejó caer el cañón del Kalashnikov y le contempló sin temor en la oscuridad.

—Sigues siendo libre —dijo dándose la vuelta.

El oso tampoco se movió. Cuando el errehache volvió a sentarse junto al fuego había desaparecido.

Las llamas se extinguieron. Alvarado contempló las constelaciones de estrellas sobre las montañas. Pronto serían sucursales del imperio. Los hombres se matarían por ellas. Habría más guerras por las materias primas y aumentaría el control tecnológico humano hasta la santificación del Estado Policiaco, asumido como un fenómeno natural sin alternativas. Ya había sucedido en el siglo XX. Estaba en los libros. Alvarado no quería presenciarlo. Prefería inmolarse en Brez y desaparecer de la historia sin dejar rastro. Recordó el poema de Bretch que aprendió en la RH cuando apenas era un adolescente. Formaba parte de la doctrina de clandestinidad: «Cuando creas que vas a morir, cuídate. / Otra vez te lo digo: / Borra todas las huellas. / Esto me enseñaron.»

Diego Alvarado había borrado todas las huellas. Muy pocos sabían quién era en realidad, y morirían antes de revelarlo. Los más cercanos llevaban alojado en el cerebro un mecanismo de autodestrucción que eliminaba toda posibilidad de delación con la sonda cerebral. A eso habían llegado los que luchaban por un mundo mejor, libre de coacción mental y esclavitud tecnológica.

Brez sería la última batalla de su vida, pero aún ignoraba si intervendría en ella. Desde un punto de vista militar, aquella ZP llena de valientes idealistas estaba sentenciada a muerte, aunque los errehaches dominaran el terreno desde la altura. La defensa era simplemente un instrumento de estrategia política. Era hora de decirles la verdad. Si iban a morir por un plan desesperado tenían derecho a elegir. Volver a los orígenes de la lucha: la autodeterminación humana.

La batalla por Brez no valía nada en sí misma. A nadie le interesaba aquel pueblo perdido en la noche de la historia. Su defensa ante la Unión fue concebida como el nuevo lenguaje político de la Resistencia. Brez representaba la salvación ideológica o la tumba de la RH. Debía inmolarse para lograr el rango de símbolo ante los ojos de un mundo indiferente a su propia esclavitud.

El pensamiento de Navarro fue interrumpido por la voz de Irene Salazar a través del comunicador. El Kalashnikov seguía apoyado en sus rodillas, pero en la hoguera sólo quedaban cenizas.

—Escuchadme todos. Soy Irene Salazar y hablo en nombre de la Cúpula de los Viejos. Quiero revelaros lo que sé de Brez y el motivo que nos ha traído a esta ZP. Muchos de vosotros no sois soldados de la Resistencia. Ellos seguramente morirán matando. Pero el resto puede elegir.

Los errehaches ralentizaron su actividad hasta cesarla por completo. Los Prolemak se detuvieron en las galerías. Los manuales fueron abandonados sobre las cajas de armamento, los comandantes del Estado Mayor dejaron de discutir ante los mapas holográficos, las parejas se separaron en sus camas. Navarro, Kulikov y Anderson sintieron una súbita rigidez. Sólo los niños siguieron jugando con los restos de la gran familia Disney hallada en las catacumbas de Brez.

—Llevamos décadas luchando contra la Unión Europea Continental y hemos perdido la guerra. Nunca podremos ganarla en el futuro con las armas. Todos los ideales que representamos se han vuelto diabólicos ante los eurounidos. Para ellos somos una organización de criminales sin escrúpulos que matan a sus hijos y provocan horror en sus ciudades. Así es como nos ven. La Unión no nos ha dejado más elección que la guerra. La democracia que defendemos fue abolida en Europa antes de que naciéramos.

Salazar hizo una pausa. Estaba cansada y quería acabar cuanto antes. La controladora del plan se vio forzada a actuar precipitadamente. La situación estaba fuera de control y la Unión podía atacarles en cualquier momento. La Constitución de Brez, los objetivos políticos de la Resistencia Humana y el plan de la Unión para destruir la ZP77 fueron divulgados en las principales redacciones informativas de la Unión Continental Americana y entregados formalmente a un representante del gobierno en Washington.

La UCA había seguido con detalle, explotándola en su provecho, lo que ellos definían como Guerra Civil Europea. La Resistencia Humana fue uno de los principales argumentos informativos de América durante décadas. La causa de los errehaches contaba con la «simpatía» de la administración y el apoyo inducido de los ciudadanos. No sucedía lo mismo con el Movimiento Armado de Liberación de América (MALA) que perseguía objetivos parecidos a los de la RH empleando violentos métodos políticos y militares, especialmente al sur del continente.

Los satélites del gobierno y las grandes cadenas de televisión concentraron sus sensores en Brez pocas horas después de recibir el mensaje de la Resistencia europea. Si la UEC aplastaba a los errehaches se batirían récords de audiencia y la administración lograría una importante victoria política y moral frente a su enemigo.

Irene Salazar continuó su discurso desde la sala de juntas del ayuntamiento donde se reunía el gobierno demócrata de Brez. Hablaba sentada en su incómoda silla, con los brazos apoyados en la mesa de roble. Minnie Mouse era su única espectadora. La mujer ratón le sonreía.

—Llevamos un año viviendo en la leyenda del siglo XX. Los Felices nos han contagiado su libertad y hemos comprobado que su modelo de sociedad y su tecnología funcionaban sin esclavizar. Ahora sabemos en la práctica lo que siempre hemos sabido en la teoría: que existe una alternativa a la dictadura de la UEC a través del Movimiento Europeo de Autodeterminación Humana.

Alvarado se levantó y avanzó hasta el borde de la pequeña pradera abierta al precipicio. Brez apareció ante sus ojos iluminado por una tenue luz amarillenta. Miles de velas alumbraban el pueblo de los últimos rebeldes de Europa. Siguió escuchando a Irene concentrado en aquel resplandor.

—Desde que la dictadura impuso el control sensorial como forma de gobierno, hemos perdido nuestros derechos fundamentales. La Cúpula de los Viejos diseñó su plan en esta ZP para abrir una brecha política en la dictadura revelando los valores perdidos del siglo XX. Se supone que nuestra resistencia creará un estado de opinión favorable que rehabilite a la RH como alternativa política, provocando una crisis en la UEC. Pero es sólo una teoría. Todo se basa en la publicidad universal de lo que hagamos en este lugar. Ya hay decenas de satélites americanos sobre nuestras cabezas. Podéis elegir: resistir o abandonar Brez. Tenéis tiempo hasta el amanecer para tomar una decisión. Luego será tarde.

Alvarado dio la espalda al abismo y penetró en el bosque.

El general Mackenzie, jefe de la Fuerza Aeroespacial a bordo de la estación *Estrella Roja*, fue convocado a Bruselas. El Almirantazgo le asignó una misión temporal: el mando de la fuerza aérea convencional que atacaría una ZP rebelde al sur de Europa.

—Está ocupada por unos tres mil errehaches presuntamente amnistiados, aunque ignoramos los detalles. Hemos recibido orden de destruir la ZP por aire mientras el ejército lo hace por tierra. Será una operación de pocas horas, pero recibirá gran publicidad, y usted es nuestra estrella, Mackenzie —dijo el general-almirante Herr.

—Había oído que los errehaches aceptaron el cese del fuego y el armisticio. ¿Por qué quieren liquidarlos ahora? —preguntó Mackenzie.

—Lo ignoro. En el Almirantazgo no hacemos preguntas. Sólo ejecutamos órdenes. Éstas son las suyas —respondió Herr entregándole un microdisco negro.

—¿Ha dicho que están desarmados?

—Eso he dicho.

—No me gusta matar a gente indefensa, Herr. Yo soy un piloto de combate de la Unión, no un matarife de Inteligencia.

—Puede repetir esas palabras en el Consejo de Secretarios. La orden proviene directamente de Hohenfriedberg y el plan es del secretario Peña. No es bueno para la salud relacionarse con él, se lo aseguro. ¿Algo más? —agregó Herr con impaciencia.

—Intentaré que mis hombres realicen el trabajo con limpieza y luego lo olviden. No quiero que vean demasiada sangre europea desde sus naves. Les podría afectar la moral. Olvidaré decirles que los errehaches sólo tienen piedras para defenderse —respondió el general de la *Estrella Roja*.

—Imaginaré que no he oído nada de lo que ha dicho. No queremos que uno de nuestros héroes termine conectado a la sonda. Puede irse, Mackenzie.

El joven general saludó y se retiró. No simpatizaba con los errehaches, pero era capaz de comprenderlos. Las ideas de los oficiales que componían la Fuerza Aeroespacial embarcada en estaciones como la *Estrella Roja* habría horrorizado al secretario Peña.

Los cuarenta y siete niños fueron concentrados en la planta baja del ayuntamiento. El mayor tenía once años y la más pequeña uno y medio. Se llamaba Alicia y era negra como el azabache. Su padre, un veterano soldado inglés, la abrazaba llorando tras su Fusiomac. Los errehaches llamaban a sus hijos «okupas», una palabra de enigmático significado que provenía del siglo XX. Entre ellos había trece huérfanos de guerra. Se quedaron en Brez porque no tenían donde ir. Los padres y las madres de los treinta y cuatro niños restantes decidieron cuál de ambos era menos útil a la defensa. Permanecieron los más experimentados o los más necesarios en la retaguardia. Fue una mañana trágica y dolorosa, pero los errehaches apretaron los dientes y siguieron cavando defensas.

Anderson, jefe de día, recibió el informe de los comandantes de operaciones designados por el Estado Mayor. André Caron tomó la palabra.

—Ningún errehache abandonará la ZP, excepto los padres y las madres con sus hijos. Ellos mismos se encargarán de transportar a los niños en varios grupos hasta el límite exterior. Irán protegidos por banderas blancas y la palabra «niños» pintada en los techos de los jeep —dijo el comandante francés.

—Que partan de inmediato, sin más despedidas. Ya conocen los contactos de la Resistencia en el exterior.

Anderson miró a través de la ventana y volvió a hablar. Pero su tono había cambiado.

—Y ahora escuchadme; no podemos cometer más errores con las armas. Esta mañana hemos exhibido una de las piezas de artillería mientras la transportaban por el subterráneo.

—Atacarán de todas formas —respondió André Caron.

Anderson asintió. Pensándolo bien, el factor sorpresa que podían ofrecer al enemigo era insignificante teniendo en cuenta la potencia de fuego de uno y otro bando.

—Debemos mantener nuestra pequeña ventaja según lo previsto. Les dejaremos aproximarse por tierra y aire para comprobar sus intenciones. Sólo responderemos si ellos atacan primero. Irene Salazar y otros consejeros piensan que tal vez se pueda llegar a un arreglo de última hora. Cuentan con los satélites americanos —agregó Anderson.

Ninguno de los comandantes presentes compartía aquel punto de vista. Eran soldados acostumbrados a obedecer y ser obedecidos. Les diferenciaba del enemigo su ideología demócrata, una antigua cultura humanitaria y un viejo código de honor. Ignoraban que aquella herencia provenía del movimiento humanitario occidental de finales del siglo XX.

—Ocupad vuestros puestos. Sólo nos queda esperar —ordenó el inglés.

El oficial de vuelo Prieto recibió las coordenadas desde la base de operaciones terrestres de la Unión, en el límite exterior de la ZP77. Luego llegó la orden de Interior.

«Interceptar y destruir.»

Viró 180 grados su Leopard biplaza de asalto, equipada con dos baterías de cañones láser y otras cuatro de misiles inteligentes convencionales, y alcanzó el objetivo en seis segundos. Los tres jeeps Domke quedaron bajo el fuselaje gris de su nave. El ordenador de combate se autoprogramó para una operación de aniquilación inmediata. Prieto observó por segunda vez el objetivo antes de disparar. Había varias cosas que no comprendía de aquella misión. En primer lugar, por qué se la encomendaron a la Fuerza Aeroespacial. En segundo lugar, por qué tenía que destruir tres viejos vehículos civiles protegidos por bandera blanca y la palabra «niños» escrita en los techos. En tercer lugar, por qué tenía que asesinar niños. Le habían ordenado muchas porquerías a lo largo de su carrera, pero nunca algo tan cobarde.

Estableció contacto con el general Mackenzie empleando el código blindado que usaban cuando querían eludir las escuchas de la División de Inteligencia. Era una forma sencilla de evitar purgas, interrogatorios y tribunales militares.

—Adelante, *Estrella Blanca* —respondió Mackenzie.

—Los de abajo ordenan que atomice tres Domkes llenos de niños que circulan bajo bandera blanca. Solicito permiso para abortar la misión y regresar a la base.

—Denegado. Limítese a ejecutar las órdenes, pero fallando el blanco —ordenó el general.

—Recibido, *Estrella Roja* —respondió el piloto sonriendo tras su casco negro.

Prieto tomó el control mental del ordenador de combate y disparó una de las baterías láser disminuyendo al mínimo su potencia de fuego. El impacto abrió surcos simétricos sobre la tierra a cuarenta metros de los vehículos. Los errehaches que los conducían vieron cómo se oscurecía el día y penetraban en una noche de polvo y humo. Los niños gritaban aterrorizados. El piloto de la Unión contempló sus rostros pegados a los cristales antes de volver a colocar su Leopard en posición de tiro. Le habían ordenado un nuevo ataque.

Desde la torre de la iglesia, Mónica Carlés observaba los tres Domkes bajo el fuego de la nave unionista. Habló sin soltar los prismáticos.

—No comprendo cómo ha podido fallar. ¡Tenemos que interceptarle antes de que mate a los niños! —gritó a través de su comunicador.

Decenas de errehaches observaban la acción en el interior de las trincheras conteniendo la respiración. Mientras tanto, los doce consejeros de Brez discutían en el ayuntamiento.

—Si intervenimos y no da resultado perderemos el elemento sorpresa —intervino Irene Salazar.

—Es inútil continuar con esta farsa. El ataque es cuestión de horas, tal vez de minutos. Si sacrificamos a esos niños sin defenderlos habremos perdido también el honor —respondió André Caron.

—¡Dejen de discutir y tomen una decisión; el Leopard se prepara para disparar de nuevo! —rugió Carlés a través del comunicador.

La sombra de la nave unionista volvió a cernirse sobre los tres Domkes. Prieto no había sudado tanto desde que fue abatido por un crucero ligero de la UCA en la franja desmilitarizada. Volver a fallar significaba el fin de su carrera o tal vez algo peor, la sonda cerebral. Maldijo al gobierno de la Unión como no lo había hecho en toda su vida.

—Puedes volver a fallar, *Estrella Blanca*. Cuando regreses demostraremos que tu ordenador de combate estaba averiado —oyó en el interior de su casco.

—Recibido, *Estrella Roja*.

Prieto disparó una nueva andanada láser. Impactó más cerca que la primera. Un géiser de tierra y piedras se derrumbó encima de los Domkes. Los niños lloraban y gritaban aterrados en el interior de los vehículos. La escena llegaba en directo hasta el despacho del vicepresidente de la Unión Continental Americana en Washington y a la redacción central de la Unión CNN. Emma Morris contemplaba el drama acariciando a *Rasia*, su gata. Aquellas imágenes, pensaba, batirían un récord de audiencia en caso de ser emitidas.

Txiki escuchaba el llanto de los niños cuando oyó la voz en su comunicador.

—Dispara —le ordenó Navarro con un tono de voz carente de emoción.

El vasco sostenía un misil tierra-aire Stinger Post sobre el hombro derecho. Permanecía oculto en un repecho de roca, sobre la cima de uno de los picos de granito que dominaban Brez. La luz roja de sistema de ignición parpadeaba en su pupila derecha. Esperó unos segundos hasta que la cola del Leopard llenó el rudimentario sistema de puntería del Stinger y oprimió el disparador.

El viejo misil infrarrojo alimentado con una batería de uranio partió recto hacia su objetivo, trazando una cola blanca sobre el cielo azul de los Picos de Europa. Los errehaches contemplaron absortos su lenta trayectoria de aproximación. Uno, dos, tres, cuatro, cinco segundos. Su lentitud era exasperante. Los satélites europeos y americanos lo siguieron atravesando el cielo de la mañana, con sus cuatro aletas direccionales desplegadas. Los ordenadores del siglo XXI enmudecieron. No lograban identificar la naturaleza de aquel artefacto.

Prieto detectó el Stinger en su cola y viró por instinto. Sus sistemas no advertían la presencia de un arma que perseguía el calor expelido por los motores del Leopard. Entonces sucedió algo inexplicable. El viejo Stinger modificó su trayectoria en pleno vuelo y triplicó su velocidad en milésimas de segundo.

El ojo infrarrojo del misil penetró en los motores posteriores del Leopard y lo desintegró en vuelo. El corazón subatómico de la nave unionista explotó sobre el valle proyectando los restos a centenares de metros. Una exclamación colectiva de asombro precedió a los gritos de júbilo que surgieron de las trincheras de la RH.

En aquel momento, el secretario de Interior Mateo Peña recibió dos mensajes casi simultáneos en su despacho de Bruselas. En el primero le informaban que la Resistencia Humana contaba con armas desconocidas de gran potencia. El segundo provenía de Washington: El gobierno de la UCA transmitía, a través de la Oficina Diplomática de Enlace, su repulsa por el intento de asesinato de niños europeos perpetrado por naves militares de la Unión Europea Continental. Peña observó con ira el rostro de Sorribes, que estaba al mando de la operación. Segundos antes había presenciado cómo el Leopard se desintegraba en el aire.

—Detenga el ataque —le ordenó.

Los tres Domkes abandonaron la estrecha senda de cemento y giraron en redondo sobre un prado inclinado. Cuando llegaron a Brez, los padres se abalanzaron sobre sus hijos y los ocultaron en las entrañas de la ZP.

—Todo el personal a sus puestos de combate. Ya no hace falta que ocultemos la artillería —ordenó el comandante Anderson a los errehaches.

Emma Morris tenía razón. El material recogido por los satélites batió el récord mensual de audiencia. El miedo de los niños se abrió paso en los hogares de América provocando una cascada de emociones sensoriales. La destrucción de la nave unionista por un artefacto desconocido produjo un nivel de intriga sólo comparable al de *Crimen sin castigo*, una telenovela colonial de sangre por capítulos basada en el asesinato de la esposa del primer administrador de la UCA en la Luna. La mayoría interpretó la resistencia de la ZP europea como una causa justa. Era exactamente lo que necesitaba Washington en la nueva etapa de Guerra Fría contra la UEC.

Hohenfriedberg convocó a Mateo Peña, los jefes del Ejército y los de Inteligencia. El secretario general escuchó sus informes desde la pantalla rectora. Era un hombre sin gestos. Nada podía deducirse de su rostro estampado en piedra volcánica y ausente de cualquier signo de humanidad. Su carencia de expresión vital era igual en la victoria que en la derrota. Según la leyenda, Hohenfriedberg descendía de un hombre que había absorbido radiactividad en un accidente nuclear del siglo XX. Sus descendientes no padecieron taras genéticas visibles. Sólo afectó la parte de sus cerebros donde se generaban los sentimientos. El rumor correspondía a la etapa mortal de Hohenfriedberg, antes de que fuera elegido secretario general de la Unión. Pero la Teología de la Fematería le convirtió después en un dios de la raza. Su incapacidad orgánica para sentir, odiar, amar o reír eran atributos de divinidad genética.

El secretario general observó las imágenes proyectadas en la galería de Crisis. Ofrecían una panorámica de los cañones del siglo XX emplazados en varios puntos de la ZP. Los rostros de los errehaches cernidos sobre las murallas de Brez desfilaban anónimos ante sus ojos gris acero. Cuando los informes fueron consumados, Hohenfriedberg habló a través de su consejera privada, Clara Hofman.

—No se emplearán armas nucleares de ningún tipo para doblegar la ZP. El secretario general ordena una operación punitiva ejemplar con la mayor publicidad, lo que incluye el acceso de la televisión sensorial a la zona de operaciones.

Mateo Peña sintió un golpe de calor en el cerebro. Su plan estaba liquidado. Había perdido el control de la ZP y tenía que recuperarlo. Hofman prosiguió.

—Se trata de aplastar al enemigo militarmente pero, sobre todo, políticamente. Necesitamos una victoria publicitaria muy sensitiva. Luchamos contra el intento de imponer en Europa el abominable régimen democrático de la Resistencia Humana, rechazado por los ciudadanos de la Unión. Tienen que convertir este episodio en una cruzada. Éstas son sus instrucciones —concluyó la consejera privada mientras un ayudante repartía los microdiscos de órdenes entre los presentes. El secretario general desapareció en la pantalla rectora.

Mateo Peña estudió las órdenes encomendadas a Interior en su desnuda sala de mando. Estaba tan perplejo que le costó asimilarlas. Jamás se había actuado de aquella manera. Se autorizaba el acceso de la televisión sensorial, incluida una de la UCA, y se encomendaba la operación a dos Divisiones Coloniales de Asalto glorificadas por sus presuntas hazañas y al Mando Aeroespacial del Almirantazgo. Interior estaría presente sólo con mil hombres, muchos de ellos analistas de información y expertos en la RH. Peña no podía digerir su rabia. El golpe de Estado que planeaba tenía que acelerarse. Convocó una reunión secreta de su euroclan para aquella misma noche. Hohenfriedberg debía ser finalizado.

Los hombres de Navarro colocaron el explosivo HBX-1 en la ladera de la montaña que ceñía la carretera de acceso a Brez. El manual para manipularlo era el más intratable de todo el arsenal. Los Antiguos atribuían al HBX una notable eficacia como carga de demolición, pero a partir de aquel punto el contenido del libro se convertía en una ciencia críptica para los experimentados especialistas de la Resistencia Humana, creadores de las legendarias neutrocaseras.

Alrededor del explosivo se reunió un consejo formado por destacadas estrellas en voladuras de objetivos enemigos. La cuestión era saber con qué clase de material estaban tratando. Sabían que el HBX-1 era un explosivo compuesto de tritolo, pólvora de aluminio, nitroglicerina sólida y cera, cien veces más potente que otro llamado TNT. El manual lo definía como «altamente estable», pero los errehaches no comprendían el concepto, y aún menos la naturaleza de los materiales. El venerable HBX-1 provocaba una rápida reacción química formando gas a alta presión.

El procedimiento dio lugar a un áspero debate centrado en el detonador. Algunos sostenían que podía hacerse con una simple fuente de energía moderna, activando la carga a través de un microprocesador múltiple o, simplemente, detonándola con un mando a distancia. Otros opinaban que el experimento era demasiado peligroso, sobre todo después de comprobar lo que era capaz de hacer un misil Stinger. El factor tiempo inclinó la balanza hacia la primera solución.

Cuatro hombres perforaron la roca y depositaron en los huecos el plástico marrón, que habría resistido cien años más sin perder su potencial explosivo. El HBX-1 fue conectado al terminal de un ordenador.

Otras cargas similares se instalaron en la carretera general, un par de antiguos puentes y otros lugares de paso obligado. Los errehaches carecían de referencias para calcular las cantidades de HBX que debían instalar en cada punto. Optaron por colocar el triple de lo que aconsejaba el manual en su apartado dedicado a «objetivos y cargas máximas». Anderson fue el único en sugerir que tal vez fuera mejor respetar las instrucciones, pero los especialistas le ignoraron. El resto del explosivo fue conectado a pequeños ordenadores múltiples coordinados desde Brez.

Claudia Contardi hacía su turno de guardia en la torre de la iglesia mientras el sol emergía con violencia tras las montañas de granito. La experta en tecnología industrial del siglo XX observaba con la boca abierta los movimientos de una familia de rebecos a través de los prismáticos. Apenas podía seguir sus ágiles saltos en la pradera. La madre se detuvo y olió el aire con las orejas tiesas. Permaneció inmóvil varios segundos y luego, repentinamente alarmada, apremió a sus tres crías hacia el bosque.

Contardi cerró la boca y elevó el ángulo de sus prismáticos. Recorrió lentamente la línea del horizonte hasta que los antiguos Zeis temblaron en sus manos. Cuatro pesados liquidadores de la Unión avanzaban por la carretera. Eran zapadores mecánicos de combate capaces de modificar su altura elevándose varios metros sobre la superficie o avanzar a 200 kilómetros por hora disparando todas sus armas. Servían de escolta a los Captor, las temibles naves unionistas de asalto terrestre. Contardi sintió el corazón golpeándole en los oídos.

—¡Perros a la vista! —gritó a través de su comunicador.

La anónima respuesta tardó varios segundos en llegar.

—Tranquila, profesora, los tenemos controlados.

El capitán Ramírez terminó de vestirse en un camarote de lujo situado en la proa de la *Estrella Roja*. El efecto de la evasónica aún perduraba gratamente en su cerebro. El emblema de la Inteligencia Militar de la Unión se le iluminó en el pecho irradiando su propia luz. La hermosa viuda del coronel Sharetsky, su antiguo jefe, dormía plácidamente sobre la sueñoaire. Las prestaciones de Katerina se exageraban, pensó mientras ajustaba el arma reglamentaria a su cintura. Ramírez contempló fríamente las perfectas curvas de aquella viuda de la Unión. Era una consumidora compulsiva de evasónicas Oro. Su cerebro tenía suficiente combustible para un viaje estelar de doce horas.

El capitán se cercioró de que la clave de acceso al camarote estaba blindada. Le constaba que en aquella zona de la *Estrella Roja* no existían instrumentos de espionaje. Pero Ramírez era extremadamente precavido, incluso en condiciones de máxima seguridad. Era el mejor espía de la Resistencia Humana. Había advertido a Sharetsky de la presencia de la ZP siguiendo las órdenes de la Cúpula de los Viejos. Su trabajo de desinformación fue brillante, aunque él ignorara su verdadero objetivo. Se había infiltrado en el hermético círculo del general Mackenzie y conocía los sentimientos antiunionistas de muchos oficiales de la Fuerza Aeroespacial. La semilla de la rebelión no tardaría en germinar.

Ramírez se encerró en el suntuoso baño de Katerina y abrió la bolsa de deporte donde guardaba sus patines de ruedas. El patinaje acrobático y de velocidad eran los deportes más populares en la *Estrella Roja*. Desmontó las dos bases deslizantes y extrajo del interior un pequeño transmisor satélite. Lo montó y esperó la señal de recepción. Cuando llegó, nítida y fuerte, introdujo un microdisco con el mensaje cifrado. Volvió a montar los patines y se miró al espejo. Diez años al servicio de la Unión no habían cambiado sus principios. Odiaba tanto al enemigo como el día que ejecutaron a sus padres con la sonda cerebral. Antes de abandonar el camarote escupió sobre el soberbio cuerpo de Katerina.

El Estado Mayor de Brez recibió el mensaje de Ramírez en el ayuntamiento. Los liquidadores se habían detenido. Todos los errehaches ocupaban sus puestos de combate. Esperando. Anderson descodificó la información y se la transmitió a los demás.

—Han enviado dos divisiones coloniales. Una se mantiene en reserva fuera de la ZP. Cuatro batallones de la segunda avanzan detrás de los liquidadores. No utilizarán armas nucleares por razones políticas y de imagen. Pretenden tomar Brez al asalto e izar la bandera de la UEC transmitiendo la conquista en directo. La *Estrella Roja* nos envía numerosos detalles, incluido éste: el piloto que atacó a los niños falló intencionalmente. Parece que la Fuerza Aeroespacial no simpatiza con la Unión.

La voz de alerta surgió simultáneamente en todos los comunicadores.

—Los liquidadores se mueven.

Avanzaban de nuevo sobre la carretera haciendo temblar la tierra. Los visores instalados sobre sus cabezas de guerra se movían de izquierda a derecha, barriendo el terreno. Su marcha era inusualmente lenta. Los errehaches lo comprendieron de inmediato: la televisión sensorial de la Unión estaba transmitiendo el espectáculo.

Las máquinas marchaban en fila siguiendo el curso de la

vieja carretera general. El Magallanes proyectaba su imagen en al aire de una galería subterránea. Navarro los observaba concentrado con la mano apoyada sobre el microprocesador de disparo. Tres segundos, dos segundos, un segundo...

La explosión sacudió las entrañas del valle y reverberó sobre las crestas de las montañas. Las casas de Brez temblaron como sacudidas por un terremoto. Las laderas se derrumbaron sobre los liquidadores engulléndolos bajo un colosal alud de granito. Segundos después sobrevino un segundo corrimiento encadenado que se precipitó desde las cumbres. La carretera general dejó de existir. Los liquidadores yacían bajo miles de toneladas métricas de piedra. Una muralla de polvo rojo eclipsó la luz del sol sobre el valle.

Navarro y Palmer contemplaban el espectáculo desde las murallas frontales de la ZP. El inglés habló tras vencer su estupor.

—Os dije que era demasiado HBX.

—No volveré a desconfiar de los cántabros. Esa explosión no la supera una neutrocasera —respondió Navarro.

La conversación fue bruscamente interrumpida por tres violentas colisiones. La Unión atacaba por el centro abriéndose paso a través de los bosques. Otros cuatro liquidadores avanzaban triturando árboles a su paso. La comandante rusa Tatiana Nesterenko mandaba la batería de cañones emplazada en el centro de la muralla. Las cuatro antiguas bocas de 125 mm asomaban orgullosas al vacío.

Nesterenko lucía su verdadero rostro eslavo y vestía el uniforme militar de la Resistencia con dos estrellas rojas de seis puntas en las hombreras. Una pistola Astra A-100 colgaba de su cintura. Los artilleros eran errehaches ibéricos precariamente entrenados en el manejo de la vieja artillería de campaña. Ignoraban que aquellas piezas de alta velocidad, equipadas con blindajes Chobham y sistemas de puntería computerizados, fueron temibles depredadoras en su época.

Las cajas de munición se amontonaban revueltas en el fondo de una galería. Los contenedores estaban señalados con confusas siglas y números que significaban cosas como «incendiarios», «alto poder», «carga hueca», «autoperforante» o «iluminadores». Dos de los cañones fueron servidos con estos últimos y el resto con los denominados autoperforantes. Era un juego de azar.

Nesterenko observaba el rápido avance de los liquidadores. Permanecía impasible detrás de la batería de cañones, con las piernas separadas y los prismáticos inmóviles enfocados hacia el profundo valle.

—Dispararemos a quemarropa cuando yo lo ordene, ni un segundo antes —ordenó a los improvisados artilleros.

Los liquidadores abrieron fuego con sus baterías láser de cubierta. La roca de la muralla principal encajó los brutales impactos conmoviéndose hasta los cimientos, pero resistió la embestida sin desmoronarse ni ser traspasada. Las armas de la Unión estaban concebidas para batirse con enemigos mecánicos del siglo XXI, no contra muros medievales de diez metros de grosor. Aquél, además, era una prolongación natural de la montaña. La última Guerra Civil le había tatuado los zarpazos de la metralla.

Centenares de errehaches permanecían ocultos bajo el laberinto de galerías excavadas por los Prolemak, esperando el primer asalto terrestre de los Captor. Los soldados del siglo XXI apretaban entre las manos sudorosas las viejas armas del pasado. El Estado Mayor organizó la defensa empleando tácticas de combate que la Resistencia Humana había superado décadas atrás.

Se formaron escuadras de quince hombres armadas con misiles anticarro, tierra-aire Stinger, ametralladoras y lanzagranadas M-203. Cuatro escuadras conformaban la borrosa estructura de una compañía. Éstas fueron numeradas con las letras del alfabeto: A de Amsterdam, B de Berlín, C de Canarias, D de Dublín, E de España, F de Francia, hasta un total de cuarenta y una compañías.

Los cuatro liquidadores estaban a dos mil metros de la muralla y avanzaban disparando. La roca estallaba en cada impacto escupiendo espeso polvo de granito. La comandante Nesterenko dejó caer los prismáticos y abrió los brazos en cruz.

—Prevenidos para disparar a mi orden.

Las cuatro bocachas de los cañones bajaban automáticamente su ángulo de tiro a medida que se aproximaban los liquidadores. Las pantallas conectadas a los miniradares de superficie localizaban el blanco y transmitían la nueva ubicación del objetivo a los sistemas de guía de las piezas. Una rudimentaria tecnología de finales del siglo XX en la que nadie confiaba. Cada artillero sentía en su interior la inutilidad de aquella frágil defensa. Sudaban observando el avance de las máquinas unionistas.

Cadierno, un veterano luchador de la península, miraba con una tensa sonrisa el movimiento automático del cañón español. Hacía años que estaba preparado para morir. Pero jamás pensó que lo haría enfrentándose a los perros con las manos vacías. Sostenía un pesado proyectil perforante para introducirlo rápidamente en la recámara del 125. La espera le estaba poniendo nervioso. Ya podía distinguir los números pintados sobre el fuselaje de los liquidadores. En aquel momento la comandante se decidió. Los cañones estaban en posición de bala rasante.

—¡Fuego el uno! —gritó Nesterenko.

El cañón escupió el proyectil con un rugido que ensordeció a los artilleros. Impactó contra el fuselaje de un liquidador provocando una cegadora explosión de fósforo blanco. Pero el exterminador resurgió indemne de entre la niebla química.

—¡Fuego el dos!

El segundo proyectil arrancó gritos de júbilo en las trincheras de los regimientos B, E y F, los más próximos a la batería. Aquella vez el impacto había provocado una brusca convulsión en la estructura del liquidador. Cuando el humo negro se disipó vieron un agujero incandescente sobre el fuselaje de la bestia mecánica. La habían parado. El liquidador intentaba rehacer sus sistemas cuando le llegó el tercer proyectil perforante.

—¡Fuego el cuatro! —ordenó Nesterenko sin cambiar de posición.

»¡Fuego el uno!

»¡Fuego el dos!

Los artilleros ibéricos servían las piezas con entusiasmo. Cargaban, disparaban y volvían a cargar en pocos segundos. La comandante rusa ordenaba cada nueva descarga con voz serena, intentando someter al enemigo a una cobertura de fuego continuo. Habían hallado la munición adecuada. Los proyectiles perforantes de tungsteno, revestidos de explosivo plástico, estaban haciendo daño a los liquidadores. Las máquinas parecieron enloquecer bajo el fuego de los viejos cañones disparando a quemarropa. Sus sofisticados sistemas de defensa e intercepción eran inútiles contra proyectiles de otro mundo.

Uno de los liquidadores encogió su base deslizante articulada como un insecto envenenado y se derrumbó en la foresta al ser alcanzado de lleno en su cabeza de guerra por una triple descarga. Los errehaches no lo sabían, pero le habían administrado una ración de proyectiles de carga hueca, señalados en el contenedor como HEAT, que lo descerebró en el acto. Otro de los liquidadores intentaba rehacerse de los daños causados por una andanada perforante, disparada desde la batería del flanco derecho.

—¡Fuego el tres!

»¡Fuego el cuatro!

»¡Fuego el uno!

La artillería al mando del comandante Anderson se batía desde el flanco izquierdo contra los otros dos liquidadores. Estaban tocados, pero seguían avanzando a gran velocidad. Las descargas láser impactaron sobre las casas frontales de Brez. Las rocas que proyectaban las explosiones mataron a treinta errehaches e hirieron gravemente a varias decenas.

Los dos liquidadores se les vinieron encima. Los cañones británicos carecían de ángulo de tiro. Navarro, que mandaba los regimientos del flanco izquierdo, dio la orden de ataque.

Sus hombres avanzaron por los corredores subterráneos hasta la muralla transportando tres pesados misiles tierra-tierra Milan. Era su primera vez.

Las máquinas seguían reduciendo a escombros las viviendas y el número de heridos aumentaba en todas las posiciones. Disparaban proyectiles de fragmentación inteligentes que husmeaban la carne humana hasta cazarla. La única defensa posible era la inmersión total bajo las entrañas de Brez. Gritos, fuego y órdenes voceadas en los comunicadores llenaron el campo de la Resistencia.

Navarro fue el primero en divisar a los Captor en el horizonte. Volaban a baja altura formando una uve de penetración en ataque. Delante avanzaba una vanguardia de liquidadores hundiendo sus plataformas articuladas en el bosque. Las tres baterías de cañones redoblaron su cadencia de fuego. Disparaban todo lo que tenían a mano, pero la distancia era demasiado grande para herir seriamente a las máquinas. Mientras, los liquidadores que luchaban moribundos en la muralla continuaban causando graves daños en la ZP. Los heridos eran transportados por los subterráneos hasta las catacumbas del ayuntamiento, donde Palmer había instalado un rudimentario hospital.

—¡Qué pasa con los Milanes! —gritó Navarro a sus hombres.

—Nos hemos trabado, comandante, no logramos que funcionen —respondió uno de ellos a través del comunicador.

Los errehaches luchaban contra aquella primitiva tecnología sin poder arrancarle su ignición de disparo. Txiki vio el destello rojo de un liquidador ascendiendo precariamente hacia el borde de la muralla. Supo que el tiempo de los experimentos se había terminado. Si la bestia entraba en Brez lo arrasaría.

El vasco arrebató el Milan a sus compañeros, se lo cargó en el hombro y se abalanzó a la muralla. La cabeza de guerra del liquidador estaba a diez metros del borde y seguía subiendo. Txiki sacó medio cuerpo al vacío, apuntó y apretó el disparador con los ojos cerrados, murmurando entre dientes la palabra «Dios».

El impacto le arrancó de la muralla como a un muñeco de papel, arrojándolo varios metros hacia el interior de las defensas. El misil tierra-tierra perforó la cabeza del liquidador y siguió bajando a través de su estructura hasta detonar en el corazón motriz de la máquina unionista. La explosión a quemarropa lo desgarró en el aire frenando violentamente su ascenso. Sus restos se precipitaron convertidos en una bola de fuego y humo negro.

El segundo depredador fue alcanzado mientras se encaramaba a la muralla. Dos Milan explotaron simultáneamente sobre su fuselaje reduciéndolo a fragmentos metálicos. Todos los lanzadores perecieron en la acción. Sólo Txiki sobrevivió. La onda expansiva le había lanzado sobre un huerto de tomates provocándole quemaduras en el cuerpo y la cara. El doble chaleco antibalas Highmark del siglo XX le había salvado la vida.

La muralla estaba limpia, pero el segundo frente de ataque avanzaba bajo una tormenta de metralla. El sistema refrigerante apenas lograba rebajar la temperatura de los cañones, que disparaban de nuevo bala rasante. Navarro ordenó otra andanada a quemarropa de misiles Milan. Los lanzadores tomaron posiciones en la muralla y esperaron tendidos en el suelo.

Mario Lacochandegui mandaba la batería del flanco derecho. Los cuatro cañones apenas hacían mella en los liquidadores. Los impactos abrían pequeños boquetes en las cubiertas sin detenerlos.

—Es inútil seguir gastando munición. Dispararemos con los de tunsteno cuando estén a quinientos metros —dijo a sus hombres.

Los errehaches observaron el avance imparable del enemigo hacia la ZP. En aquel momento la Resistencia cesó el fuego en los tres frentes. Gritos y órdenes confusas retumbaban a lo largo del laberinto de galerías, sumidas en polvo y cortocircuitos que destellaban en la oscuridad. Los heridos gritaban esperando su turno en medio de una corriente continua de hombres y mujeres que se pasaban cajas de municiones de mano en mano.

Los modernos ordenadores de la Resistencia pronosticaban el final de Brez vomitando información sobre daños, bajas y número de fuerzas enemigas en avance. Las detonaciones láser impactaban sobre la superficie de los túneles provocando derrumbamientos y apagones. Los errehaches encendieron sus linternas. Las sombras de los rebeldes danzaron proyectadas en las sinuosas paredes del laberinto.

Los potentes haces fluorescentes giraron hacia el fondo de la galería principal movidos por una fuerza contagiosa. Los gritos cesaron bruscamente. Los soldados que permanecían encogidos o sentados se fueron levantando mientras se llevaban la mano derecha a la sien. El hombre al que saludaban incrédulos avanzaba por la galería vistiendo el uniforme verdinegro de la Resistencia Humana, con cuatro estrellas rojas de cinco puntas en las hombreras. El comandante en jefe de la Resistencia portaba una sobria Beretta Centurión enfundada a la altura del pecho.

La máscara del General era acerada. Un rostro cuadrado sin historia, opaco. La Fusiomac había programado un fulgor negro en los ojos. Pero sólo era un color electrónico archivado en la memoria de la máscara. Detrás estaba la leyenda, el hombre más temido y odiado por la Unión.

Los errehaches olvidaron las explosiones que sacudían el túnel y el avance de los liquidadores. El General no podía estar en Brez. Muchos dudaban incluso de su existencia. Las cuatro estrellas rojas de cinco puntas eran más un mito que el rango de un ser viviente. Según el rumor, nunca confirmado, el General dirigió personalmente la última gran ofensiva de la RH desde una antigua fábrica Bouteille-Hafkemeyer abandonada por la Unión. Fue la última vez que se vio sobre el campo de batalla. Luego desapareció de nuevo diluido en la clandestinidad. Noche y niebla. Su rastro se perdía en las catacumbas de las viejas ciudades de Europa.

La negra mirada de la Fusiomac pasaba sobre los rostros de

los defensores sin detenerse en ninguno. Al llegar a la boca del túnel la penumbra se transformó en luz y explosiones. Laura McGregor se abalanzó sobre la mano del comandante en jefe. Llevaba un Kalashnikov cruzado en su abultado pecho y la cintura repleta de peines de munición y granadas. Temblaba de miedo. Laura seguía siendo una bonita *teddy girl*, pero se le había borrado la frivolidad de los labios. En aquel momento parecía más vieja.

—¿Es usted nuestro verdadero General? —preguntó con ansiedad, como si la respuesta pudiera salvarle la vida.

El jefe militar de la Resistencia apretó la mano de la errehache y se volvió hacia el interior del túnel. Centenares de ojos le contemplaban tras las linternas.

—Sólo deben luchar los que voluntariamente lo decidan. Nadie tiene derecho a exigiros explicaciones. Apoyo incondicionalmente a los que renieguen de esta causa y a los que elijan el camino de la no violencia. Yo mismo lo haría, pero tengo amigos en las barricadas y demasiado odio en el alma. He decidido pelear por mi condición humana en nombre de la democracia, la única fe que nos hará libres pero nadie tiene la obligación de seguirme. Si decidís luchar, divertíos. ¡Buena suerte!

Antes de salir del túnel miró a Laura, que aún le sujetaba la mano.

—Sí —le respondió.

En la primera línea de defensa le esperaban los comandantes. Navarro, Kulikov y Anderson le saludaron pálidos y sucios, dando la espalda al enemigo. Mónica Carlés permanecía muda junto a ellos, mirando absorta las estrellas rojas en las hombreras de aquel hombre. Seguía pensado que el mensaje que oyeron todos los errehaches a través de sus comunicadores —¡el General está en Brez!— era una estratagema de los Viejos para elevar la moral. Pero observando la absoluta convicción que mostraban los tres comandantes empezó a dudar.

—En la galería de acceso principal hay cajas de proyectiles marcadas con las siglas FAE. Cargad los cañones del centro y la izquierda con ellos y disparad a mi orden. Les permitiremos que avancen mil metros más. Es la mínima distancia de seguridad para la vieja dosis de terror que vamos a administrarles —ordenó el General, observando el lento avance de los liquidadores batidos por las duras explosiones de los Milan lanzados desde la muralla.

El mando de la Unión pensaba que la RH se estaba reservando armas desconocidas, y actuaba con precaución. La misión de los liquidadores no era sólo romper la defensa en las murallas. También tenían que cubrir el avance de la infantería unionista embarcada en los Captor, lo que representaba una mínima ventaja táctica para la Resistencia.

Las piezas fueron cargadas con las pesadas bombas de explosivo carburante de aire. Los comandantes desconocían su efecto. Las FAE Blu73b pasaron desapercibidas, como tantas otras armas, en el examen del arsenal. Los artilleros al mando de Tatiana Nesterenko, Lacochandegui y Anderson no podían saber que estaban a punto de disparar lo más parecido a una bomba nuclear de baja potencia; uno de los ingenios más baratos y aterradores de finales del siglo XX. Su corazón exterminador latía en el interior de tres depósitos que contenían una mezcla de hidrocarburo gaseoso, propileno, acetileno, metano y peróxido acético. Fueron diseñados para derretir columnas de vehículos acorazados, industrias pesadas o búnquers militares de mando. Les llamaban *Pequeño Satán*.

El General observaba el avance enemigo desde la muralla. Un cigarrillo Imperio se consumía en sus labios bajo los prismáticos. El fuego desde Brez había cesado por completo. Todas las compañías permanecían bajo tierra. Los liquidadores sólo tenían ante sí las bocas de los doce cañones. Nesterenko, Lacochandegui y Anderson esperaban la orden de fuego de pie tras sus baterías.

La retransmisión en directo de la batalla había paralizado ambas Uniones. En América y Europa, millones de ciudadanos contemplaban absortos el desenlace del drama. Los mejores comunicadores de emociones de la Unión Europea Continental describían la acción de los liquidadores en tono épico, reservándose para el gran asalto de las divisiones coloniales. Era la guerra patriótica de Europa. La UEC luchaba contra seres pervertidos que habían logrado secuestrar una nave unionista para sacrificar a los niños que intentaban escapar. Se calificaba a los errehaches de adoradores de la democracia, una definición que inyectaba pánico en los corazones de muchos eurounidos.

En América eran los guerreros de la montaña, una tribu que se resistía a ser conquistada por el gobierno unionista. Aquello era mejor que explicar la causa política de la Resistencia Humana, demasiado embarazosa para América.

Los liquidadores se aproximaron a la línea invisible trazada visualmente por el General. El mando de la Unión impartió a las máquinas la orden de avance rápido hacia la muralla. Los Captor se mantenían mil metros detrás de su caballería acorazada, formando una uve cuyos vértices abarcaban el horizonte.

El cálculo del General fue aproximativo. Tomó como coordenadas un par de rocas grises. Sabía que las rigurosas ecuaciones matemáticas de los ordenadores apenas alteraban el resultado de una batalla. Cuando los liquidadores traspasaron la línea invisible, dio la orden sin soltar el cigarrillo de los labios.

—Fuego —dijo a través del comunicador sin alzar la voz. El General bajó los prismáticos y esperó encogido detrás de la muralla.

Las bombas FAE estallaron antes de que sus cabezas detonantes alcanzaran los objetivos. Al entrar en contacto con el aire, la nube pulverizada de carburante provocó el equivalente de una pequeña explosión nuclear en un radio de quinientos metros. La combustión se propagó a velocidad supersónica sobre los liquidadores. Las máquinas se derrumbaron sobre las cenizas del bosque y no volvieron a levantarse. Las FAE fundieron parte de sus fuselajes. La nube explosiva extinguió la vida vegetal en un radio de varios kilómetros, convirtiendo la foresta en un páramo calcinado.

El general se levantó del suelo y miró hacia el valle. El cielo se había teñido de una artificial coloración naranja. Sobre aquel color de guerra flotaba una densa bóveda de humo negro. El aire estaba salvajemente perfumado de un olor desconocido en el siglo XXI. Algo parecido a petróleo quemado. Colapsaba los pulmones y dejaba un sabor metálico en la boca. En el centro del bosque petrificado por la explosión yacían los escombros metálicos de cuatro liquidadores abatidos por las ancianas bombas de un mundo libre y remoto.

—Muertos a la primera andanada —murmuró el General.

Anderson le respondió pocos segundos después.

—Hemos lanzado cuatro de las ocho FAE disponibles, mi General.

—Lo sé, comandante. Dudo que vuelvan a atacar hoy. Se reorganizarán y cambiarán de estrategia. ¿Me escucha, doctora Salazar?

La voz de Irene surgió apagada en el comunicador.

—Le oigo, señor.

—¿Cuántas bajas?

—Trescientos muertos y decenas de heridos. Dos de los niños se están muriendo. El hospital carece de medios para afrontar una guerra. Necesitamos equipos y medicamentos. Me dispongo a lanzar una llamada de socorro dirigida a la Unión Continental Americana. Si ellos presionan, tal vez Bruselas permita el acceso de un convoy humanitario. No se me ocurre nada mejor.

Salazar miró a su alrededor. En las profundas catacumbas del ayuntamiento se amontonaban decenas de heridos en condiciones deplorables para la medicina del siglo XXI. Tenían reparadores celulares contra las quemaduras y regeneradores óseos para las fracturas abiertas con pérdida de hueso. Pero carecían de equipo y medicinas para el tratamiento de lesiones cerebrales, medulares y de penetración láser. Irene nunca había contemplado un espectáculo tan patético. Los heridos gritaban de dolor, algo inimaginable en su tiempo.

Un joven errehache detuvo a Salazar cuando salía del sótano. Estaba tumbado sobre un salvavidas biológico sanitario, la última tecnología disponible para el tratamiento de heridos. Controlaba las constantes vitales del paciente e introducía en su cuerpo lo que éste necesitaba en cada momento. El joven tenía los pulmones destrozados y estaba en estado terminal. Pero mientras siguiera conectado al salvavidas biológico, viviría. El único problema era que la Resistencia sólo disponía de diez SBS.

—Hemos ganado, ¿verdad? —preguntó el errehache con los ojos vueltos ya a otro mundo.

—Hemos ganado... una batalla —respondió Irene Salazar besando su mano.

Emma Morris acariciaba la cabeza de *Rasia*. La luz sucia de Washington se filtraba a través de los muros de cristal. La planta 190 del edifico CNN era un rectángulo transparente suspendido sobre el vacío urbano de la capital americana. Millones de publiláser se extendían hasta los suburbios más remotos. Los colores biológicos diseñados en la última generación destellaban anunciando el limbo de la perfección tecnológica.

La periodista de previas contempló el gran anuncio de perfume Seduhombre. Se alzaba ante sus ojos a pocos metros de las paredes de cristal. Podía percibir vagamente su olor. Extracto sintético de Punto G y una refinada mezcla de células generadoras de la excitación sexual femenina, encubiertas bajo una fragancia narcotizante de amapolas. Emma llevaba media hora esperando la entrevista de su vida. Había sido convocada por el presidente de Unión CNN, Tristar Pizarra Horner, uno de los hombres más poderosos de América. ¿Por qué? Lo ignoraba, pero daría la cabeza de *Rasia* por una pista.

No era para licenciarla. Eso podía hacerlo su jefe con una frase de dos palabras sin prólogo ni epílogo: estás despedida. Tampoco para premiarla. Las promociones se ejecutaban según el protocolo de las plantas inferiores. A la 190 sólo se ascendía para escuchar el mensaje de dios y cambiar de vida.

Existía un antes y un después de aquel viaje al cielo. Emma volvió a hacerse la misma pregunta: ¿por qué?

Una Cien le indicó el camino. Las secretarias de dirección eran humanas, pero no lo parecían. Habían alcanzado el máximo grado de evolución en su especie. Asépticas, aterciopeladas y aerodinámicas. En su planta, la doce, trabajaban las Cuarenta. Comprendió que no eran poderosas princesas de la burocracia, como había imaginado, si no humildes siervas de las Cien encargadas de la tropa.

—Espere aquí hasta que su ritmo cardíaco se normalice. El número Uno no soporta corazones desbocados. Puede fumar. Deje a su gata en el ropero y no aluda a sus costumbres en la entrevista. Tampoco hable de la vida de su sirviente cibernético. No es obligatorio, pero le sugiero que deje su reloj salvavidas. A él no le gustan los apoyos emocionales. No se ponga histérica ni dé muestras de perplejidad. El número Uno no es un hombre común. ¿Ha comprendido, Morris? —La Cien no tenía más de 25 años, pero se comportaba como una secretaria de Estado con el peso de mil crisis sobre sus juveniles hombros de seda.

Emma tragó oxígeno puro hasta aplacar los golpes en su pecho. Si pretendían eliminarlos, la entrevista con Pizarra Horner nunca tendría lugar. Se decidió.

—Estoy lista.

La Cien abrió la puerta manualmente. Era una pesada placa de madera labrada a mano. Representaba a un pescador luchando contra un gran pez. Una nube de humo habano golpeó el rostro de la periodista. La puerta se cerró con un extraño golpe amortiguado. El cuerpo de un hombre de espaldas apareció ante sus ojos. Era corpulento sin llegar a la obesidad. Miraba a través de una ventana de doble hoja con cortinas color púrpura recogidas a los costados. Una espesa nube de humo blanco flotaba sobre su cabeza, ceñida de áspero pelo negro.

—¿Sabe quién era González? —preguntó a Emma sin volver la espalda. La voz del número Uno parecía fabricada en una cadena de montaje barata. Surgía de su garganta como un grosero producto de bazar.

Emma buscó desesperadamente en su memoria sin hallar más que un agujero de ignorancia y oscuridad. Horner prosiguió.

—El tipo vivió a finales del siglo XX. Dirigía un periódico de papel en California. Tenía un sistema para probar a su gente. Pedía algo descabellado, imposible o suicida. Si le respondían que no se podía hacer, el periodista se convertía en carne de relleno para sueltos. Los que aceptaban podían fallar, pero tenían una segunda oportunidad. A González no le gustaba su mundo y decidió cambiarlo. A mí tampoco me gusta este mundo. ¿Y a usted?

Tristar Pizarra Horner se volvió hacia Emma evacuando humo por la nariz. La miró con una sonrisa burlona colgada de los labios. Sus ojos eran dos jeringas hipnóticas inyectadas en gelatina marrón. Unos tirantes negros sostenían su holgado pantalón a la altura del vientre. El rostro del número Uno era grueso, de pómulos caídos y papada incipiente. Una nariz ganchuda se cernía sobre sus labios neumáticos.

—Ignoro cómo era el mundo que González quería cambiar, pero éste no es el mejor lugar para ser feliz —respondió Emma desde la puerta del despacho.

El director de Unión CNN se metió el habano entre los dientes y apoyó la espalda contra una de las columnas de caoba que sustentaban el techo.

—¿Sabe cuál es mi sueño? Dirigir un periódico de usar y tirar con periodistas feos y brillantes, de carne y hueso, sin emanaciones sensoriales en las tetas ni audiencias según el tamaño y las vibraciones de los penes. Sé que es imposible, pero me gusta soñar. Soy un soñador duro, sin aditivos. ¿Y usted, Emma, también sueña?

Morris desvió los ojos y fijó la mirada en una zona muerta detrás del director. No la inquietaba el hombre, sino el contenido de una conversación para la que no estaba preparada. ¿Qué era un periódico de papel para usar y tirar?, ¿por qué el director de la Unión CNN despreciaba a las criaturas que él mismo había fabricado? Era demasiado para una cronista de previas.

Emma respondió con los ojos en *off*.

—Casi todos mis sueños son inducidos, señor. Soy una mujer vulgar. El mundo en el que he crecido no me ha dado otra oportunidad. Vivo en una jaula de doscientos pisos y tiemblo cada mañana por mi contrato ante el espejo del baño. Soy una perdedora.

—No ha respondido a mi pregunta, reportera. ¿Tiene un sueño o no?

Emma dudó en confesar la verdad. Un hijo, un hijo, un hijo, repetía el incansable demonio alojado en su cerebro. Un niño de ojos verdes que la llamaba mamá.

—El peligro y la gloria —respondió sin pensar, eligiendo las primeras palabras naturales que se deslizaron hasta sus labios.

—Una buena respuesta, Emma. Si yo hubiera nacido en el siglo XX y dirigiera un pequeño periódico de papel le daría una oportunidad para que me demostrara el material del que está hecho ese sueño. Tal vez la mandara a cubrir una guerra lejana. ¿Sabe escribir?

—Sí, claro, sé escribir.

—No hablo de unir letras. ¿Sabe transmitir sentimientos y emociones sin necesidad de emitirlas a través de su vagina ante una cámara sensorial?

—Nunca he probado —dijo Emma sintiendo un súbito golpe de calor en el rostro.

—Lo suponía. A eso antes le llamaban periodismo. Se trataba de contar lo que el poder o los poderosos querían mantener en secreto. Los periódicos de usar y tirar decían a la gente lo que los poderes hacían con sus vidas, sus impuestos o sus derechos. Eran los más duros fiscales de su tiempo. Una corporación peligrosa y temida. Algunos lo hacían con talento sublime. Otros empleando el brutal lenguaje de la verdad. ¿Recuerda alguna crítica al poder, Emma, alguna historia que haya cambiado su opinión sobre el mundo en el que vive, que le haya hecho aborrecer a la administración americana o nuestra forma de concebir la sociedad o el Estado?

—No. Sería subversión.

—¡Otra mente programada...! Alguien me había dicho que usted era especial, Morris. Un hombre al que creo y respeto. Me dijo que aguantó durante un mes en una nave de combate, viendo sangre y muertos. También me dijo que criticó duramente y con brillantez al poder que ordenó aquella carnicería por el control de una mina lunar.

—Eran conversaciones privadas. Mis opiniones no trascendieron públicamente ni repercutieron en mi trabajo.

—Me consta. La habrían encarcelado aplicándole la Ley de Alta Traición o Colaboración con el Enemigo. Sin embargo había algo en su trabajo. Un toque del pasado que, no sé cómo, usted ha heredado, Emma. Quiero que desarrolle esa magia y escupa cada palabra con rabia y fría pasión. Quiero que transmita historias con el cerebro y el corazón, no con sus órganos sexuales, Emma. La cámara no recogerá sus emanaciones sensoriales, sólo su talento intelectual para la crítica al poder y la descripción del sufrimiento humano. Si lo consigue habrá hecho realidad su sueño; el peligro y la gloria.

Tristar Pizarra Horner aspiró una larga bocanada de humo y se dirigió a su mesa, una rústica tabla de cuatro metros apoyada sobre dos caballetes. Valía una fortuna.

El corazón de Morris latía amontonando sangre en su cabeza. La cuidada decoración mental de la reportera de previas había sido barrida por un huracán. Entre sus restos sólo yacían preguntas. ¿Por qué, cuándo, cómo y dónde debía transformarse en la criatura que Pizarra Horner acababa de formular? La respuesta le llegó envuelta en humo de habano.

—Partirá hoy hacia la ZP77, llamada Brez por los errehaches. Su cámara será su único lujo: Peter Revenge. Quiero la cobertura más sensacional de la historia de América y la quiero a partir de mañana. Sólo usted y él. Podría enviar a un ejército, pero esta vez será distinto. Acérquese.

Tristan Pizarra Horner garabateó unas palabras sobre la

página de un verdadero libro y se lo entregó a Emma. La reportera leyó el título: *Crónicas magistrales del siglo XX*. Era una recopilación de los mejores artículos periodísticos escritos en zonas de guerra.

—Cuídelo. Vale mucho para mí. Su tiempo se ha terminado, Morris.

La periodista salió del despacho del número Uno con paso sonámbulo. Se metió a su gata en el bolsillo y descendió hasta la planta doce en algo menos de un segundo. Se sentó en su mesa y leyó las palabras escritas por Pizarra Horner en la primera página del libro. «¡El Peligro y la Gloria!»

El transporte aéreo de la Unión CNN descendió velozmente sobre la plataforma de aterrizaje, unos diez kilómetros al sur de Brez. El microdisco con la autorización de paso llevaba la firma y el sello del embajador canciller de la UEC en Washington y estaba avalado por la administración americana. Todo al máximo nivel. Emma Morris seguía enfrascada en su antología de crónicas periodísticas del siglo XX cuando aterrizó la nave. Tenía que leer lentamente para comprender el rancio inglés de John Red. El reportaje estaba fechado en abril de 1914:

«Villa tuvo que inventar en el campo de batalla un método completamente original para luchar, ya que nunca había tenido oportunidad de aprender algo sobre la estrategia militar formalmente aceptada. Su sistema de lucha era asombrosamente parecido al de Napoleón. Sigilo, rapidez de movimientos, adaptación de sus planes al terreno y estrechas relaciones con sus soldados. Creó en las filas enemigas una superstición en torno a su persona: Villa tenía una especie de talismán que le hacía inmortal.»

Peter Revenge interrumpió con tono duro la lectura de la reportera.

—No estamos en el astropuerto de Washington, sino en medio de una zona de operaciones militares de la UEC. Están en guerra y tienen prisa. ¿Bajas o regresamos a América?

Emma cerró el libro marcando cuidadosamente el capítulo «México insurgente». Se levantó del asiento y se dirigió a la puerta de la nave. Peter la sostuvo por el brazo.

—Tal vez Tristar Pizarra Horner no te lo ha dicho, ni tampoco esté escrito en tu libro. Te lo diré antes de empezar el trabajo. Los antiguos equipos de televisión del siglo XX tenían una buena costumbre, la independencia. El cámara hacía su trabajo y el periodista el suyo. El segundo no imponía sus criterios al primero y viceversa. Somos un equipo bicéfalo. Las reglas de América no cuentan en esta guerra. No me pagan por hacer de guardaespaldas. Si puedo y estoy cerca te echaré una mano. Pero si te matan no seré responsable. En otras palabras, Emma, no sustituyo a Jan, tu robot doméstico.

—Gracias por nada —respondió Morris.

El capitán de Inteligencia Militar que les recibió empleaba modales de estrella de cine. Demasiado cordial para ser sincero, pensó Revenge. La hoz y el martillo brillaba con luz propia sobre su negro uniforme de campaña. La actividad militar era frenética a su alrededor. Las pesadas naves de transporte vomitaban toneladas de material descargado por grúas. La zona era protegida por liquidadores y autocañones láser que giraban sobre sus torretas. Centenares de soldados coloniales avanzaban a paso de marcha en columnas simétricas. Las formaciones de blindados de ataque *Europa Mil* estaban dispuestas para avanzar sobre el bosque carbonizado que los periodistas habían divisado desde su nave.

—Un impresionante espectáculo. Temo que destruyan la ZP rebelde antes de que podamos llegar —comentó Emma al capitán de Inteligencia exhibiendo una blanca sonrisa.

—Eso sólo depende de ustedes. La Unión no garantiza su seguridad cuando empiece el ataque.

—Creíamos que ya había comenzado —intervino Peter, indiferente. El oficial de la Unión no era muy diferente a los militares americanos. Siglos de manipulación mental y adoctrinamiento les habían convertido en seres clónicos. Su cordialidad se descompuso. En su lugar surgió el producto castrense.

—Lo que han visto es sólo un ensayo general. Les hemos permitido que destruyan unos cuantos liquidadores para demostrar que no son un puñado de locos a merced de nuestro ejército, si no terroristas armados con potentes armas de guerra. Éste es un juego limpio, ellos contra nosotros en igualdad de condiciones —dijo el capitán con convicción.

Los periodistas miraron alrededor. Aquel ejército era digno de una batalla contra América, pero iba a ser lanzado a la conquista de una roca defendida por iluminados de un Nuevo Orden moral. Quizá para la Unión eran más peligrosos que la guerra por las materias primas, pensó Peter. Emma sintió su primer miedo, virginal, recién exprimido. Comprendió deslumbrada que aquélla era la realidad, a miles de kilómetros de la pantalla sensible donde la guerra era sólo un juego de audiencias.

—Les están esperando —agregó el capitán señalando un transporte color verde oscuro.

Sorribes les recibió bajo la superficie metálica de un puesto de mando. El jefe de los Escuadrones Antiterroristas Urbanos parecía otro hombre, delgado y macilento, con graves ojeras inflamadas. Vivía instalado en un permanente estado de terror bajo el dominio de Mateo Peña. Su primer fracaso le había condenado a algo peor que la muerte: la conexión. El secretario de Interior gobernaba a través de su cerebro desde su desnudo despacho en Bruselas.

—El permiso está en regla. Serán la única televisión americana en la zona rebelde, pero recuerden que ha sido nuestra decisión, no la de su gobierno —dijo Sorribes.

—No representamos a la administración, sino a la Unión CNN —respondió Emma recordando las instrucciones recibidas en Washington.

Peña descompuso los labios en Bruselas. Sorribes desgarró simultáneamente la boca en una sonrisa muerta. Le bajó desde el cerebro como un vómito frío.

—Evitaremos discutir ese punto. Supongo que ambos tenemos prisa. Los objetivos de su gobierno y del mío son similares en cuanto a la lucha contra el terrorismo. En esa ZP hay hombres y mujeres que mañana pueden volar la Casa Blanca con una neutrocasera. Ustedes no les conocen. Si así fuera, desaparecería la evidente tolerancia de su país hacia los errehaches.

—Somos periodistas independientes, no políticos, militares o diplomáticos —insistió Emma.

—No discutiremos eso ahora. A cambio de autorizarles el paso a la ZP77 sólo pedimos un mínimo de colaboración civilizada. Este disco contiene las descripciones de centenares de errehaches. El microtransmisor se injerta bajo la piel de la muñeca de forma indolora —explicó Sorribes señalando ambos objetos—. Queremos que nos informen de las armas que poseen y de sus planes. Si se comprometen a cumplir esta sencilla condición, les permitiremos hacer su trabajo independiente —concluyó Sorribes con ironía.

Peter se adelantó a la negativa de Emma.

—De acuerdo. Injértemelo. Pero no le prometo nada. Lo toma o lo deja.

El cerebro de Sorribes esperó la decisión. Lo sentía hinchado y ardiente como una bola de plomo derretido. Le llegó desde Bruselas.

—Proceda —ordenó al capitán de Inteligencia.

El oficial inyectó el microtransmisor en el antebrazo del cámara americano utilizando un pequeño sellador epidérmico. Peter no sintió nada, pero su neutralizador cerebral tejió una cortina de acero alrededor de su mente. Las imágenes se oscurecieron en los ojos. Entonces supo que estaban intentando esclavizarle el pensamiento.

El neutralizador no era un modelo avanzado. Se lo instalaron en su primera misión como cámara de guerra por si caía prisionero. Tenía una hora antes de entrar en coma profundo. Le llamaban congelación cerebral. El individuo fallecía a todos los efectos hasta que los científicos militares neutralizaban la coraza cerebral. Era como llevar una bomba alojada en los sesos. La resurrección fracasaba en un cincuenta por ciento de los casos.

—Les escoltaremos hasta el límite de la ZP. Espero que los errehaches no les maten por el camino —dijo Sorribes.

El piloto de la nave americana abrió una rampa lateral e hizo descender el transporte terrestre de la Unión CNN. El registro de los militares unionistas duró quince largos minutos. Buscaban armas o cualquier otra cosa que pudiera ser útil al enemigo.

—Sigan a ese *Europa Mil*. Les abandonará en el límite del bosque. Los errehaches han volado todos los caminos.

El capitán saludó militarmente uniendo los brazos en la espalda y se introdujo en el tanque unionista de escolta. Emma y Peter entraron en su propio blindado. Era un vehículo plano y rectangular de color blanco, con las siglas UNIONCNN-TVS pintadas en el techo y a ambos lados del fuselaje. Contenía alimentos sintéticos, cinco salvavidas biológicos, un sofisticado sistema de guía automática, el equipo de transmisión sensorial directa y varias cámaras articuladas. Peter tomó los mandos. En treinta minutos entraría en coma.

Los pesados rotores metálicos que sustentaban el blindado de la CNN se pusieron en movimiento. El tanque *Europa Mil* avanzaba delante hacia el bosque calcinado. Emma miró a Peter. La frente de su compañero estaba perlada de sudor. Ella también tenía miedo, aunque por motivos diferentes.

La guerra se le metió en el cuerpo al llegar al límite del bosque. Los restos metálicos de los liquidadores yacían sobre un mar de cenizas vegetales. El aire del blindado se llenó de un olor indescriptible. Era una esencia ácida que se pegaba a la garganta y amortajaba los pulmones de lastre. Le sobrevino un ataque de tos. En ese mismo momento, el tanque *Europa Mil* giró sobre sí mismo y regresó a su base. El blindado de la Unión CNN penetró lentamente en tierra de nadie. A Peter le quedaban siete minutos para entrar en coma.

—Establece contacto con los errehaches usando la clave convenida —gritó el cámara mientras conectaba el piloto automático. Emma le miró sin comprender. Nunca le había visto histérico.

—¡Ahora! —insistió Revenge golpeando violentamente sobre los mandos del blindado.

Emma envió el mensaje de identificación mientras observaba aturdida a su compañero. Peter saltó del asiento y empezó a vaciar su bolsa personal lanzando la ropa y los objetos al aire. Cuando encontró la navaja se sentó en el suelo con la espalda apoyada en el fuselaje metálico del blindado y oprimió el disparador. Un brillante filo de diamante destelló bajo la luz artificial.

Peter aferró su muñeca y saturó la carne en el lugar donde creía que le habían introducido el transmisor. La sangre brotó de la herida resbalando por su brazo, pero no encontró nada insertado en el interior. Revolvió con la punta del diamante sintiendo una estocada de dolor atravesándole en el cerebro. El segundo intento fue inútil. No estaba allí. Peter se golpeó la cabeza contra el metal. Su cerebro entraría en hibernación en dos minutos. Aferró con fuerza el mango de la navaja y volvió a cortar la carne en vertical tres centímetros más arriba.

Mientras gritaba, una idea se formó en su mente con luz cegadora. Si no encontraba el transmisor se amputaría el brazo con la sierra de metal que equipaba el blindado. La miró fijada a la pared y cerró los ojos. Se llenó los pulmones de aire rastreando la nueva incisión con la punta de la navaja. La sangre se precipitaba sobre sus piernas formando un charco sobre la superficie metálica del blindado. Cuando llegó al límite de su resistencia física, el diamante tropezó con un objeto. Peter escarbó con furia hasta extraerlo. El telón de acero se desvaneció en su mente. Le habían sobrado nueve segundos.

Emma le contemplaba con el rostro desencajado.

—Busca un inhibidor de hemorragia en el botiquín. Está señalado con las letras PQAA. Luego aplícame una funda biológica regeneradora de tejidos. Se llaman TEO —le pidió el cámara con una extenuada sonrisa en los labios.

Emma obedeció. Cuando la hemorragia estuvo controlada le miró a los ojos.

—No creo que tengas madera de delator... ¿Por qué aceptaste el injerto?

—Eso nunca lo sabrás, pero te diré algo; hay periodistas que hacen cualquier cosa por una buena historia —respondió Peter guiñándole un ojo.

La radio del blindado se animó de improviso.

—Avancen lentamente hasta el primer puesto de control. Están entrando en zona de guerra. Bienvenidos a la República Democrática de Brez.

Peter detuvo el pesado vehículo junto a un búnquer de tierra y planchas metálicas emboscado en la calle principal. El cámara sentía el pulso de la cicatrización acelerada latiendo dentro de su brazo. Encendió un cigarrillo América y miró a través del cristal blindado. Vio unos ojos azules embutidos en un rostro negro. La pintura de camuflaje confería a la errehache que le observaba un aspecto sobrenatural.

Peter la saludó con una sonrisa. En su trabajo siempre había que vender sonrisas a bajo precio, no importaba el lado de la trinchera donde se encontrara. Y hacer regalos, cualquier cosa fácil que llevaras en el bolsillo, incluso un cigarrillo América. Peter le ofreció uno a través del cristal blindado. La joven soldado de la Resistencia ablandó su máscara de matadora devolviéndole un destello de dientes blancos.

—Gracias, no fumo —dijo usando la frecuencia del blindado.

A Peter le gustó. Era humana.

—Avancen por la calle hasta que reciban nuevas instrucciones. Los jefes dicen que un cañón les está apuntando desde arriba. Si es una trampa o una bomba lo que llevan ahí dentro acabarán igual que los liquidadores. Tenemos munición para rato. ¿De acuerdo?

—Ok —respondió Peter a la errehache haciendo un círculo con los dedos índice y pulgar. Le gustaba. Además de humana era simpática.

El blindado empezó a ascender lentamente la calle en ruinas. Las pesadas ruedas trituraban escombros y hierros a su paso. A ambos lados la tierra había sido horadada por los Prolemak. Decenas de errehaches contemplaban el blindado de la televisión americana asomados a las trincheras. Peter conectó el piloto automático y programó el vehículo para que se moviera a paso de hombre. Se ciñó al cuerpo una cámara articulada y activó la escotilla superior.

—Pizarra Horner se cabreará si no mandamos algo de combustible —dijo Peter.

El cámara sacó medio cuerpo por la escotilla y empezó a lanzar imágenes sensoriales a América. Primeros planos de los defensores, megazooms de sus armas, sus gestos, sus ojos. Buscaba la esencia de las almas, pero le dolía demasiado el antebrazo para viajes metafísicos. Se conformó con la artesanía.

—Hola. Aquí la ZP77. Soy Revenge, el cámara de servicio. ¿Qué tal está llegando la señal? —preguntó Peter a través del transmisor satélite que incorporaba la cámara.

—Clara y fuerte. Buen material, Revenge. Lo habéis conseguido —le respondió desde Washington el jefe del Departamento de Sensotransmisiones—. Sólo falta la crónica de Morris. Emitimos en cinco minutos para toda América —agregó.

Peter apartó el rostro de la máscara de encuadre y miró a Emma.

—Ya lo has oído. Empieza a improvisar. Haremos la entradilla sobre la marcha —le ordenó fríamente.

—No sé lo que es improvisar. Necesito tiempo para preparar mi historia con datos, información...

—Olvídalo, Emma. No es eso lo que esperan de ti esta vez. Pizarra te ha pedido una revolución, no una previa —respondió Revenge con dureza.

Emma estaba histérica y se sentía desnuda. Por primera vez en su vida la obligaban a usar el cerebro como única arma para superar una crisis. Aquella masa gris, sumergida en su bóveda ósea y forrada con cabello blanquinegro, debía crear una secuencia narrativa sin premeditarla. No importaba medio gramo o un kilo de más en su cintura, ni la disminución sensorial de sus pezones. La sensocámara la captaría como un ser muerto. Por primera vez el cerebro de Emma Morris se enfrentaba a la vida.

—El tiempo se te acaba —le recordó Revenge sin despegar los ojos del visor.

Estaba filmando a un hombre delgado y fuerte. Una sucia melena amarilla colgaba sobre sus anchos hombros. Peter transmitió una descarga de violencia al enfocar los ojos de Navarro. El comandante observaba el blindado erguido sobre la muralla. Un Kalashnikov corto de asalto pendía de su pecho, cuajado de brillantes granadas y peines de munición. Dos cohetes anticarro sobresalían por detrás de su cabeza. El gesto del errehache era altivo y desafiante.

Emma activó la segunda escotilla y se asomó con su micrófono de transmisión directa en la mano. Su mente seguía en blanco. Cerró los párpados hasta sentir dolor. Entonces comenzaron a llegarle jirones de frases, destellos de palabras leídas en la *Antología del siglo XX.* La luz verde se encendió en el transmisor satélite. América esperaba.

—Los que van a morir nos contemplan desde las trincheras abiertas en la tierra de Brez. Son hombres y mujeres con los rostros teñidos de negro. Parece la visión de otro mundo, pero estamos al sur de Europa, bajo una cadena de montañas grises. Los errehaches esperan el ataque de la Unión con armas desconocidas. Ignoramos si provienen del futuro o pertenecen al pasado, pero les han servido para demostrar que están dispuestos a pelear por esta colina donde ondean banderas europeas del siglo XX. Nuestro vehículo asciende sobre ruinas hacia el corazón de la defensa rebelde, entre defensores que pueden estar muertos cuando termine esta transmisión. No parecen un ejército. No hay prepotencia o amenaza en los ojos que nos observan, sino una mezcla de curiosidad y decisión. A unos cuantos kilómetros, la Unión prepara su ataque final. Si América defendiera estas trincheras habría esperanza. Pero los que van a morir son los últimos rebeldes de Europa, la tribu del Juicio Final. Emma Morris transmitiendo desde Brez para Unión CNN.

La luz verde se apagó en el micrófono. La reportera alzó los ojos y se encontró con los de Peter Revenge. Un cigarrillo América se consumía en sus labios. La luz que brillaba en la mirada del cámara había perdido su tono acerado, pero aquello no podía ser admiración. Revenge no admiraba a nadie. Ni siquiera a sí mismo.

—Me he olvidado de la entradilla. Sólo te he hecho un par de primeros planos a cámara muerta.

—Gracias por nada —respondió Emma zambulléndose de nuevo en el blindado. No había sido difícil. Sólo era cuestión de abrir la mente y esperar la respuesta.

Tristar Pizarra Horner aspiró una larga bocanada de puro habano en su despacho de Washington. Miró con indiferencia la pantalla que informaba del *overbooking* obtenido por la transmisión. Nadie en América vio otra cosa durante tres minutos y cuarenta y cinco segundos. Pasó de nuevo las imágenes. Por primera vez en treinta años la pantalla había logrado arrancar una emoción al número Uno. La crónica de una periodista de previas que soñaba con el peligro y la gloria.

—Avancen hasta el final de la calle y giren en el primer desvío hacia la izquierda. La Presidencia no tiene pérdida —les ordenó una voz femenina.

Peter recuperó el control manual del blindado. Las cámaras exteriores del vehículo detectaron actividad en las galerías defendidas por las compañías F de Francia, E de España y B de Berlín, desplegadas en el flanco izquierdo de Brez. Cuando el vehículo se detuvo ante el ayuntamiento sonó la alarma general. El agudo aullido de las sirenas electrizó el aire sobre la ZP. Peter se instaló una cámara articulada y se colgó de la espalda una pequeña mochila que contenía un salvavidas biológico y un chaleco contra proyectiles de veinte milímetros. Cogió la otra y se la pasó a Emma.

—Es mejor que te pongas esto. Creo que ha empezado.

Morris miró alrededor. Los errehaches se habían esfumado. En su lugar, apoyados sobre los bordes de las trincheras, surgieron centenares de cañones opacos, gruesos y compactos, afilados o tentaculares. Artefactos de otro mundo apuntaban hacia el cielo y la tierra esperando al enemigo.

La educada voz de Irene Salazar sonó detrás de los periodistas. Vestía un elegante traje de chaqueta negro y zapatos planos. Se había ajustado su larga melena roja en un moño. Peter la encuadró y volvió a transmitir. La exhausta belleza de aquella mujer irradiaba una poderosa sensualidad.

—Soy la presidente en funciones de la República Democrática de Brez. Si alguna mujer u hombre libre me está viendo en su país quiero decirle que no pedimos ayuda, armas ni compasión. Sólo asistencia para nuestros heridos y la apertura de un puente humanitario de evacuación fuera de Europa. La Unión los matará si se los entregamos. Necesitamos médicos, equipos de cirugía y salvavidas biológicos. Y ahora será mejor que se metan debajo de la tierra —dijo Salazar señalando hacia el fondo del valle.

Peter giró sin dejar de transmitir. Emma levantó lentamente la cabeza hasta la línea del horizonte y abrió la boca con estupor. Centenares de naves de asalto llenaban el cielo. Debajo de ellas, los tanques *Europa Mil* avanzaban sobre el bosque calcinado haciendo temblar la tierra. Emma se volvió hacia Irene Salazar con el micrófono temblándole en la mano.

—¿Por qué luchan?

La presidenta reflexionó un instante mirando fijamente hacia el objetivo de la sensocámara.

—Por abolir la ley que permite condenar a un hombre por sus pensamientos no manifestados —respondió Irene Salazar.

La primera andanada de proyectiles unionistas cayó sobre las casas de Brez arrancándolas de sus cimientos. La respuesta de la Resistencia fue inmediata. Los doce cañones empezaron a escupir su decente metralla perforante contra los carros de combate unionistas.

—Reservaremos las cuatro bombas FAE hasta que los *Europa Mil* se acerquen a la muralla. Lanzaremos dos por el centro y una por cada flanco —transmitió Anderson a los jefes de las baterías.

—¿Y luego con qué lucharemos? —preguntó la comandante Nesterenko.

—¿Prefiere una respuesta filosófica o una realista?

—La segunda, por supuesto.

—Nos quedan proyectiles perforantes, incendiarios, de alta velocidad, de alto poder, de carga hueca, iluminadores, químicos...

—Les causarán el mismo efecto que una piedra arrojada contra la montaña —interrumpió la errehache rusa al mando de la batería central.

—La alternativa es rendirse al enemigo, comandante Nesterenko.

Se produjo un tenso silencio. Ambos oyeron en sus comunicadores una confusa mezcla de explosiones, gritos y órdenes provenientes de todo el perímetro de la defensa rebelde.

—No se preocupe. Si ese momento llega yo me ocuparé de que ninguno de los dos sobreviva —agregó Anderson.

—Exijo su palabra de honor.

—La tiene —respondió el comandante británico.

Nesterenko observó a los artilleros españoles y sintió amor y pena por ellos. ¿Cuántos minutos más duraría su sueño de libertad tras los viejos cañones? El fugaz pensamiento se convirtió en oscuridad. La explosión levantó del suelo a la comandante y le vació los pulmones. Cuando logró recuperarse se palpó la cara. Estaba manchada de sangre, pero no era suya. El veterano Cadierno yacía junto a ella con las piernas amputadas y un boquete en el pecho. Nesterenko se arrastró hacia él y le sujetó la cabeza.

—No hables. Aún puedes salvarte.

El viejo errehache se aferró a la pechera de su uniforme. Nesterenko escuchó sus palabras mirándole a los ojos. Supo que era el mensaje de un muerto.

—Hace mucho tiempo alguien dijo que era mejor morir de pie que vivir de rodillas... —Cadierno no pudo terminar. Sus palabras se ahogaron en un vómito de sangre.

Nesterenko le cerró los ojos.

—¡Que alguien le sustituya en la pieza número uno! —gritó la comandante dirigiéndose a los errehaches que ocupaban la trinchera E de España.

Peter Revenge filmó a la muchacha que saltó del subterráneo. Se llamaba Luisa Medina y apenas tenía veinte años. Le pasaron un proyectil perforante de carga hueca que ella entregó a su vez al artillero suplente. Nesterenko volvió a ponerse en pie detrás de la batería, ignorando el violento fuego de respuesta unionista.

—¡Fuego el uno!

»¡Fuego el dos!

»¡Fuego el tres!

Revenge había transmitido en directo la muerte de Cadierno desde la posición de la compañía E. El testamento del viejo errehache era tan subversivo para Europa como para América. Peter se preguntó si lo censurarían. Sólo confiaba en Pizarra Horner. Era la única mente libre que conocía, siempre que no afectara sus intereses.

Emma Morris intentaba improvisar una nueva crónica en el fondo de la trinchera E. El chaleco contra pits de veinte milímetros oprimía su pecho provocándole un ligero mareo. Estaba basado en el principio de los salvavidas biológicos; la coraza amortiguaba el impacto del proyectil explosivo. Si la metralla lograba penetrar en la carne se activaba un sistema que mantenía las constantes vitales del usuario. La protección se extendía hasta la cabeza a través de un ligero casco integral unido al cuerpo del chaleco. Una señal acústica advertía a Emma de la proximidad de los proyectiles.

La reportera intentaba transmitir algo a su micrófono satélite cuando observó un cambio en la actividad de los errehaches que la rodeaban. Todos miraban hacia el cielo, inmóviles en el borde de la fosa. Morris se incorporó rígidamente y observó el horizonte. Su mandíbula se desplomó. La poca saliva que le quedaba en la boca se transformó en estropajo.

—¡No les detendremos mirando, disparad cuando atraviesen la muralla! —gritó la comandante Mónica Carlés elevando el afilado pico de un cohete antitanque M-47 Dragon.

Centenares de Captor llenos de soldados avanzaban hacia la primera línea de defensa. La enorme potencia del ataque era apenas contrarrestada por la artillería y los misiles tierra-aire rebeldes, bajo el mando de Navarro. Los lanzadores se batían con rabia y desprecio en la muralla frontal de Brez, arrancando metal a las naves de la Unión. Los soldados de la UEC morían abrasados por el fuego antiguo de los Milan y los Stinger. Otras posiciones combatían en la muralla disparando a quemarropa con los lanzagranadas automáticos M-203, que ofrecían una ensordecedora resistencia.

—¡Relevad a los muertos, relevad a los muertos! —ordenaba Navarro a los errehaches de la reserva más próxima a la muralla.

Los cadáveres eran apartados y, en su lugar, surgían nuevos defensores. Pero el muro de carne humana y metralla no fue capaz de detener el asalto de la segunda oleada. Los Captor se precipitaron sobre el borde de la muralla disparando sus cañones de cubierta. Decenas de errehaches quedaron atrás convertidos en sangre y vísceras. Los sobrevivientes oyeron en sus comunicadores la voz calmada y fría del General.

—Replegaos hacia la segunda línea de defensa. Vamos a recuperar la muralla.

Emma Morris observó la figura de aquel hombre erguido entre el fuego y los muertos, armado tan sólo con una pistola enfundada a la altura del corazón. Daba órdenes en medio de la matanza con frialdad y absoluto desprecio por su vida.

—¿Quién es ese tipo? —preguntó a Peter.

—El General de la Resistencia Humana. Si logras entrevistarle antes de que le maten habrás obtenido la exclusiva del siglo. Estás contemplando una leyenda —respondió el cámara sin dejar de filmar—. Cuando seas una anciana te seguirán preguntando por este momento —agregó saltando de la trinchera.

—¿Adónde vas? —gritó Emma.

—En este oficio, cuanto más cerca, mejor —le dijo Peter agachado sobre el borde de la fosa. El cámara le sonreía con el rostro sucio de humo y pólvora.

Las cuarenta y una compañías de la Resistencia Humana abrieron fuego simultáneamente. Miles de proyectiles rebotaban o perforaban los fuselajes inferiores de las naves de asalto aeroterrestres. Los soldados de la Unión empezaron a saltar de los Captor disparando sus potentes Multipits, que combinaban energía láser y una dotación de proyectiles explosivos de diez milímetros variables hasta los cincuenta, según el objetivo. Aquellas formidables y silenciosas armas de guerra despedazaban los cuerpos de los errehaches convirtiéndolos en vapor de sangre.

Las ametralladoras rebeldes Browning M2 acogieron ferozmente al enemigo desde las trincheras F de Francia, I de Inglaterra y R de Rusia, que formaban una segunda línea de reserva activa. Los unionistas se vieron ingratamente sorprendidos por aquel huracán de fuego candente que les caía encima con su lenta pero inapelable cadencia de muerte. Los chalecos antibalas de la Unión no toleraron la sobria munición de 12,7 mm que les acribillaba desde un remoto pasado en forma de penetrantes lenguas de fuego azul. Los centuriones del siglo XXI caían segados por las balas, pero sus salvavidas biológicos les retenían la vida cuando ya habían sido condenados a morir. Algunos avanzaban tambaleantes por los túneles enemigos hasta que un nuevo disparo les postraba en aquel estado vegetativo.

Tres mil soldados coloniales se encontraron luchando por sus vidas en medio del laberinto de trincheras. Los oficiales intentaban poner orden en el ataque desde los Captor, maniobrando con unidades medio aniquiladas. Las compañías al mando de Mónica Carlés atravesaron jadeando las galerías subterráneas para cerrar el cerco sobre los atacantes. Los errehaches surgieron de nuevo a la luz vaciando los cargadores de sus Kalashnikov. Unionistas y rebeldes chocaban en masas compactas disparándose a quemarropa.

Carlés se había pintado el rostro a rayas verdes y marrones. Se batía con un AKA corto de asalto y cargaba en la espalda una repetidora Ithaca del 12. Nadie podía controlar ya el desenlace de la lucha cuerpo a cuerpo. Los restos de las compañías E de España y B de Berlín retrocedían o avanzaban sobre la tierra cubierta de errehaches y soldados moribundos de la Unión conectados a sus salvavidas biológicos. El número de bajas por ambos bandos era enorme.

La segunda oleada de Captor avanzaba a baja altura hacia la muralla, cubiertos por los tanques *Europa Mil*. De esa forma evitaban el fuego directo de las armas pesadas. Cometieron el error de ralentizar el ataque después de romper la línea de defensa rebelde. No querían sacrificar demasiadas vidas en el altar de la televisión sensorial, que estaba transmitiendo en directo la batalla con cámaras automáticas instaladas en las proas de las Captor. Los locutores habían anunciado que la bandera de la Unión ondearía sobre Brez tras el primer asalto. Cinco horas después, millones de eurounidos se preguntaban qué estaba pasando. La inefabilidad de la UEC se desmoronaba.

El general calculó la distancia visualmente, como la primera vez. Las naves aeroterrestres se hallaban a 700 metros de la muralla, flotando a pocos metros del suelo tras las corazas de los *Europa Mil*. El valle estaba saturado de humo ácido. El fósforo blanco de los proyectiles perforantes le confería una naturaleza espectral. Decenas de soldados yacían bajo aquella mortaja sintética en cuyo interior destelleaban los proyectiles láser de los tanques unionistas. En el campo de batalla se batían dos mundos cercanos en el tiempo pero separados por un abismo moral e ideológico. Una sola cosa permanecía inalterable en la historia; la feroz y primitiva condición humana de ambos antagonistas.

—Preparados para disparar las FAE —ordenó el General a los artilleros.

Mónica Carlés vació sus últimos dos peines de munición

en el fondo de una trinchera llena de enemigos fundidos en el abrazo terminal de la lucha cuerpo a cuerpo. Los suyos se batían más allá de la línea del no retorno, en el antiguo abismo de la guerra que iguala y hermana purificando las almas. Ya no luchaban en nombre de una causa. Guerreaban como los primeros hombres, comulgando con la sangre enemiga, triturando la carne para sublimar el propio valor. Sintiendo placer y deseo al hacerlo. Si la Resistencia Humana necesitaba forjar una nueva mitología de héroes y mártires en nombre de la democracia, lo estaba consiguiendo sobre las ruinas de Brez.

La comandante Carlés extrajo la repetidora Ithaca de la funda que llevaba sujeta a la espalda y accionó el cargador. Su uniforme verdinegro estaba desgarrado y manchado de sangre. Avanzó a través de la tenebrosa galería donde decenas de hombres y mujeres se exterminaban a quemarropa. Disparó sobre la cabeza de un soldado de la Unión. Los perdigones explosivos de plomo pesado la desgajaron del cuello enemigo despedazada en sangre y masa encefálica. Los unionistas se replegaban hacia la profundidad de los túneles acosados por defensores que convergían desde todos los accesos del laberinto. Ya no eran invencibles centuriones del imperio. La certeza del fin les había devuelto la mortalidad.

—¿Qué vas a hacer, soldado? —gritó Carlés a un errehache que se disponía a cortar el suministro vital a un oficial moribundo.

—Liquidar de una vez a los perros; que mueran como los nuestros —respondió con los ojos poseídos de una fiebre que sólo florece cuando la venganza, el odio y el placer de matar sustituyen a las leyes de los hombres.

—Eso no lo hace un soldado de Resistencia Humana. Nos haría iguales a ellos. Si le desconectas el salvavidas pagarás ante un pelotón de fusilamiento antes de que acabe el día, tienes mi palabra —le respondió Carlés en medio de la siniestra batalla que se consumaba en el subterráneo. Fulgor de disparos, gritos y lamentos sobre barro empapado en sangre.

Cuando el errehache aún oprimía la afilada bayoneta sobre

la yugular del oficial unionista llegó aquel destello. Mónica Carlés alcanzó a vislumbrarlo por el tercer ojo que algunos soldados veteranos desarrollan en la nuca; un instinto que anuncia sobriamente la hora de la muerte sin evitarla. Tres proyectiles láser de 40 mm desmembraron los cuerpos de los dos defensores. La mano derecha de Mónica aún intentaba detener la de su compañero cuando le llegó la purificación. Ambos errehaches se fundieron en sangre. La anarquista murió como siempre quiso, luchando por una utopía. Pero aquélla terminó batiendo récords de audiencia sensorial en dos continentes.

—Fuego —ordenó el General con el mismo tono que podría haber empleado para pedirle a alguien un cigarrillo.

Los últimos cuatro proyectiles FAE vaporizaron su lluvia exterminadora sobre la formación de Captor y *Europa Mil* que avanzaban hacia la muralla. Cuando los carburantes entraron en contacto con el aire se produjo la portentosa explosión secuencial. Cada bola de fuego generó una presión incandescente de un millón y medio de toneladas sobre el ejército unionista desplegado en el valle, reduciendo la vanguardia enemiga a metal carbonizado.

Las cuatro detonaciones congelaron los últimos focos de resistencia unionista en Brez. Los soldados pensaron que había llegado el fuego nuclear. Los creyentes encomendaron sus vidas al Dios de la Fematería y esperaron el juicio final enmudeciendo las armas. Otros imploraban perdón en el laberinto. No sabían cómo interpretar los salvajes gritos de júbilo que surgían de las trincheras rebeldes.

Las cuatro últimas FAE heredadas de los cántabros detuvieron por segunda vez el ataque final. El enemigo se retiró del campo de batalla con centenares de bajas. Una corriente de ira recorrió los hogares en Europa. No era la humillante derrota de la Unión lo que les indignaba, si no el sacrificio de sus hijos.

Los eurounidos habían seguido la batalla desde sus casas o a través de las grandes pantallas urbanas implantadas en los edificios. Las cámaras automáticas instaladas en los Captor transmitieron imágenes hasta que fueron destruidas en combate. El mando, en plena confusión, no ordenó desactivarlas. Ninguno de los jefes militares estaba dispuesto a afrontar la responsabilidad de la derrota. No podía ser justificada con ningún argumento militar. Era un desastre estúpido sin precedentes, producto de la burocracia y el terror que paralizaba a los hombres que debían tomar las decisiones.

Los eurounidos vislumbraron por primera vez, y en directo, el cáncer interno que devoraba a la UEC. Se preguntaban ante las grandes pantallas callejeras por qué se empleó aquel absurdo sistema de ataque frontal. La matanza en la ZP77 y el colapso de la armada unionista ante la muralla provocó un sentimiento de perplejidad general al que sucedió la ira.

—La televisión sensorial americana está dentro de la zona prohibida. El gobierno de la Unión ha vendido a nuestros hijos al enemigo —gritó una mujer delante de una macropantalla en el centro de Bruselas. Por primera vez en décadas la gente no escapó atemorizada. Asintieron bajo la lluvia ácida que caía día tras día, año tras año, sobre la ciudad oscura.

Aquellas veinticuatro horas cambiaron el signo de la sumisión. La moral relativista de la Unión empezaba a desmoronarse. Los eurounidos contemplaron el pánico y escucharon las súplicas de hombres que la propaganda presentaba como invencibles. Presenciaron la cobardía del Mando de la Unión y las hipócritas excusas de las estrellas de la televisión sensorial al servicio del régimen.

La primera protesta fue espontánea. La gente vació su frustración bajo el vapor y la lluvia que evacuaban las fachadas de los edificios góticos. La Policía de Interior cometió un error repetido millones de veces a lo largo de la historia. Les reprimió a tiros. Hubo decenas de muertos entre las mujeres y los jóvenes. La disidencia prendió en los antiguos suburbios Bouteille & Hafkemeyer de donde provenían la mayoría de los soldados de la Unión. El resultado de décadas de sumisión y odio sumergido contra la dictadura afloró en un solo día. Las luchas callejeras entre la policía y los habitantes de los suburbios no habían cesado al caer la noche.

A unos miles de kilómetros de la Tierra, los pilotos de la *Estrella Roja* contemplaron el final de la batalla por Brez en rígido silencio. Alguien propuso tomar el control de la base militar aeroespacial. Cuando aún no habían empezado a discutir aquella herejía, apareció en las pantallas la imagen de Emma Morris.

La periodista americana tenía el rostro desencajado y parecía enferma. Una luz de tragedia brillaba en sus ojos verdes. Estaba apoyada contra la pared de una trinchera. Decenas de muertos y heridos conectados a los chalecos biológicos se fundían sobre su cabeza. Un soldado unionista contemplaba la cámara desde el limbo de la supervivencia terminal. Aquella mirada tenía un inmenso valor para la televisión sensorial y el gobierno de América. Transmitía la derrota y la humillación de la UEC mezclada con la agonía de un moribundo. Los sensoespectadores estaban recibiendo el viaje del soldado al lado oscuro y la borrosa imagen de su madre cuando Morris empezó a emitir la crónica:

—Los comandantes de la Resistencia han impartido órdenes para que ningún prisionero sea maltratado o fusilado. Se les aplicará algo que los errehaches llaman Convención de Ginebra, un tratado suscrito en el siglo pasado que garantiza la seguridad de los vencidos. Los unionistas han dejado de luchar. Se rinden en los subterráneos y las calles de Brez implorando clemencia. Pero los rebeldes han pagado cara esta victoria provisional. La información que llega por los comunicadores es caótica. Los gritos de los heridos se mezclan con órdenes y voces que exigen informes sobre el número de bajas. Hace unos minutos la presidenta ha respondido a esa última pregunta. Las tres cuartas partes de los defensores han muerto o están heridos. Soy incapaz de describir las escenas que se suceden en las trincheras y el hospital. El apocalipsis está en la esencia de esta batalla, que los rebeldes dicen librar por la libertad de sus conciencias. Pero sus ideales no les servirán para detener el próximo ataque de la Unión. Ya no tienen armas para defenderse. Sólo les quedan dos alternativas; rendirse o inmolarse ante el enemigo. Emma Morris transmitiendo desde Brez para Unión CNN.

Peter bajó la cámara y encendió un cigarrillo. Había sido capaz de transmitir a América las mejores imágenes del siglo. La lucha cuerpo a cuerpo en el laberinto de galerías, la imagen del General —que se convirtió en un mito periodístico— y el aniquilamiento del ejército de la Unión frente a las murallas de Brez. Revenge se llenó los pulmones de humo y miró a Emma.

—No te pagan para decir que no puedes describir lo que está pasando en las trincheras y el hospital. Tienes que describirlo. Exprímete el cerebro o cambia de trabajo, Morris. A propósito, ¿qué es el apocalipsis? Suena a remedio para el resfriado.

Emma le devolvió la mirada sin ira. Le conocía demasiado para odiarle. Había velado por ella durante la batalla con atento descuido. Peter se creía el último ejemplar de su especie, pero en Brez halló a su tribu. Revenge también se estaba santificando.

—Gracias por nada —respondió Emma.

La reportera volvió a hundirse en el fondo de la trinchera buscando el abrazo materno de la tierra. Estaba sola en el infierno. Hombres y mujeres se desangraban a su alrededor sin asistencia. Se quitó su chaleco biológico y comenzó a instalárselo con cuidado a una muchacha que perdía sangre por una herida en el abdomen. La errehache gimió al ser movida de su posición fetal.

—¿Cómo te llamas, pequeña? —le preguntó suavemente la reportera.

—Luisa Medina —respondió la artillera con los labios resecos de sangre.

—Te he visto disparar el cañón. Has enmudecido a millones de americanos con tu valor... además eres muy bonita —le dijo Emma mientras le introducía en el cuerpo los sensores vitales del salvavidas.

Los ojos de Luisa Medina aún irradiaban un pálido brillo de veinte años.

—No se engañe, no hemos ganado la guerra... sólo la última batalla —respondió antes de perder la consciencia atrapada en el cálido abrazo del salvavidas biológico. Emma despersonalizó su reloj antidepresivo y lo abrochó en la muñeca de la errehache.

—Ahora ella es tu ama. Hazla sonreír —ordenó al apuesto joven que la miraba desde la esfera.

—Quinientos setenta prisioneros, en su mayoría conectados a los salvavidas biológicos. Al resto, siguiendo sus órdenes, se les ha permitido escapar, o están muertos —informó el comandante Anderson al General.

Los miembros del gobierno y el Estado Mayor de Brez se sentaban frente a frente en la sala de juntas del ayuntamiento. Un proyectil unionista había arrancado la pared de roca orientada hacia la montaña. En el interior sólo resistió la sólida mesa de roble y la chimenea con las antiguas armas de Brez: dos espadas cruzadas sobre la torre de un castillo y el lema «por la razón o por la fuerza».

Claudia Contardi y Laura McGregor ocuparon los puestos políticos de Mónica Carlés y Gunter Hagen, caídos en acción durante la jornada. La mitad de los comandantes habían muerto en el campo de batalla. Navarro estaba herido en una pierna, pero asistió a la reunión. Junto a él se encontraba Diego Alvarado. Fumaba lentamente un cigarrillo Imperio. Su ropa negra no revelaba signos de lucha.

Irene Salazar presidía la mesa de juntas. Por primera vez el aspecto de la presidenta de Brez no irradiaba aquel extravagante resplandor del pasado. Su elegante traje de chaqueta negro aparecía rasgado en el escote y salpicado de sangre. Tomó la palabra tras mirar fijamente el asiento vacante de Mónica Carlés. No dejaba de pesar en ella.

—Hemos perdido a ochocientos noventa compañeros y mil están heridos. Decenas de ellos morirán si no logramos que sean evacuados. No quiero parecer derrotista, pero creo que nos han derrotado aun habiendo ganado dos batallas. Propongo negociar con la Unión —expuso Irene Salazar con voz apagada.

—¿Negociar qué? —preguntó Navarro con un gesto de dolor y fiereza en el rostro.

—Los prisioneros —intervino el General desde el otro extremo de la mesa. La expresión de su máscara Fusiomac continuaba inalterable. La presencia de aquel hombre era tan determinante que todos se irguieron al escuchar su voz de hielo. Simplemente esperaban órdenes.

—La cuestión es el procedimiento y las condiciones. Dejo el segundo punto al honorable criterio de esta Presidencia. En un Estado democrático los militares sólo ejecutan las órdenes del gobierno y yo sólo soy un militar de la Resistencia Humana. Lo referente al procedimiento nos será expuesto de inmediato. —El General dictó una orden a través de su comunicador. Los negros ojos de la máscara se inmovilizaron en el vacío.

El cuerpo de Nabuco, el poderoso navegante del Sondeador Cerebral, llenó la puerta con sus 130 kilos de peso. Una descarga de miedo golpeó los estómagos de todos los presentes. Nabuco tenía el rango de Viejo, aunque no perteneciera a la Cúpula como miembro ejecutivo. No lo necesitaba. Su imperio de terror se extendía hasta el último miembro de la Resistencia Humana y su poder carecía de límites. Nadie podía revocar sus órdenes. El más duro de los comandantes se amansaba en su presencia.

El navegante llevaba un grueso revólver encajado en el cinto que ceñía su descomunal cintura. La Fusiomac presentaba el rostro de un hombre de piel negra y cráneo pelado con los ojos coloreados de amarillo. La máscara cambiaba automáticamente de identidad cada veinticuatro horas. Nabuco atravesó la sala ignorando a los presentes y se cuadró ante el General.

—A sus órdenes, señor. Se presenta Nabuco el Sondeador.

—Descanse e informe —ordenó el general.

La máscara negra giró lentamente hacia la mesa observando cada uno de los rostros. Los labios africanos fabricados por la Fusiomac se alteraron en un gesto de asco.

—Entre ustedes hay una mente cautiva. He identificado sin margen de duda al prisionero cerebral de la Unión. El traidor ha facilitado información sobre defensas y reservas de municiones, aunque su delación no ha servido de mucho al enemigo. Sin embargo ahora saben que carecemos de armas para seguir luchando. Antes de ser ejecutado deberá rendir un último servicio a la Resistencia Humana.

Todos sabían que los intervenidos por la Droga Cerebral ignoraban su condición. Entraban en una fase de amnesia después de ser sometidos al Interrogador Mental. Aquella posibilidad aterraba a los miembros del gobierno y el Estado Mayor. Salazar se frotaba las palmas de las manos con violencia. Claudia Contardi pensó en el rebeco que había visto desde la torre de la iglesia. De repente le produjo pánico. Tatiana Nesterenko palpó la fría culata de su Astra. Si resultaba ser ella, solicitaría morir con honor frente a un pelotón de fusilamiento.

Nabuco detuvo los ojos sobre el rostro de Diego Alvarado y extrajo del cinto su revólver Smith & Wesson 357 Magnum.

—Le acuso de alta traición a la Resistencia. Sé que su crimen no ha sido voluntario, Alvarado, pero el resultado será el mismo. La muerte —le dijo apuntándole a la cabeza.

Las palabras de Nabuco provocaron un golpe de estupor en la sala de juntas. Irene Salazar fue la primera en reaccionar. Se levantó de su silla mientras todos miraban fijamente al prisionero cerebral.

—Me niego a creer que Alvarado sea un traidor y exijo que se le conceda el derecho a defenderse.

—Denegado. Estamos bajo leyes de guerra y, aunque no

fuera así, el navegante del Sondeador ya ha dictado sentencia. Usted sabe que es inapelable —respondió Nabuco hablando en tercera persona.

—No puede ser Alvarado. Es el segundo controlador de la Cúpula de los Viejos —respondió Salazar enfrentándose al Señor de las mentes rebeldes.

—¿Eso le consta? —interrogó a su vez Nabuco.

Irene intentó hallar la respuesta rememorando el papel de Alvarado en las decisiones que cambiaron la breve historia de Brez. Pero no encontró más que la sombra de aquel hombre. Una presencia evanescente manejando hilos en la oscuridad. Nabuco conocía de antemano el resultado de aquella búsqueda.

—No se agote, presidenta. No puede constarle porque es falso. Los Viejos nunca asignaron a Alvarado la misión de segundo controlador. Es sólo el producto erróneo de su lógica o, mejor dicho, de sus sentimientos personales. Yo carezco de sentimientos. Si tuviera la certeza de que usted es una intervenida también la ordenaría matar.

Irene Salazar miró a Alvarado y luego apretó los párpados. Cuando volvió a abrirlos sintió el calor de dos lágrimas resbalando por sus mejillas. Comprendió demasiado tarde que amaba a un muerto.

—Espero sus órdenes, señor —dijo Nabuco dirigiéndose al General.

El comandante en jefe de la Resistencia miraba las montañas a través del agujero abierto en el muro, de espaldas a la mesa de juntas. Se volvió despacio, como regresando de un viaje lejano. Lo que sucedía en aquel mundo parecía resultarle indiferente.

—Antes les hablé de un procedimiento para ejecutar la negociación de los prisioneros de la Unión. Lo haremos mediante el cerebro cautivo de Alvarado. Será él quien comunique las condiciones al secretario Mateo Peña. Nabuco puede introducir el mensaje en la mente del intervenido —dijo mirando al navegante, que asintió con gravedad—. La Presidencia tiene que decidir ahora lo que exigiremos a cambio de los unionistas. Pero eso ya no es de mi incumbencia. Sólo les pido que sean breves.

El General atravesó la sala hacia la puerta. Todos los comandantes se pusieron de pie y saludaron a su paso llevándose la mano derecha a la sien.

—Traigan al prisionero al arsenal. Bajo escolta —ordenó Nabuco abandonando la habitación detrás del General.

Diego Alvarado eludió la mirada de Irene. Sus rasgados ojos verdes estaban vacíos de cualquier temor o inquietud. No había nada en su interior. Era la mirada de un extraño al que Salazar veía por primera vez.

David Copelan volvió a contemplar las imágenes de la última batalla en la macropantalla de su hangar privado. Tenía treinta años y estaba considerado uno de los ingenieros más brillantes y revolucionarios de América. Nunca le interesó el dinero. Le fascinaba proporcionar felicidad útil a bajo coste. La empresa Noventa Minutos fabricaba los todoterreno aéreos más baratos del mundo. Vehículos sencillos y utilitarios diseñados para gente dispuesta a aterrizar en la cumbre del Aconcagua y regresar a Nueva York a la hora de la cena. Las naves Minnie Noventa eran el resultado de aquella fantasía urbana. Fueron concebidas por Copelan en un viejo hangar de California, entre marihuana y música de los héroes clásicos de Woodstock.

Copelan nunca logró adaptarse al dinero que ganó con su iluminación tecnológica para proletarios y gente joven de clase media. Su cuenta de gastos semanales no fue alterada por los cientos de millones de dólares que facturaba la compañía. Delegó la gestión económica y volvió a encerrarse en el santuario. La fábrica Boeing del siglo XX era la única cosa que aún despertaba algún interés en Copelan. Las antiguas instalaciones fueron adaptadas a las necesidades de la división de Investigación y Desarrollo de Noventa Minutos.

Cuando comenzó la crisis en Europa, David trabajaba en la producción de las Primer Salto. Se trataba de naves aéreas para niños menores de quince años. Tenían forma tentacular y eran capaces de dar considerables saltos de máxima seguridad entre colinas o edificios. Si el crío perdía el control no había problema. La nave rebotaba como una pelota de baloncesto y recuperaba de inmediato su posición bajo el control de un simpático piloto automático, convertido en instructor de vuelo. La nave infantil enloqueció a los niños de América. La fábrica se colapsó con millones de pedidos. Pero David estaba aburrido de contemplar día tras día los infantiles ojos redondos pintados sobre el fuselaje de sus nuevas máquinas.

Era la clase de hombre que necesitaba desafíos. El éxito sólo le producía hastío e indiferencia. Sus criaturas dejaban de interesarle una vez concebidas en el hangar. Perdía el sentido intelectual y material de su propiedad hasta sentirlas ajenas. La batalla en la ZP77 le despertó de su letargo depresivo. Siempre le habían gustado los errehaches. Les consideraba herederos del espíritu libre, antiestatal e individualista de su arcadia privada. Copelan era un colgado de la década de los sesenta del siglo XX. Nunca le gustó su tiempo. Vivía inmerso en un santuario psicodélico *underground* con la guitarra de Hendrix y la poesía de Ginsberg como escenario de su soledad.

A veces, flotando en un ácido, decía a sus colaboradores más cercanos: «Estamos bloqueados en nuestras percepciones. Las puertas de la percepción se han cerrado. Los umbrales del sentimiento han sido sellados, los senderos de la sensación destruidos, los caminos de la imaginación tapiados, los campos de la consciencia cubiertos de polución.» La frase era del poeta beat Ginsberg, su Mesías, pero encerraba la pésima opinión que David tenía de su tiempo. Sus colaboradores pensaban que su jefe era un genio loco.

Copelan había oído la proclama de ayuda lanzada por Irene Salazar desde Brez. Le obsesionaba la defensa de aquel pueblo rebelde que se oponía a la dictadura del Estado Global Totalitario, castrador de la mente, la voluntad y la imaginación.

Si aquéllos eran los últimos rebeldes del mundo, su puesto estaba con ellos. Deseaba fundirse en la carne y el espíritu de aquella tribu. Creía haber hallado al fin su lugar en el mundo.

Penetró en la sala de conferencias con paso seguro. Ya no sentía las arcadas que precedían a los *briefing* de trabajo. Su habitual despiste se transformó en decisión. Le esperaban cuatro personas. El director del departamento jurídico, el jefe de la división de desarrollo tecnológico, el vicepresidente ejecutivo y su primer consejero privado. David se sentó en el borde de la mesa, construida con el ala de un Boeing del siglo XX, y les miró sonriente. La idea de perderles de vista le hacía feliz.

Copelan era un hombre alto y delgado de aspecto desvalido. Emanaba destellos de protección infantil, pero pocos conocían el verdadero material del que estaba fabricado. Sus largas manos y su estilizado cuello poseían una impronta femenina. Sus ojos, muy separados, de un azul desteñido, enfocaban ausentes. Pero cuando un fogonazo creativo le iluminaba la mente alcanzaban una intensidad lumínica cercana al éxtasis. Usaba una larga coleta trenzada según la tradición hippie de los sesenta. Aquel día iba embutido en un mono naranja copiado del modelo que utilizaban los técnicos de la Boeing en el siglo XX.

—No puedes hacerlo, David. No puedes ceder Noventa Minutos a los trabajadores —dijo el abogado Thompson rompiendo el silencio.

—¿Quién es el propietario de esta compañía? —respondió Copelan jugando con su cordón de plata, un viejo amuleto mágico.

—Es completamente tuya.

—Eso significa que puedo hacer con la NM lo que me salga del culo, ¿verdad?

—Afirmativo, pero ésa no es la cuestión. Noventa Minutos vale hoy miles de millones de dólares, pero sin ti quebrará, David, se arruinará si falta tu cerebro al frente de la División de Investigación y Desarrollo.

—No os he convocado para discutir. Ésta es una decisión

personal y no pienso debatirla en público. Fundé esta compañía por casualidad y ya me ha roto bastante los cojones neuronales. Pásame los documentos de cesión —exigió Copelan.

El abogado se apretó los puños contra las sienes como si fueran a explotarle y le entregó una pantalla con el documento. Copelan imprimió sus diez huellas digitales además de la clave genética. Antes de devolvérselo tecleó rápidamente una frase y le dijo:

—Te acabo de dejar fuera del protocolo de cesión, Thompson. Todos recibirán su parte de Noventa Minutos menos tú. No me gusta tu amor por el poder y el dinero. Va contra mi estómago, siempre próximo al vómito. Ten cuidado de cómo maniobras. Habrá un montón de gente vigilándote. ¿Está preparada mi nave? —preguntó dirigiéndose a Cifuentes, jefe de la División de Desarrollo Tecnológico.

—Afirmativo, jefe. Tal como la has pedido, pero con algunas mejoras introducidas por los muchachos. Te vas a divertir pilotando esa virguería. El nuevo supresor de señal te hará prácticamente indetectable, además de invisible —respondió el ingeniero.

—Eso es viejo, hermano, muy viejo. La MacDonall Douglas ya fabricaba los bombarderos invisibles F-117A Stealth al final de la década de los noventa del siglo XX. Se emplearon por primera vez en la guerra del Golfo y causaron sensación. Lo único que hemos hecho es perfeccionarlo. —Copelan volvió la cara hacia Susana, su asistente privada. Esperaba una respuesta.

—La carga está a bordo de la Maxi Noventa: dos toneladas de medicinas y otras dos de equipo quirúrgico, incluyendo cinco mil salvavidas biológicos, tu música favorita y doscientos kilos de marihuana y pastillas para tus amigos de Brez. ¿Conforme? —Susana se le quedó mirando con una sonrisa en los labios.

—Si no regreso podéis hacer con Noventa Minutos lo que os venga en gana. Si regreso, tal vez funde una nueva religión. Amor y paz. Visión estelar. Liberación mental. Resistencia pasiva contra los dementes maníacos que gobiernan el mundo.

De nuevo amor y paz. Adiós. Espero no volver a ver nunca más vuestros rostros. Me ponen al límite del vómito.

Copelan abandonó la sala sin volver la vista atrás. Los cuatro ejecutivos se quedaron mirándose las caras.

—¿Y ahora qué cojones hacemos? —interrogó el vicepresidente.

—Personalmente empezaré a leer a Ginsber esta misma noche. Si Copelan se empeña en ser Jesucristo yo quiero estar entre los doce apóstoles. Soy un superviviente —respondió Cifuentes.

«Repriman. Liquiden a los que protestan en la calle y detengan a sus familias. Esterilicen la revuelta y clausuren los barrios. Repriman...»

La orden se repetía una y otra vez dentro de los cascos negros de las fuerzas de la Secretaría de Interior. Decenas de suburbios en toda Europa, especialmente al sur del continente, se habían unido a la protesta. La gente se limitaba a exhibirse en la calle, aturdida, indefensa ante la salvaje represión. No sabían cómo defenderse. Carecían de organización. Simplemente escapaban cuando los soldados de Interior penetraban en los barrios a bordo de los *Europa Mil.*

Fuera aguardaban los grandes cargueros de transporte. Centenares de eurounidos eran deportados hacia el norte de la UEC. Nadie sabía dónde exactamente. Hasta que aquellos desconocidos aparecieron en los barrios sitiados. Les dijeron que se estaban llevando a su gente a campos de internamiento en Kolimá, al oriente de Siberia, y a la península de Kamchatka, entre los mares de Ojotsk y Bering. Les explicaron muchas más cosas. Les incitaron a enfrentarse contra la dictadura de los secretarios y la Televisión Sensorial. Debían despertar, decían, pensar, ser, existir por sí mismos, recuperar sus voluntades, su conciencia y su individualidad. Sus derechos humanos y civiles.

Eran conceptos extraños, nuevos para la mayoría. Sólo algunos viejos comprendían. Les estaban hablando de democracia, elecciones libres, voluntad popular. Les dijeron que no miraran las pantallas de televisión. Era el gran enemigo. La cárcel mental. Estaba matando sus mentes. Les gritaron que se negaran a percibir la fantasía sensorial. Era difícil, dramático. Lo sabían. Era doloroso desengancharse de la droga más sublime concebida por el hombre para obtener el total sometimiento de la humanidad, más poderosa que cualquier evasónica.

Les aseguraron que si no miraban y sentían las imágenes se liberarían de las cadenas sensoriales del placer y las emociones virtuales. Sus cerebros abolirían por sí mismos la doctrina de los secretarios por falta de combustible. La ceguera les haría libres. Eso les decían aquellos hombres y mujeres surgidos de la nada. ¿Cómo habían logrado romper el cerco que las fuerzas de Interior mantenía sobre los suburbios? No había respuesta para aquella pregunta.

Sólo los más viejos lo sabían. Los agitadores profesionales de la Resistencia Humana surgían del subsuelo. Tramos indocumentados del viejo metro del siglo XX que no figuraba en ningún plano, porque la RH había volado el principal archivo centralizado años antes. Las catacumbas de la insurrección estaban bajo los culos del poder, en galerías excavadas a partir del alcantarillado y el antiguo ferrocarril suburbano. Era un mundo espectral de hombres y mujeres que llevaban preparándose décadas para propagar la insurrección en la superficie.

Les entregaron armas. Pits de 10 mm láser a estrenar. Eran chinas, americanas, africanas. Y explosivos. La única resistencia posible era la armada, decían. Muchos se negaron a aceptarlas. Les producían terror. Los viejos y los más jóvenes tomaron la iniciativa. Un arma seguía siendo la mejor comunión con el poder. Matar les haría libres y disfrutarían matando.

Los errehaches atacaban a las fuerzas de Interior y se replegaban hacia el subsuelo. La represión contra los inocentes aumentaba geométricamente. Era exactamente lo que pretendía la Cúpula de los Viejos. Fabricar odio y venganza personal.

Zarandear al gran demonio que dormía en el pueblo hasta que despertara. Matando.

El secretario de Interior Mateo Peña golpeó tres veces sobre la mesa en su desnudo despacho de Bruselas.

—¡Repriman, repriman, repriman! —gritó con sus diminutos ojos negros clavados en la consola de control y mando instalada sobre el escritorio de madera. Peña se levantó y empezó a pasear por la gran sala con las manos apretadas en la espalda y el cuerpo inclinado hacia adelante. Sabía que el corazón del imperio era frágil y estaba podrido por la corrupción y el miedo. Debía consumirse en el fuego de la redención. El golpe triunfaría en medio de aquella confusión para la que nadie estaba preparado. Sólo Peña y la elite de su partido.

El plan del secretario quemaba etapas. Primero había conspirado para que la ZP77 fuera entregada a los errehaches. Les dejó imponer su voluntad durante un año. Podía haberlos aplastado antes o después de que hallaran el antiguo arsenal. ¡Pobres ingenuos! Provocar la guerra fue un acto menor de estrategia. Una partida de ajedrez indigna del gran inquisidor de la Unión. Los fogonazos de rebelión popular que siguieron al absurdo sacrificio de las divisiones coloniales completaban el escenario de su teatro de Estado. Ni siquiera fue idea suya. Los estúpidos militares habían consumado la parte más compleja de su plan; provocar una insurrección en la UEC.

El asesinato del secretario general Klaus Hohenfriedberg aún no estaba maduro. Antes tenía que hacerse con el control total del Consejo de los Secretarios y las Fuerzas Armadas. Era cuestión de días. Tal vez horas. Los comandantes de Interior sabían lo que tenían que hacer cada minuto y, en Bruselas, su euroclan se preparaba para descargar el golpe final sobre el gangrenado cerebro de la Unión. Los eurounidos recordarían con añoranza la dictadura de los secretarios cuando Mateo Peña fuera coronado rey de Europa. Ya había decidido su nombre. Pasaría a la historia como Mateo I el Redentor.

Consultó su antiguo Rolex de acero y se encaminó hacia una de las paredes metálicas de la bóveda. Se abrió exhalando una corriente de aire frío y puro. Peña penetró en la sala del Interrogador Cerebral y se sentó ante los mandos. Introdujo la mano izquierda en la huella anatómica grabada sobre la consola y esperó la respuesta de su prisionero mental.

Alvarado permanecía sentado en el centro de la galería de acceso al Arsenal, bajo la luz cristalina del Pulsante BH que flotaba sobre su cabeza. Nabuco ocupaba un sólido banco frente al cautivo de la Unión. El sondeador mental de la Resistencia Humana apoyaba el revólver Smith & Wesson 357 Magnum sobre su prominente tripa. La Fusiomac había transformado a Nabuco en un oriental de calva brillante y ojos amarillos. La papada le caía sobre el cuello como un diabólico babero de carne. Cuatro soldados de la Resistencia Humana hacían guardia armados con Kalashnikov a ambos lados de Nabuco. El aluminio de las granadas y los peines de munición brillaban sobre sus pechos.

El dotado percibió la llamada de Peña como el filo de una navaja rasgando sus 120 kilos de grasa. El secretario era un superdotado mental, como él mismo, pensó Nabuco. Hizo una señal a Irene Salazar, Navarro y el resto de los consejeros.

—Estamos en línea —les dijo.

El cerebro de Alvarado se comprimió sumiso al sentir la presencia del Señor. Luego se descomprimió en una explosión de luz blanca. La voz del amo llegó fundida en aquel destello sobrehumano, impulsada por corrientes de dolor y recompensa. Podía convertirle en un ángel o inyectarle algo peor que la muerte.

—Os habéis batido con infantil orgullo de secta. Sois limitados. Vuestros ideales carecen de grandeza. Son... humanos. Disparar los cañones sobre la muralla es sólo un acto escénico vacío de contenido. En el siglo XX os habrían ofrecido un contrato millonario para la televisión. Hoy vuestro heroísmo es gratuito. Pero dejemos eso. Quiero que me hables del General. No deseo información. Quiero saber lo que sientes por él. ¿Qué representa para vosotros?

—No sé lo que los demás sienten por él, señor —respondió la mente de Alvarado.

—¿Y tú, acaso le amas?

—Le amo, señor, y le respeto.

—¿Por qué?

—Porque carece del lastre de los sentimientos y desprecia la muerte. La desea como una liberación, señor.

Hubo un silencio. La mente del cautivo se contrajo esperando el castigo. El dolor reventaba el cerebro y el corazón al mismo tiempo. Luego, el Señor le devolvía la vida. Le amaba.

—Ya veo. Presentía un alma gemela. Te tendré que matar porque amas a mi rival. ¿Lo entiendes?

—No, señor.

—El amor es indivisible. Compartirlo condena las almas. Yo exijo todo el amor. Soy amor y muerte. ¿Todos amáis al General con la misma pasión?

—Creo que sí, señor, aunque él ignora el amor. No lo necesita.

En aquel momento intervino Nabuco. Su poderosa mente se infiltró sin tecnología en el cerebro de Alvarado. Era una presencia inmaterial desgarrada entre ambas mentes. Una grieta hostil que colapsó el orgasmo del secretario.

—Soy el Sondeador de la Resistencia. Llevas años intentando penetrarme.

Peña congeló la conexión con su cautivo cerebral y se concentró en la poderosa mente intrusa. Luchaba por no revelar a Nabuco la humillación que suponía aquella violación de su cerebro. Era la primera vez que una mente le penetraba, lo que en cierta forma le convertía en un intervenido. Peña intentaba detener el ataque, pero Nabuco demolía sus murallas mentales como barricadas de papel. Ya había perdido el control de Alvarado. Apretó los párpados y luchó con todas sus fuerzas contra la poderosa corriente que la incitaba a la rendición.

—Compruebo mi intuición. Eres aún más grande de lo que imaginaba. Tu mente y la mía podrían fundar una nueva religión en este miserable mundo. ¿Por qué no lo piensas, Sondeador? Objetivamente, como igual, te digo que la causa que sirves es indigna de tu poder. Me gustaría jugar contigo al ajedrez —respondió el cerebro de Peña.

—Soy casi analfabeto. Mi condición requiere virginidad, no conocimientos.

—Te comprendo mejor de lo que ahora piensas en tu nivel blindado de conciencia.

—No puedes penetrar en él —rebatió desafiante la mente de Nabuco.

—Es cierto. Sólo intuyo.

—Vayamos al negocio. Te ofrezco a los prisioneros de la Unión a cambio de la evacuación inmediata de todos nuestros heridos fuera de la UEC. Tendrás que estar presente en el canje. Sólo confiamos en tu mediación. Si... no te equivocas. Los eurounidos te amarán por haber salvado a sus hijos. Sé que los prisioneros unionistas no te interesan.

—¿Puedes penetrar mi séptimo nivel?

—Puedo. Sin intuirlo.

—¿El General estará presente en el canje? —preguntó ansiosa la mente del secretario.

—Estará presente. Sólo tres hombres por cada bando, en tierra de nadie, sin fuerzas en la zona ni satélites. Una ceremonia íntima.

—¿Vendrás tú?

—Mi cuerpo es demasiado pesado. Ya sabes por qué. Soy de esa clase.

—Acepto —respondió Peña sin titubear.

—Os encontraréis a las seis de la madrugada en la cima de la montaña que corona Brez. Señalizaremos la posición.

—Piensa en mi oferta. Puedo convertirte en un dios.

—Ya lo soy, secretario.

El amanecer era blanco y verde. Niebla sobre yerba. Dos bengalas militares del siglo XX teñían el cielo de humo naranja sobre la cumbre de la montaña. El campo de batalla se extendía debajo. La neblina se adhería a los restos de los blindados unionistas calcinados en el valle. Las murallas de Brez se alzaban devastadas y orgullosas con las bocachas de los cañones apuntando al vacío. La vieja bandera de Europa ondeaba rasgada de metralla en las trincheras de la Resistencia Humana.

La profecía de los cántabros se había consumado entre aquellos ariscos picos que presenciaron el encuentro de otros pueblos en armas dispuestos a exterminarse. Valles apretados entre paredes calizas que el altivo invasor musulmán sólo había hollado para morir.

El General ascendía hacia la cumbre con los ojos clavados en la pared oriental de los Picos de Europa. Una muralla de gigantes grises salpicados de neveros virginales. Amaba aquellas montañas. Amaba la inmensa libertad que transmitían a su alma. Su voz de trueno. Sus relámpagos alumbrando las cumbres en la noche. La brisa dulce de sus prados. Amaba la libertad de sus criaturas soberanas y el fragor de sus tormentas. La guerra, aquella única historia de su vida, clónica y desierta de respuestas, le parecía esa mañana la vida de otro hombre.

Pero el peso de la pistola Beretta que pendía de su pecho no se atomizó en la pureza del amanecer. Lo que sus ojos contemplaban era lo que siempre quiso. La verdadera Causa. La única razón para morir amando. Morir de pie o vivir de rodillas. Aquel tópico doctrinal de la Resistencia empezaba a carecer de sentido. Había consumido su vida como un extraño. Fuera de sí. Como un dios del abismo que enviaba hombres y mujeres a la muerte. Cuando intentaba interiorizarse caía aquel telón de plomo y fuego. Tenían razón en considerarle una leyenda.

Le repugnaba pertenecer a la casta militar que había convertido en horror y muerte la historia del mundo. Le aterraba pensar que la propia Resistencia Humana pudiera ser el germen protofascista de una nueva clase de militarismo maquillado de democracia. ¿Acaso hacían la guerra sin amarla? El lema Igualdad, Libertad y Fraternidad, la búsqueda de la felicidad común como forma de gobierno, eran conceptos que ignoraban incluso aquellos que los defendían con sus vidas.

Tras el general avanzaban sus dos lugartenientes más veteranos. Hombres sencillos a los que la guerra había hecho viejos y duros. Exploradores alucinados del abismo. Navarro y

Kulikov habían penetrado en la fase terminal del desprecio por sus vidas. Pertenecían a la clase de criaturas formuladas por Hegel. Guerreros embrutecidos en busca del reconocimiento de su humanidad. Sólo esperaban una muerte digna empuñando las armas. Eran, simplemente, soldados sin amor ni tregua. Las cenizas de sus hermanos de sangre descansaban en Verdún, Stalingrado, Berlín, Numancia o Sarajevo. La misma carne de cañón. El mismo atávico deseo de matar y morir en nombre de alguna cosa. La maldición del desamor convertía al General en señor de sus vidas.

La pequeña nave unionista, sin señales de identificación, aterrizó suavemente sobre un prado horizontal colgado sobre dos cumbres afiladas. Eran las seis en punto de la mañana. Rosas fue el primero en salir. Una roncha roja ocupaba el lugar de su oreja izquierda. Después apareció Sorribes, pálido y consumido. No era más que una proyección mental del tercer hombre que miró al General con sus pequeños ojos negros. Mateo Peña vestía de negro riguroso. Su rostro alargado, blanco mate, se alzaba seco y severo sobre el cuello cerrado sobre una nuez de pájaro carroñero.

La máscara pétrea del General no se alteró ante la presencia del inquisidor de la Unión. La Fusiomac no habría cambiado de expresión ni ante el mismo Satanás.

—Buenos días, señores oficiales. Le saludo con respeto y admiración, General. Es un honor conocer personalmente al hombre que ha logrado humillar y, tal vez, destruir el imperio —dijo Peña.

El General inclinó rígidamente la cabeza sin responder. Navarro se rascó los testículos. Kulikov miró a Rosas y se lamió los labios como un extinguido tigre de Siberia.

—Procedamos —continuó Peña—. ¿Qué me ofrece a cambio de la evacuación de los heridos...? ¿Tal vez la rendición?

Los labios de la máscara se despegaron.

—Sabe que no habrá rendición. La Resistencia Humana no cava trincheras para rendirse. Usted aumentará su poder. Se convertirá en el salvador de los soldados de la Unión. Podríamos haber elegido a otro intermediario. Le estamos haciendo un favor, secretario —respondió el General.

Ambos hombres se hablaban a un metro de distancia. El sol emergía. Las cumbres de la pared oriental empezaron a teñirse de rojo.

—El intercambio puede realizarse. Se trata de una sencilla operación humanitaria, como dirían los Antiguos. Pero el verdadero problema es usted, General. No habrá espacio para los dos cuando el nuevo orden sea impuesto en Europa. Exijo que se entregue como garantía a cambio de salvar a su gente.

El secretario proyectó su cuerpo hacia adelante sin mover los pies, vaciando su autoridad en el pequeño impulso. Utilizó el tono de voz que empleaba para inyectar miedo en las mentes cautivas, pero los ojos de la Fusiomac sólo le devolvieron desprecio.

—Ése no sería un problema si la Resistencia fuera gobernada por una dictadura, como la Unión. Su exigencia es comprensible, pero ideológicamente inaceptable. En la RH no decide un solo hombre. Es una democracia con complejos y aburridos mecanismos de consenso. Se pasarían semanas discutiendo antes de adoptar una decisión. Preferiría subir a su nave antes que soportar semejante debate. Pero mi aburrida lealtad a la democracia me impide hacerlo —respondió el General con desdén.

—Ganaría mucho cambiando de bando. Siempre he admirado su genio estratégico y la devoción que provoca en su ejército de perdedores. Un César no puede mandar una vulgar armada de ratas.

—Eso no le convendría, secretario. Podría utilizar el poder que me atribuye para exterminar a los hombres de su clase y convertir su nuevo orden en humo y cenizas. Usted lo reduce todo a amos y esclavos. Es un político primitivo. Se lo debe todo a hombres como Stalin, Hitler y a un puñado de científicos lacayos del poder absoluto.

El secretario controló la ira que crecía en su estómago.

—Cada siglo crea los gérmenes de su propia moral y conciencia. Su propio bien y mal. Los eurounidos son una raza domesticada para la esclavitud y sólo obedecen al terror y la ambición. Debemos aprovechar esa sumisión para fundar una nueva moral basada en la selección de los más fuertes. Es pura biología.

Peña hablaba con su voz susurrante de vetas aceradas, inclinando ligeramente la espalda. Sus ojos dilatados expresaban un fanatismo enfermo. El general le observaba con desprecio y altivez tras su Fusiomac.

—No se lo permitiremos, secretario. Le responderé con una cita de Lincoln. La Resistencia Humana continuará la guerra hasta que se desvanezca la riqueza acumulada a costa de los esclavos, y cada gota de sangre arrancada por el látigo haya sido pagada por otra arrancada por la espada —dijo el General.

Peña se sintió tratado como un subalterno. Por primera vez en su vida.

—¡Es usted un peligroso soñador intoxicado de teoría política! ¿Qué harían si obtuvieran el poder? —respondió gritando con su voz aguda.

—Está en nuestro programa. Usted lo conoce bien. Crearemos una Asamblea Provisional de Representantes hasta la convocatoria de elecciones libres. La Resistencia Humana militar se autodisolverá. La televisión sensorial será abolida y se restaurará la democracia y la autodeterminación de los Estados de Europa sobre los principios del Tratado de Roma refrendado en el siglo XX, que se basa en el progreso moral y la unidad voluntaria de los pueblos de este continente —expuso el General con voz helada.

El inquisidor sintió odio y miedo ante la determinación y el desprecio de aquel hombre.

—¡Jamás lo conseguirán. Tardarían décadas en despertar la conciencia individual de la gente. Imponer la democracia supuso siglos de sangre y terror! —rebatió Peña, histérico.

—También en eso se equivoca, secretario. La libertad es como una evasónica. Cuando se prueba crea adicción, aunque provoque el caos. Y solamente arriesgando la vida se obtiene la libertad. Hegel escribió que la historia del mundo no es otra cosa que el progreso de la conciencia de la libertad, y el siglo XX demostró que la libertad sólo se materializa en el autogobierno democrático. Siempre nos encontrará enfrente, secretario. Somos inmortales.

—¡Hemos obtenido el control total con la tecnología. Ustedes sólo son una secta de alucinados!

—Volaremos su tecnología con bombas. Un día tras otro, un año tras otro, un siglo tras otro. Jamás podrá dormir en paz su delirio de poder.

El secretario sintió la punción de la ira traspasándole los pómulos. El arrebato estaba cercano, pero debía controlarlo. Sabía que ante aquel hombre, su ira se convertiría en debilidad y sería respondida con más desprecio. Decidió hacer un último intento de persuasión.

—Si se entrega a cambio de los heridos, le concederé una oportunidad intelectual objetiva antes de matarle. Le permitiré discutir conmigo la esencia política de mi proyecto de Estado. Creo que podría convertirle en un rebelde converso. El inmenso poder que obtendría sólo estaría sujeto por su lealtad política. ¿Ha oído hablar del delfinato?

—Los delfines acostumbraban a asesinar a sus señores —respondieron los labios de la Fusiomac.

—Cuando eran necias criaturas de poder, sí. Cuando eran hombres con visión de Estado, no —rebatió el secretario.

Los ojos de la máscara concentraron su negro resplandor en la demente mirada del secretario. Aquel hombre merecía un juicio justo asistido por un psiquiatra, pensó el General antes de responder.

—Yo carezco de visión de Estado. Sólo soy un hombre que aborrece el poder y añora un mundo que ya no existe. Pertenezco a otro tiempo, secretario. No le sirvo. Perecí en el siglo XX, antes que locos como usted hicieran retroceder la historia de Europa hasta la barbarie. Añoro naciones que no conocí. Las verdes praderas de Inglaterra, la tarde sobre París, los rojos crepúsculos de Moscú o el orgulloso individualismo de España. Añoro la dulzura de Roma, a la que ustedes llaman

SAUT-21. Mil veces volvería a comandar nuestro ejército de ratas para matarles, señor.

El General hablaba ignorando al secretario Peña. Parecía confesarse con las montañas que se alzaban ante sus ojos, teñidas de rojo por la explosión del sol. Navarro y Kulikov escuchaban absortos al General, como más de dos mil años antes otros como ellos oyeron a los profetas de Israel.

—Entonces no habrá intercambio. La Unión no negocia con terroristas. Si es usted tal como se describe, permitirá que nuestros heridos abandonen la ZP77 en nombre de la democracia y el humanismo. Si es un caballero, y no un simple iluminado, lo hará. Buenos días, General. La tregua ha terminado.

El secretario le dio la espalda y se encaminó rápidamente hacia la nave unionista. Las últimas palabras del General le llegaron antes de que desapareciera a bordo.

—Eso dependerá de lo que ellos decidan hacer. Se lo preguntaremos. Las cosas están cambiado, secretario, más rápidamente de lo que piensa. La represión no será suficiente.

El General comenzó a descender la colina de yerba escoltado por sus dos lugartenientes. Kulikov vislumbró un destello metálico con el tercer ojo instintivo que desarrollan los soldados de mil años. Sus 90 kilos se interpusieron entre la espalda del General y el proyectil láser de 20 mm lanzado desde una de las escotillas de la nave.

En el mismo momento en que Navarro se volvía disparando las dos pistolas Astra, ocultas en los bolsillos del pantalón, oyó sobre su cabeza el silbido de las 7,65. Los proyectiles de mercurio expedidos desde 300 metros por los francotiradores de la Resistencia convirtieron el cerebro de Sorribes en una sopa de sesos y huesos estampada contra el fuselaje de la nave.

Los proyectiles explosivos destinados a Rosas no alcanzaron su objetivo. Para entonces, Navarro le había metido doce balas blindadas entre el corazón y la cara. El capitán se desangraba con un hilo de vida aferrado aún a su salvavidas biológico. Navarro se acercó a él y le introdujo una granada de fragmentación en la ensangrentada pechera del biológico.

—Recuerdo de Brez, *teddy* —le dijo arrancando la anilla a la granada y lanzándose al suelo. La explosión desgajó en varios pedazos el cuerpo del capitán de los Batallones Antiterroristas Urbanos mientras la nave del secretario se alejaba velozmente en el aire agitando la pradera.

Cuando Kulikov se miró el hombro izquierdo vio que en su lugar sólo quedaba un agujero rojo. El pit de 20 mm le había arrancado limpiamente el brazo. Vislumbró su miembro ensangrentado sobre la yerba. El ruso estaba luchando duro por no ceder al impulso de morir.

—En pie, soldado —le susurró el General mientras le ayudaba a incorporarse auxiliado por Navarro. Las dos pistolas Astra aún humeaban arrojadas sobre la yerba.

Emma Morris despertó gritando en el vientre de una galería de roca. Se había soñado cortando con una bayoneta los salvavidas biológicos que mantenían vivos a decenas de moribundos. ¿Por qué? Peter Revenge dormía junto a su cámara, sobre un sutil colchón de aire comprimido, entre decenas de soldados exhaustos. La periodista se levantó intentando no pisar a nadie y avanzó por el oscuro corredor subterráneo alumbrándose con su linterna.

Los puestos de guardia se pasaban contraseñas a través de los comunicadores. En el túnel olía a guerra antigua. Suciedad, pólvora, sangre y armas. No sabía dónde iba. Ni siquiera sentía la necesidad de respirar aire puro. La abismal noche de la guerra la aterraba. Evitó la galería que conducía directamente al atroz espectáculo de los heridos, pero podía oír sus gritos en la oscuridad. Eligió al azar un tramo del laberinto alumbrado por los destellos rojos de un destrozado robot Prolemak. Las estrellas brillaban al final de túnel. El aire olía a gasolina quemada.

Emma divisó una luz vacilante en lo alto del pueblo. El fuego de una vela danzaba en la ventana sin cristales, azotado por el aire o repentinamente apaciguado. Lo observó un minuto y avanzó hacia él. ¿Por qué? Nunca lo sabría. Ascendió a través de una devastada calle, encajonada entre los murales de una remota insurrección. Vislumbró los fusilamientos sin detenerse, las barricadas tatuadas a brochazos, los rostros de los muertos estampados en rojo y amarillo, la expresión de las mujeres vestidas de negro con cadáveres de niños entre los brazos. Emma aceleró el paso jadeando. La luz de la vela aún estaba lejos. Siguió subiendo como si llegar hasta aquella ventana fuese el último acto de su vida. ¿Por qué? Había dejado de responderse. Pero la interrogación seguía surgiendo en su cabeza como una señal automática.

El hombre estaba sentado de espaldas, con la cabeza sujeta entre las manos, asomado a las montañas que se recortaban en el marco de otra ventana. Era un hueco sin cristales abierto a la pared oriental de los Picos de Europa. Su pistola reposaba sobre un viejo libro. Emma se sentó sin hacer ruido, observando fijamente las cuatro estrellas rojas de cinco puntas embutidas en las hombreras del uniforme.

El General se dirigió a ella sin mirarla.

—¿Por qué ha venido, Emma?

La voz le infundió respeto, pero sintió en ella un trato de igualdad y un profundo cansancio.

—Escapaba de una pesadilla, pero en realidad no sé por qué estoy aquí. Seguí el resplandor de la vela. Era lo único humano.

El comandante en jefe de la RH giró el cuerpo hacia ella. La negra mirada diseñada por la Fusiomac se detuvo en los ojos verde claro de Emma. Aún eran cándidos. La guerra no los había cambiado. Era la segunda vez en su vida que sentía la mirada de una mujer penetrando sus murallas amasadas en sangre, barbarie y soledad. Sabía que sería la última. El dios de la guerra le ofrecía un tributo final a su ciega obediencia.

—¿Le gustan las velas? —preguntó el General.

—Me gusta el fuego —respondió Morris devolviendo una intensa mirada a la Fusiomac.

—Estamos buscándolo de nuevo, Emma, como los primeros hombres.

—Puede volver a apagarse —dijo ella en un susurro.

El general apoyó la mano sobre su pistola Beretta Centurión.

—Entonces la guerra seguirá —afirmó sin vacilar.

Morris sacó un cigarrillo América del paquete y jugó con él entre los dedos sin encenderlo. Apenas fumaba.

—¿Le gusta la guerra, General? —le preguntó con suavidad.

—¿Es una entrevista con la Unión CNN o sólo una conversación entre compañeros de fortuna?

—Es la pregunta de una mujer interesada por un hombre —respondió Emma con una sonrisa que hizo pensar al General en un mundo mejor.

—Los hombres se dividen entre los que hacen la guerra amándola y los que la hacen odiándola. Yo pertenezco a la segunda clase.

—¿Está seguro?

—No siempre, pero lucho por convencerme.

Emma se levantó y atravesó la austera habitación de piedra hasta colocarse delante de él. Sintió un golpe de aire frío sobre la piel mientras se quitaba la gruesa camisa color gris acero. Los ojos negros de la Fusiomac observaron sus pechos coronados por dos sensuales pezones que sobresalían de su círculo rosado. Emma se quitó los zapatos y se despojó del pantalón con elegancia, sin forzar ningún movimiento. Un pequeño toque de su mano bastó para que la densa cabellera blanquinegra se precipitara sobre sus hombros desnudos.

Miró al General tendiéndole la mano.

—Quiero hacer el amor por última vez antes de morir —dijo.

El jefe de la Resistencia Humana enlazó sus dedos en los de Morris. Su verdadera sonrisa humanizó la máscara de guerrero que le cubría el rostro.

—No lo harás con el hombre que está ante ti, sino con un prisionero condenado a ocultarse en la oscuridad.

—Apaga la vela. Quiero conocer al prisionero, aunque no pueda verlo —respondió Emma Morris.

El General se levantó y extinguió la llama con su mano. La habitación se sumió en la oscuridad. La Fusiomac se comprimió en su pequeño recipiente metálico liberando el verdadero rostro de la leyenda.

Emma penetró en su boca buscando respuestas en la oscuridad. Las manos del General acariciaban el cuerpo de la reportera con más cortesía que deseo. Recorría su tersa piel de adolescente con movimientos rígidos, evitando rozar sus pechos y escabulléndose en las ingles. Ella siguió avanzando, pero su deseo se enfrió hasta transformarse en respeto. Sonrió incómoda en aquella noche de gestos ocultos.

—¿Estamos solos o hay un ser invisible entre nosotros?

—Es una sombra alargada. Resulta inútil luchar contra ella —respondió él acariciando la cabellera blanquinegra de la reportera americana.

—¿Viva o muerta? —interrogó de nuevo Emma.

El General dudó unos segundos antes de responder.

—Físicamente muerta.

—¿Un fantasma de pasión?

—Me he consagrado a una sola causa y a un único amor, ambos devastadores —contestó el hombre despojado de su máscara.

Emma sólo podía percibir los vagos contornos de su rostro. Permanecían con las manos enlazadas, hablando de pie. Pero cada vez estaban más lejos. Morris temblaba levemente de frío. Se separó de él para envolverse con la manta que cubría la espartana cama del siglo XX.

—Creo que ese fantasma te tortura. Deberías recobrar la libertad, sobre todo si sientes cercana la muerte, como la siento yo —sugirió Emma dándole la espalda.

—Convivo con un prisionero que no deja de reclamar su libertad. Si disparara esa pistola contra mi sien —dijo señalando la Beretta—, él moriría encadenado, pero cautivo. Lo que exige es una nueva vida que no puedo ofrecerle. Es demasiado tarde para los dos.

—Podrías probar siendo menos duro con ambos, el prisionero y el General. Nadie es imprescindible —rebatió Emma mientras extraía del bolsillo de su camisa, que yacía sobre la cama, un pequeño sobre azul. Oprimió el contenido entre sus labios y giró con el fulgor nacarado de una sonrisa rasgada en la oscuridad. Mientras le besaba introdujo con su lengua una evasónica Oro que se diluyó instantáneamente en la boca del General.

—Polvo de ángeles —susurró sin separarse de él.

—Combustible para esclavos —respondió el General apartándola sin violencia. Pero era tarde.

Percibió aquella sensación evanescente aflojándole los músculos uno a uno, desde los pies hasta la nuca. Su sistema nervioso, tensado como un arco décimas antes del disparo, se transformó en aire. Sintió por primera vez, amplificado por una descarnada sensibilidad, la irradiación erótica emitida por el cuerpo de Emma. Un mensaje sexual de alta frecuencia que endureció su pene bajo el áspero pantalón de combate. Su miembro se tensó hasta asomar húmedo y sin control sobre la tela de la cintura. Emma lo acarició presionando de arriba hacia abajo mientras su lengua desbordaba las barreras que antes la contenían.

Descendió besándole el cuello y el pecho hasta que la carne de sus labios penetró en el miembro que sobresalía del borde verdinegro. Descorrió la cremallera librándolo del todo y se lo introdujo de un golpe en la boca hasta donde era capaz de alcanzar. El hombre que la evasónica había injertado en el cuerpo del General gritó de placer vaciándose entre la lengua y el paladar de Emma. Pero no estaba saciado. La evasónica Oro exprimía al máximo las reservas sexuales como ninguna otra droga creada para el total dominio artificial de los sentidos.

El General sujetó a Emma por las axilas y la elevó oyendo aún sus gemidos. Atrajo con fuerza su cuerpo penetrándola empapada mientras la sujetaba en el aire. Ella encogió las piernas al sentir llegar su pene hasta una profundidad que ningún hombre había alcanzado y gritó sin control en la oscuridad, arrebatada por un dolor que imantaba su delirio al colapso de los sentidos. Más allá acechaba la muerte por sobredosis de placer, un eufemismo que ocultaba el poder mortal de las evasónicas.

El General eyaculó cuatro veces consecutivas dentro de Emma Morris expelido por aquel combustible divino que esclavizaba a la humanidad para mayor gloria de la dictadura. Se vaciaba en el cuerpo de la reportera americana sintiendo la imperiosa necesidad de seguir hasta la consumación de su fuerza artificial. Sus cuerpos cayeron sobre el austero lecho fundidos en el clímax del amor virtual. El General durmió por primera vez en muchos años sin percibir la inminencia de la muerte ni recordar a los miles de soldados que enviaba al matadero en nombre de la democracia.

El viento helado de los Picos le despertó en el límite del rojo amanecer. Emma aún dormía a su lado. Miles de errehaches se preparaban para la batalla. Contempló a la reportera de la Unión CNN mientras se ceñía la pistola sobre la camisa del uniforme verdinegro. La evasónica sólo le había revelado un signo oculto. Podía quererla con el amor urgente de los soldados que van a morir.

—La tengo en pantalla —advirtió Claudia Contardi. La especialista en tecnología industrial del siglo XX parecía otra mujer enfundada en el uniforme de combate de la Resistencia. Su oculta belleza resplandecía por primera vez en medio del drama. Tal vez demasiado tarde. Navarro la contemplaba encantado.

—Oye, Contardi, ¿nos hemos visto en alguna parte?

La profesora milanesa sonrió bajo la capa de polvo adherida a su rostro. Sus ojos eran celestes, de infantil transparencia. Navarro observaba los destellos dorados que adornaban sus pupilas.

—Tendrías que haberte quitado antes tus gafas de visión múltiple. El uniforme te sienta bien. Tienes un cuerpo de verdadera estrella sensorial —le dijo aproximándose a ella en el fondo de la galería de la compañía I de Italia.

—¿Intenta seducirme, comandante...? Podría haber elegido un mejor momento —respondió la muchacha mirándole con sus ojos de noble veneciana.

—Quizá podamos arreglar cuentas antes de que nos maten. Te estoy hablando de sexo, profesora. No querrás morir virgen, ¿verdad?

—No soy virgen —afirmó Claudia ruborizándose.

—Ni con cuatro evasónicas en el cuerpo podrías engañarme. Todas las errehaches sois unas estrechas —respondió Navarro pasándole el brazo sobre los hombros.

Contardi no se movió. Era cierto. No quería morir virgen.

El comandante sentía próximo el final. Quería amar a una mujer antes de morir. Por última vez.

—¿Esta noche? —preguntó él.

Contardi continuaba concentrada en la pantalla de radar. Pero en realidad no veía el objeto que se aproximaba a velocidad Match-10. Su corazón latía. Como en la batalla.

—Oye, Claudia, ¿qué nos importa una nave unionista más o menos? Nosotros la mataremos o ella nos liquidará —dijo echando un vistazo al radar mientras cogía la mano de la profesora—. ¿Esta noche? —insistió aproximando sus labios a los suyos.

Claudia asintió sin mirarle. La timidez era la historia de su vida.

—Ahora nos ocuparemos de ese hijo de puta que no nos deja hablar tranquilos. ¿Cuántos Stinger nos quedan, Lafayette? —preguntó Navarro a través del comunicador.

El francés estaba al mando de la defensa antiaérea de la ZP. Era el cuarto que ocupaba el puesto. Todos los demás habían muerto.

—Treinta —respondió el francés.

—Vaya mierda. Así no se puede hacer una guerra en serio.

—Estamos desnudos ante el próximo ataque. Si fueran listos ya lo habrían lanzado. No sé qué están esperando —dijo Lafayette con fatalismo.

—He oído que tienen disgustos en la retaguardia. Pero eso no es asunto nuestro. Se acerca una nave a velocidad Match-10 —informó Navarro.

—Demasiado rápido para ser una carga aérea.

Se produjo un breve silencio en la línea.

—Puede, pero las visitas de cortesía se han suspendido por hoy. Derribarla si podéis —ordenó el comandante.

—Recibido.

Lafayette se volvió hacia los hombres ocultos en las laderas de la montaña que se alzaban detrás de Brez.

—Han detectado una nave unionista que se aproxima a gran velocidad. Fuego a discreción —ordenó a los errehaches encargados de disparar los Stinger.

Emma y Peter devoraban sus raciones sintéticas en el interior del blindado. La periodista de la Unión CNN había enviado ocho crónicas aquel día y parecía más vieja que cuando llegó a Brez. Se preguntaba una y otra vez cómo saldrían de aquel matadero. Y la voz interior le respondía siempre lo mismo. Muertos. Pero se negaba a discutir el asunto con Peter. Había leído en la selección de las mejores crónicas de guerra del siglo XX que aquélla era una pregunta indigna de un verdadero profesional.

—¿Has pensado cómo vamos a salir de aquí? —preguntó el cámara masticando su ración.

Emma Morris le miró de reojo mientras se bebía lentamente su potaje vitamínico.

—Creía que el experto eras tú, pequeño. Se supone que la compañía tiene un plan alternativo si no hay rendición —respondió fingiendo tranquilidad.

—Ni lo sueñes. Esta gente no se rendirá. Morirán matando.

Emma sintió cómo el cuerpo se le enfriaba.

—Puede que la Unión nos respete cuando conquisten Brez —insinuó la reportera.

—No creo que estén muy contentos de vernos. Les hemos llenado de mierda —respondió Peter con tono sombrío.

En aquel momento se encendió la luz de la radio satélite que equipaba el blindado.

—Aquí David Copelan a bordo de la nave americana

Rolling Stones. Ésta es una misión humanitaria. Si sois los de la Unión CNN decidle a los errehaches que no maten a un amigo. Repito, aquí Copelan a bordo de la nave americana *Rolling Stones...*

Peter y Emma se miraron perplejos con los carrillos llenos de ración de supervivencia.

—¡Copelan, el magnate de Noventa Minutos! —gritó Emma con la boca llena de maíz y soja.

—Ahora ya sabemos cómo vamos a salir de Brez. Hay que evitar a cualquier precio que maten a ese loco —respondió Revenge saltando del blindado.

Peter corrió todo lo que le permitían sus piernas hasta el subterráneo donde operaba el Estado Mayor de la Resistencia, bajo el devastado ayuntamiento de Brez. Atravesaba el campo de batalla entre prisioneros de la Unión y errehaches que agonizaban en el fondo de las galerías. Lamentos y plegarias Fematería se elevaban del laberinto subterráneo convertido en barro y sangre. Al llegar a la empinada calle de la Presidencia oyó las palabras de un maduro defensor.

—Padre nuestro que estás en los cielos, santificado sea tu nombre, venga a nosotros tu reino. Hágase tu voluntad aquí en la tierra como en el cielo... —El errehache oraba postrado de rodillas ante un cadáver.

Pasó a su lado maldiciéndose por no llevar su cámara, ni siquiera la minisensorial que siempre portaba colgada del cuello. ¿A qué extraño dios rezaba aquel soldado?

Revenge entró como una exhalación en las bóvedas subterráneas dejando a sus espaldas el hospital. Era mejor no mirar. Al menos sin una cámara como amortiguador de la realidad. Era el único lugar de Brez donde Peter había sentido la inminencia del desmayo. Ningún hombre de su tiempo podía acostumbrarse a semejante pesadilla.

La guardia le cerró el paso cruzando las armas.

—¿Dónde vas tan deprisa, americano? —le preguntó un duro errehache nacido en Madrid. O SAUT-11, como denominaba la Unión a la antigua capital, que era un criadero de rebeldes e insurrectos. Una de las mejores canteras de la Resistencia.

—Tengo que ver al General. Es una cuestión vital.

—Mira, chico, aquí lo único vital es follar antes de palmar. Lárgate. El General no recibe —respondió el soldado.

—Ok. Me vale cualquier oficial. Tú mismo, para que veas que me da por culo el escalafón. Diles a tus jefes que no disparen sobre la nave americana de socorro que se acerca a Brez. Viene en misión humanitaria. El piloto se llama Copelan.

El errehache le miró a los ojos. En los suyos sólo había un frío desprecio por la vida.

—Si es una trampa, te juro que te cortaré personalmente la cabeza y la patearé sobre la muralla de esta ZP —respondió.

Revenge asintió resignado. Estaba seguro de que lo haría.

El errehache desapareció cerrando la puerta del Estado Mayor. Peter sacó un cigarrillo América y miró el reloj. Cuando estaba a punto de encenderlo apareció el General. Se quedó mirando al cámara con una extraña sonrisa colgada de su máscara Fusiomac. Revenge estaba paralizado. Aquél era uno de los pocos hombres de su vida. El General extrajo un mechero del bolsillo y le acercó la llama al cigarrillo.

—Lo siento, Revenge. Llega dos minutos tarde —dijo cerrando el capuchón metálico.

Peter dejó caer la cabeza sobre el pecho.

—Lo siento por Copelan. No le conocía, pero dicen que era una persona excelente. Hacía feliz a la gente por poco dinero —respondió.

—Es la guerra. Algunos creen que todo se reduce a tecnología, pero ya ve que una simple carrera puede valer una vida. La próxima vez sea más rápido, Revenge.

El general volvió a sonreír y desapareció en el Estado Mayor.

—Quizá mañana tengas mejor día —le dijo el errehache de guardia en la puerta—. Si es que estás vivo para entonces —agregó con una carcajada disparada contra la espalda del cámara de Unión CNN.

Revenge miró el cielo al salir del laberinto. La última oportunidad para escapar de Brez se había esfumado en alguna parte detrás de las montañas. Qué importaba dónde. Siempre supo que tarde o temprano aquello llegaría. Era la forma de morir que siempre había deseado. Joven y violentamente, sin dejar rastro. Tampoco le gustaba aquel mundo de mierda, aunque no conociera nada mejor. Excepto lo que los errehaches intentaron en Brez antes de que empezara la matanza. Pensó en las palabras del soldado que hacía guardia en la puerta del Estado Mayor. Follar la última vez antes de morir. O, pensó Peter, morir con un poco de amor en las venas. El rostro de Emma Morris se le proyectó en el cerebro.

El viejo defensor seguía postrado de rodillas ante su compañero, con el arma apoyada en una pared. Revenge vio cómo le cerraba los ojos y le alisaba el cabello. No pensaba en su cámara.

—Lo siento —le dijo apoyándole una mano sobre el hombro.

—Era un buen hombre —respondió el errehache segundos después—. Que Dios Nuestro Señor le reciba en su seno. Siempre creyó —agregó levantándose lentamente.

—¿A qué secta perteneces? —le preguntó Revenge ofreciéndole un cigarrillo.

—Soy cristiano.

—He oído hablar poco de vosotros. ¿Quién es vuestro dios?

—El que dictó las leyes que tú ejecutas o traicionas sin saber lo que haces, como Jesucristo advirtió en la cruz hace más de dos mil años. No hay nada nuevo bajo el sol —respondió el defensor con indiferencia.

—¿Cuáles son esas leyes? —interrogó de nuevo Revenge aspirando el humo del cigarrillo.

—No matarás. Amarás a tu prójimo y defenderás a los débiles, los pobres y los justos contra los tiranos, no robarás ni mentirás. Duro, ¿no?

—Bastante subversivo. ¿Cuál es vuestro símbolo?

—Un hombre crucificado sobre dos maderas.

—¿Y qué ganas si te haces cristiano?

—Todo o nada. Es cuestión de fe. Hace tiempo que no hacemos proselitismo —dijo el errehache.

—Yo carezco de Dios —confesó Peter con una sinceridad que ni él mismo reconocía. Aunque siempre supo que el hombre que le buscaba sin tregua no había muerto dentro de él. Aquélla era su última llamada.

—Y estás buscándote uno antes de morir. Eso también es viejo, amigo —afirmó el soldado con irónica benevolencia.

—¿Cuánto hay que pagar para hacerse cristiano? No tengo propiedades.

—Es gratis.

—¿Gratis...?

—Sólo un poco de agua sobre la cabeza y un puñado de palabras —explicó el defensor con desdén.

—¿Puedes hacerlo? —le preguntó Revenge esperando una negativa fulminante.

El soldado reflexionó unos segundos antes de responder.

—Supongo que sí. Los pastores de nuestro rebaño se prostituyeron hace mucho tiempo. Los pocos creyentes que quedamos hemos vuelto a las catacumbas. Arrodíllate ante el Señor —ordenó el viejo errehache presionando suavemente el hombro de Peter hacia abajo.

El cámara apoyó una rodilla sobre el suelo y alzó los ojos. El soldado abrió la cantimplora que llevaba sujeta al correaje de su uniforme verde y vertió un poco de agua sobre la sucia melena rubia del reportero.

—Yo te bautizo en el nombre del Padre, del Hijo y del Espíritu Santo. Amén. Puedes ponerte en pie, hermano.

—¿Quieres decir que tu Dios me ha aceptado? —preguntó Revenge obedeciendo al errehache.

—Supongo que sí. No es nada rencoroso. Le gusta que gente como tú piense que después de este valle de lágrimas hay un sitio mejor.

El soldado sacó un pequeño libro negro de uno de los bolsillos del cadáver que estaba a sus pies y se lo entregó a Peter.

—Es una Biblia de papel sintético. Échale un vistazo si tienes tiempo antes de que te maten. El destino final es el Paraíso. Pero lo bueno de nuestra religión es que nada es seguro. Si Él existe, puede que este libro sea tu billete de entrada.

Una sombra llena de aire a presión fue engullendo Brez. Restos de armas, equipos y escombros cobraron movimiento en las calles devastadas. La sombra avanzaba velozmente sobre las verdes terrazas abiertas en la ladera de la montaña, cubría muertos y heridos, teñía las banderas azules y amarillas de Europa y agitaba los cabellos de los errehaches que miraban al cielo sin ver. La sombra se detuvo sobre los cañones que asomaban en la muralla.

Revenge se sentó en el borde dentado de un parapeto, junto a una ametralladora Browning 12,7 y con la Biblia apretada en la mano. Contemplaba mudo la superficie evanescente que comenzaba a materializarse ante sus ojos, a unos cien metros del suelo. Entonces despertó. Se sentía un estúpido principiante. No estaba transmitiendo. Corrió hacia el blindado para recuperar su cámara. Si aquél era el Juicio Final nadie se enteraría en América.

Entró golpeándose la cabeza con el borde metálico de la puerta. Gritó una maldición. Cuando los puntos blancos se disiparon de sus ojos vio las piernas de Emma Morris erguidas en medio del vehículo acorazado. La otra mitad de su cuerpo asomaba por una de las escotillas. Se había instalado una Sony Sensorial y estaba filmando.

—Te estoy salvando el empleo, Peter —dijo la reportera sin apartar la vista de la sensopantalla de grabación.

—He tenido una revelación. Ya puedes volver a lo tuyo.

—Gracias por nada —respondió Emma.

Las grandes letras rojas aparecieron borrosas a cincuenta metros del suelo. La sombra gris descendió repentinamente otros treinta metros y se detuvo bajo un helado colchón de aire. Nadie disparaba. Revenge giró la cámara para filmar a Irene Salazar y los consejeros de la Presidencia. Miraban sobre sus cabezas inmóviles en la base de la trinchera E de España, rodeados por una escolta de errehaches. Tres hombres tomaron posiciones con misiles Stinger. Otros emplazaron dos lanzagranadas M203.

El velo que ocultaba las letras se desgarró. Revenge filmó lentamente, de izquierda a derecha, las palabras «Rolling... Stones». El General le había engañado como a un niño. Simplemente dio tiempo a Copelan para que aterrizara sin ser descubierto.

La nave Maxi Noventa era rectangular, con una gran cabeza en forma de cobra y un compacto sistema de propulsión en la cola. No tenía nada de especial, excepto su precio. El interior era austero. Nada de butacas sensoriales ni pistas exóticas para consumo de evasónicas. Los pasajeros viajaban sobre incómodos bancos acolchados, como en los Hércules militares del siglo XX. Todo el lujo estaba concentrado en su increíble capacidad de aceleración, la estabilidad de sus suspensores gravitacionales y, especialmente, su soberbio camuflaje, que la hacía invisible e indetectable a plena luz del día. Pero sólo temporalmente. En cuanto se detenía flotando sobre la superficie aquella magia electrobiológica se esfumaba. Los ingenieros de Noventa Minutos eran incapaces de resolver aquel desagradable contratiempo.

Una voz clara y juvenil surgió de la nave.

—Buenos días a todos. Me llamo Copelan y soy un simpatizante de la Resistencia Humana. He venido con un poco de ayuda para los heridos. Soy uno de esos americanos de mente y espíritu libres convocados por la presidenta de Brez. Por favor, amigos, no disparéis. Voy a bajar.

Los errehaches elevaron los afilados picos de los misiles Stinger cuando la rampa de la nave empezó a abrirse. Cientos de ametralladoras y fusiles de asalto Kalashnikov apuntaron al hombre que apareció agitando la mano.

—Bienvenido a la fiesta. Estábamos esperando que alguien trajera la cerveza —murmuró Navarro contemplando la escena desde la trinchera I de Italia.

David Copelan descendió la rampa con el corazón golpeándole en el pecho. Pero su sonrisa se transformó en una mueca de horror cuando vio los cuerpos destrozados de los muertos y los soldados de la Unión conectados como zombies a sus chalecos biológicos. Todo real.

—Registrad la nave —ordenó fríamente Irene Salazar.

Cuarenta errehaches se precipitaron en el interior de la *Rolling Stones* tomando posiciones de asalto. Un primer grupo penetró cubierto por otro. Los dedos oprimían los gatillos al límite del fuego. Copelan fue arrollado por los soldados de la Resistencia. Su primera sensación fue que aquella tribu se parecía poco a los hermanos Amor y Paz que esperaba encontrar. La segunda fue aún peor. Dos hombres le aferraron por los brazos y le llevaron en volandas hasta un apestoso búnquer lleno de gente en pleno descenso a los infiernos.

Irene Salazar le observaba con una mezcla de curiosidad y arrogancia. Copelan flotaba en el interior de una amplia camisa con un sol naciente bordado en la espalda y un pantalón arrugado lleno de flores y símbolos de la paz.

—Siento que el recibimiento haya sido poco agradable, señor Copelan, pero nos hallamos en una situación crítica. ¿Cuánta gente puede llevar su nave? —preguntó la presidenta sin disimular el tono imperativo de su voz.

—Unas quinientas personas, sin carga —respondió el ingeniero arrugando la frente. Su sonrisa se había esfumado. El choque con la salvaje realidad de la guerra le disipó el efecto de la marihuana y las evasónicas que se había administrado en el breve viaje hasta Brez.

—¿Está dispuesto a realizar la evacuación de los heridos en su nave? —preguntó nuevamente Irene Salazar.

Copelan la miró a los ojos sin responder. Aquella mujer no era una hermana. Se parecía más a un secretario de Estado del ala dura, un halcón de mirada helada con el pico manchado de sangre. Pero los errehaches que estaban a su alrededor seguían pareciéndose a la gente de sus libros de historia. Había un inconfundible toque libertario en aquel lugar. Lo sentía en la piel. Era su tribu, pensó Copelan. Pero armada.

—Tengo el día libre —respondió el ingeniero.

Irene Salazar no tuvo tiempo de darle las gracias. La Unión había identificado la nave americana y atacaba de nuevo la ZP.

—Responded al fuego; ¡la guerra no ha terminado, cojones! —gritó la comandante Nesterenko a sus artilleros. La rusa había asumido el mando de dos baterías y una diezmada compañía. La mayor parte de los oficiales estaban muertos o heridos.

Las piezas de 125 mm abrieron fuego contra los tanques *Europa Mil* de la Unión, que avanzaban sobre los restos de su propio ejército calcinado. Los carros de combate unionistas se desplegaron en tres frentes con un soberbio fuego artillero de apoyo. La Primera División Acorazada Colonial avanzó directamente hacia la estrecha carretera de acceso a Brez ascendiendo, campo través, por la zona menos inclinada del valle. Los tres frentes de ataque se cerraban sobre Brez. Ya no había cámaras filmando la acción. La ZP77 y la Unión se enfrentaban con América como única testigo de la lucha.

La *Rolling Stones* ocupaba la zona más alta del pueblo. Copelan fue obligado a aterrizar en un estrecho corredor situado entre las últimas casas de Brez y la montaña. El fuselaje de la nave sobresalía entre los tejados expuesto al fuego enemigo. Los cañones y los lanzadores de misiles, al mando de Txiki, disparaban de forma compulsiva intentando ganar tiempo para la evacuación.

Una frenética actividad se consumaba en los corredores del laberinto. Los heridos de la Resistencia y la Unión eran transportados a través de los túneles hasta la nave americana. Gritos y caídas se sucedían mezclados con explosiones que hacían temblar la tierra sobre sus cabezas. En algunos tramos la evacuación se realizaba a la luz de las linternas. Otros sectores se derrumbaban sobre los convoyes sanitarios sepultando a sus componentes.

—¡Más rápido, más rápido! —gritaba Irene Salazar en la salida donde confluían todos los heridos.

Errehaches y unionistas eran embarcados en la *Rolling Sto-*

nes sobre camillas militares del siglo XX. Palmer les conectaba los salvavidas biológicos y les abandonaba a su suerte. El médico de la Resistencia se sentía un fracasado. Ignoraba cómo salvar vidas sin tecnología. Comprendió que carecía de los conocimientos más elementales para actuar en situaciones extremas sin la asistencia de las máquinas. Un simple manual de primeros auxilios del siglo XX habría evitado la muerte a decenas de moribundos.

—Necesito a todos los que puedan disparar en las barricadas —ordenó la helada voz del General a través de los comunicadores. Se estaba preparando un nuevo asalto terrestre.

Una masa de tierra, piedras y metal explotó contra los paneles de visión externa en la cabina de vuelo ocupada por Copelan. El ingeniero esperaba la orden de despegue aferrado a los mandos de la nave. La guerra le aterraba, pero también le estaba abriendo la mente. Era pura y absoluta. Un estado supremo del alma. La Unión aplastaba Brez ante sus ojos. Pero su tribu armada se defendía con un valor contagioso. Comprendió lo fácil que era morir y el verdadero precio de la vida. No vale nada hasta que no te la juegas por una causa, pensaba Copelan cuando la voz de la presidenta le interrumpió.

—Carga completa, Copelan. Realice un despegue de combate a máxima velocidad. Le esperamos dentro de dos horas. Quedan cientos de heridos.

—¿El destino del cargamento sigue siendo el mismo? —preguntó él.

—Afirmativo. Adiós y suerte... errehache —respondió Salazar.

Sentirse llamado de aquella manera por la presidenta del Gobierno de Brez dio alas a Copelan. Y sobre todo le infundió un nuevo valor. Le habían aceptado como uno de los suyos. Un simple colaborador de la Resistencia Humana. Pero era más de lo que había tenido en toda su vida.

—Agarraos fuerte, chicos. Tengo prisa por volver —ordenó Copelan a los heridos usando los altavoces de la nave.

La *Rolling Stones* gravitó unos metros sobre el colchón de

aire, elevó su morro de cobra y salió disparada hacia el cielo usando toda la potencia de sus cohetes de propulsión. La artillería antiaérea unionista tardó demasiado en reaccionar. Tenía poco trabajo en aquella guerra. Cuando abrieron fuego la nave americana ya se había esfumado sobre la pared oriental de los Picos.

La Resistencia Humana se batía golpeando salvajemente a los *Europa Mil* en las primeras líneas de contacto. Centenares de contenedores llenos de cohetes RPG-22 y Dragons-3 llegaban hasta las barricadas. Los Milan se consumieron en la lucha contra los liquidadores. La Resistencia había descubierto que el efecto simultáneo de dos antitanques Dragon convertía a los *E-Mil* en un montón de chatarra ardiente. Era sólo cuestión de salir a campo abierto para abatirlos. Pero muchos defensores se derrumbaban ante ellos. La lucha cuerpo a cuerpo contra carros de combate era una selecta especialidad del siglo XX. Hecha para hombres fabricados en hielo. Cada Dragon podía perforar limpiamente 510 mm de fuselaje. Pero el RPG-22 era más eficaz y sencillo de manejar. Cualquier soldado podía disparar uno de aquellos largos tubos negros. La pavorosa carga hueca de su cabeza de guerra frenaba en seco a los *Europa Mil* con un solo golpe en su zona más sensible.

Navarro y sus hombres sentían la maravillosa sensación de riesgo y libertad que aquel juego con la muerte les inyectaba en las venas. Ninguno pensaba seriamente en sobrevivir, lo que facilitaba las cosas. Los lanzadores esperaban a los *Europa Mil* en los accesos de Brez, emboscados detrás de grandes rocas y agujeros recién excavados. La reserva se desplegó tras los muros desventrados en la zona más baja de la república insurgente. Una improvisada cadena humana suministraba los cohetes antitanque a la primera línea de fuego.

Los ibéricos no dramatizaban la situación. Nada de despedidas ni lamentos. Los tigres no son sentimentales, y ellos llevaban en la frente la marca de los depredadores. Su destino natural era la muerte violenta, como para la mayoría es perecer en la cama rodeados de tiernos familiares que consuelan antes de iniciar el gran salto. Pero en la guerra, el único sacramento es una muerte fácil que arranque la vida de un manotazo, sin dolorosas peticiones de mano.

Los españoles se miraban a la cara sincronizando sus tiempos mentales. Aquella raza nunca dejaba de sonreír. Llevaban su alegre ferocidad pintada en los labios como una marca de fábrica. Lo mejor que tenían como soldados era su recuperado desprecio por la vida y su valor fácil, intuitivo y desordenado. Navarro, que conocía a fondo sus grandes virtudes y sus pocos defectos en la batalla, sólo les pedía un poco de respeto por la sincronización. Había que lanzar con orden para matar muchos blindados, como los Antiguos.

Los ibéricos estaban desplegados a ambos lados del avance unionista. Esperaban fumando la buena yerba de Copelan o en pleno viaje evasónico. Daba igual. A algunos la droga les va bien para luchar. Otros prefieren no ser traicionados por algún fantasma blando en pleno descenso al infierno. La cuestión es siempre la misma. La vieja historia del autocontrol y la mirada de los mil kilómetros enfocada como el ojo de una cámara estelar. En la guerra sobreviven los intuitivos y los videntes. Pero hay que trabajársela mucho para desarrollar esas dotes.

—Deja de cantarme las distancias, Txiki, puedo ver a esos cabrones con mis propios ojos —dijo Navarro al vasco, que seguía el rápido avance de los *Europa Mil* con un moderno instrumento de observación capturado a los unionistas.

—Están a setecientos metros —insistió.

—Repito las órdenes por última vez. Nosotros tenemos la ventaja defensiva de la altura. Dispararemos los cohetes a pares sobre la franja frágil de los *E-Mil.* Se trata de bloquearles para que no puedan seguir subiendo. Las compañías A de Amsterdam y B de Berlín harán lo mismo en el flanco izquierdo y la artillería se encargará de los que atacan por el centro. ¿Vale?

Una cacofonía de voces confusas asintió a través de los comunicadores.

Los *Europa Mil* estaban a quinientos metros. La tierra vibraba a su paso. Los lanzadores elevaron las afiladas puntas de los antitanque a ambos lados del enemigo. Al verlo, un límpido pasaje se iluminó en el cerebro del General, que supervisaba la acción a través de unos prismáticos. Lo escribió Cayo Julio César en el año 58 antes de Cristo. «Los capitanes se presentan, Vercingetorix se entrega, se arrojan las armas.»

Aquél era el destino natural de la Resistencia. Y él, su comandante, debía establecer cuándo y cómo ejecutarlo. La estrategia política de la Cúpula de los Viejos se había consumado. Seguir la lucha carecía de sentido práctico. La razón moral no servía contra los *Europa Mil,* como no había valido a finales del siglo XX contra los carros de combate Leopard 2MBT y *Europa Cien* que arrasaron Brez. Las lanzas de los bárbaros eran inútiles contra César, aunque pudieran ganar batallas.

Txiki sudaba con el anticarro apoyado sobre el hombro derecho. Nadie esperaba al vasco. Carecía de dioses, excepto la guerra y una Causa cuyos fundamentos había olvidado hacía tiempo. Navarro pensaba en Claudia Contardi mientras encuadraba a uno de los *Europa Mil* en el rudimentario visor del Dragon. Aún la llevaba en la piel. Le habría gustado repetir mientras había tiempo. Le asustaba morir sin comulgar por última vez con aquella religión.

—Fuego a discreción —ordenó el General.

Hicieron algo más que disparar. Fueron a cazarlos.

Surgieron de las casas desmembradas con el camuflaje del gran salto cubriéndoles los rostros, despreciando la muerte y la vida. Los errehaches se habían fundido en la historia de aquel pueblo montañés. El círculo volvía a cerrarse en el mismo escenario *ochenta años después*. Sólo ochenta años, pensó el General. Apenas el roce de un águila sobre la roca de la montaña.

La casa donde esperaba Txiki emboscado con sus hombres entró en una fase de vibración continua. Las antiguas mesas, la carcomida mecedora, los platos polvorientos que reposaban sobre un estante de madera, los cubiertos de latón dispuestos sobre la mesa. Los objetos se animaron penetrados por aquel uniforme aliento de vida que precedía a la destrucción. Los lanzadores lo sintieron vaciándoles el estómago. Sus manos empapadas en sudor resbalaban sobre el metal de los antitanques.

—No seré capaz de hacerlo, jefe... estoy enfermo de miedo —dijo uno de los errehaches. Era un ingeniero experto en la construcción de bases subterráneas en las ciudades de Unión. Sus labios temblaban sin que él pudiera controlarlos. Sentía vergüenza. Pero el miedo era más fuerte que la humillación.

Txiki miró sus ojos hundidos en círculos negros y vislumbró el pánico clavado en sus pupilas. El vasco deslizó su gruesa mano sobre el cuello del ingeniero. El errehache la sintió firme y ardiente.

—Vete a la zona alta y espera tu turno de evacuación. Ya has oído al General: no permitiremos que nadie te lo reproche —respondió Txiki con urgencia.

El errehache ascendió rápidamente por las calles trituradas. Se negaba a correr expelido por el combustible del miedo, como le exigía cada músculo de su cuerpo. Antes de llegar a la tronchada torre de la iglesia se lanzó al suelo tapándose la cabeza con los brazos. Cuatro ondas expansivas le escupieron cascotes y metal en la espalda. La Resistencia se batía a cuerpo descubierto con los *Europa Mil.*

Peter Revenge enfocaba su sensocámara sobre la carretera de acceso a Brez. Aquellas imágenes carecían de precedentes. El cámara americano sabía que estaba haciendo historia. Los errehaches disparaban simultáneamente sobre los blindados desde tejados y ventanas, fosas y muros. Contaban hasta tres después de recibir la orden impartida por los observadores y apretaban los disparadores de los RPG-22 y Dragon. Las bolas de fuego estallaban a pares sobre los fuselajes de los *E-Mil.* La cocción de metal y carne sólo se obtenía cuando el impacto alcanzaba la banda sensible de los blindados unionistas. Pero la mayor parte de las veces, fracasaban.

Los defensores corrían, saltaban o morían carbonizados entre los tanques enemigos, que rechazaban la resistencia con un salvaje fuego de incursión. Se luchaba en un sacramental silencio de palabras, tan sólo quebrado por los gritos de los heridos y las órdenes metálicas irradiadas a través de los comunicadores.

—Pareja sobre el cinco a mi señal... ¡fuego! —ordenó la voz anónima de un observador, que fue sustituida por la del siguiente guía en otra frecuencia de radio.

Los pelotones al mando de Txiki lograron bloquear el avance de la vanguardia blindada a la entrada de Brez. Un muro de chatarra ardiente se elevaba entre la columna atacante y las primeras líneas de la república insurgente. Decenas de misiles del siglo XX se encargaron de convertir en un infierno la demolición de aquel obstáculo.

Navarro observó entre las columnas de humo la presencia de transportes de tropas aeroterrestres. Sintió próximo el final. La siluetas de los liquidadores se alzaban de nuevo en el horizonte. Comprobó la carga de su pistola Astra A-100. Le quedaban siete de sus quince balas blindadas. Pero una sola sería suficiente para morir decentemente.

Quinientos metros más abajo, Txiki presenció inmóvil la entrada de cinco *Europa Mil* en Brez. Habían abierto una brecha en la defensa y ascendían por la calle principal disparando todas sus armas. Las ruinas de la ZP77 se removían en sus nichos de polvo y metal. Los carros unionistas avanzaban esquivando ágilmente los muros quebrados de los edificios. El rugido de las máquinas y su potencia destructiva inmovilizó a los lanzadores. Se sumieron en el letargo de la supervivencia primordial, un programa que anula cualquier reacción elaborada del cerebro excepto la propia conservación.

Sólo Txiki reveló el helado material de su ADN. Era el único al que la mente no había domesticado los genitales ni mediatizado las vísceras. Lo que hizo pertenece a los mitos de la Resistencia, aunque no sirviera para nada. El vasco rodó hasta el centro de la calle con dos RPG-22 abrazados al pecho. Clavó una rodilla sobre el pavimento y, lentamente, observando la cabeza de guerra del primer *E-Mil,* se instaló uno de los antitanque en el hombro derecho.

El blindado unionista le vomitó encima toda su artillería ligera. Pero no le mató. Los que conocen la mecánica interior de la guerra saben que no fue un absurdo milagro. Sólo cuestión de ángulos, trayectoria y casualidad. El duelo entre el hombre y la máquina se remonta a los albores de la era industrial y se prolongará mientras ambos existan sobre un campo de batalla.

Txiki elevó el puntiagudo pico del RPG sintiendo cómo la lluvia de metralla ventilaba su cuerpo sin tocarlo. Apuntó con cuidado al centro de la cabeza de guerra y apretó el gatillo sin cerrar los ojos, lo que confirmaba su categoría de morador del Lado Oscuro. El viejo cohete ruso obedeció mansamente. El potente proyectil de carga hueca, fabricado en el siglo XX para matar blindados de la Alianza Atlántica, impactó brutalmente contra el *E-Mil* descerebrando sus instrumentos. El tanque unionista vaciló y se precipitó torpemente contra un muro de granito rojo. Los dos tripulantes, inmersos en un viaje de evasónicas Oro, fueron acribillados por las Browning cuando intentaban abandonarlo. Sus vidas quedaron apresadas a los salvavidas biológicos como moscas en la miel.

Txiki se instaló el otro RPG y encuadró el segundo *Europa Mil* en el rústico sistema de puntería. No temblaba ni sentía. Era sólo carne de batalla dispuesta para el gran sacrificio. Ambos dispararon al mismo tiempo. Los proyectiles del *E-Mil* se cruzaron en el aire con el fuego antiguo del antitanque. El vasco no llegó a ver el fuselaje de las naves unionistas brillando en el cielo. Txiki perdió limpiamente la cabeza y el tronco antes de que los pilotos de los Leopard se convirtieran en traidores a la Unión Europea Continental.

El vasco pereció sin cerrar los ojos ante la muerte. Sus pupilas captaron una pequeña explosión en el fuselaje del *E-Mil*, pero no lograron transmitir el mensaje. El cerebro del soldado estalló en medio de un Padre Nuestro hueco de fe memorizado en la niñez.

Las naves de la Fuerza Aeroespacial abrieron fuego contra los *Europa Mil* mientras los errehaches elevaban sus armas para defenderse de sus inesperados protectores. Durante unos minutos nadie supo a quién disparaba. Los Leopard evitaban limpiamente las posiciones de la Resistencia Humana concentrando el ataque en los blindados unionistas.

El Mando de la Unión estaba tan desconcertado como sus soldados. La palabra traición se gritaba con estupor en las radios y recorría la columna vertebral acorazada sorbiendo la fuerza del ataque. Hasta los centuriones más dogmatizados por la Droga se preguntaron por qué los héroes de las películas sensoriales volvían sus armas contra ellos. El Estado Mayor no fue capaz de ofrecerles una respuesta. Sus generales se batían en una lucha a muerte por la supervivencia política. Nadie ignoraba ya que las horas del secretario general estaban contadas.

La situación se aclaró en el campo de la Resistencia cuando Irene Salazar descodificó un mensaje en clave transmitido por el capitán Ramírez desde la *Estrella Roja:* «La Fuerza Aeroespacial se ha sublevado contra los secretarios. El jefe de la insurrección es el general Mackenzie. Han establecido una junta militar en la *Estrella Roja.* Carecen de programa definido, excepto su odio por Inteligencia e Interior. Creo que se les puede manejar, pero eso ya no es asunto vuestro. Fin del mensaje.»

Cuando terminó de descifrarlo, Salazar observó un instante los fuselajes de las naves lanzándose en picado contra los *Europa Mil* y recordó una frase de Alvarado. «La guerra —le había dicho antes de ser identificado como prisionero cerebral— es la continuación de la política por otros medios.» El verdadero Plan de la Cúpula de los Viejos se estaba consumando sobre el cielo de Brez y en las grandes ciudades de Europa. El sacrificio de la ZP77 era sólo el precio. Humo en la historia. A nadie le interesaba ya el destino de la Resistencia Humana en aquel remoto pueblo de las montañas.

—Soy la presidenta. Que nadie dispare a las Leopard. La Fuerza Aeroespacial se ha sublevado contra la Unión —ordenó Salazar con voz serena a través de su comunicador.

El núcleo del combate se desplazó hacia el valle. Sobre la ZP yacían los cadáveres de 312 errehaches. Muchos no resistieron la inmersión en los salvavidas biológicos. De los lanzadores de Txiki sólo habían sobrevivido siete hombres. Los que estaban al mando de Navarro fueron diezmados sin que apenas lograran arañar los blindajes de los *E-Mil*. Brez se consumía en los fuegos sacramentales de la batalla. Los últimos espectros de la Resistencia esperaban su turno para morir.

La comandante Nesterenko perdió la voz al frente de la batería central. Los cañones incandescentes agotaban las últimas diez cajas de munición.

—Quedan cincuenta proyectiles y los contenedores marcados con las siglas NBC-B2 —comunicó Nesterenko al General. Su voz rota viajó casi inaudible a través de la tormenta eléctrica del transmisor. El ordenador que regía las comunicaciones de la Resistencia seguía operando en el sótano del ayuntamiento.

—Cese el fuego. Necesitamos los B-2 para proteger la evacuación. No les matará, pero les abrirá la mente. —El general hizo una pausa. Las explosiones, cada vez más lejanas, se filtraban en la línea—. Si tiene humor y no le parece demasiado ridículo, agregue una estrella a su graduación, Nesterenko. Sus cañones han defendido con valor nuestra moribunda democracia.

—Será un honor siendo usted quien me la concede, señor —respondió la comandante rusa.

El General observaba la inflamada línea del crepúsculo sobre la pared oriental de los Picos de Europa. A sus espaldas, protegida en el vientre de una trinchera, Emma Morris seguía sus movimientos en la base de la muralla. El Señor de la Resistencia aún era un mito para la reportera americana, pero lo que tenía de humano seguía latiendo en su interior. Le entregó en una noche, hasta el rojo amanecer de metralla, años de espera y soledad. Miles de días de pasión reprimida. La había reservado para un fantasma. Pero Morris comprendió que el General tampoco sería para ella.

La señal acústica del transmisor satélite interrumpió su reflexión. En cinco minutos entraría de nuevo en directo para toda América. Estaba descubriendo que transmitir emociones intelectuales, amasadas con los materiales de la realidad, era fácil y apasionante. La selección de las mejores crónicas de guerra del siglo XX se había convertido en una Biblia para Morris.

Visualizó el comienzo del texto en la pantalla de su ordenador portátil y leyó en voz alta: «El odio es como un cable de alta tensión que electriza a los hombres a lo largo de kilómetros de trincheras. No hay disidencias ni grietas en el feroz sentimiento común de dar muerte al enemigo. Muerte a la bayoneta, porque matar a distancia no satisface su odio.»

Había copiado el fragmento, fechado en Sarajevo durante la primavera de 1993, y pensaba incluirlo literalmente en su crónica. No recordaba el nombre del autor ni le interesaba, pero era la clase de material que estaba buscando. El muerto, todos los muertos de aquel libro de papel, no se ofenderían si Emma Morris, la chica de previas que soñaba con el peligro y la gloria, les empleaba en el siglo XXI como selecto combustible de su inspiración.

Al otro lado del pueblo, Peter Revenge filmaba una extraña ceremonia sin precedentes en el siglo XXI. Irene Salazar y los últimos comandantes de Brez caminaban al frente de una procesión de cadáveres que recorría el laberinto de trincheras hacia las Fosas Comunes del siglo XX. Hombres y mujeres de la Resistencia portaban a hombros o sobre camillas los cuerpos de los últimos errehaches caídos en la ZP.

El cortejo avanzaba por los espectrales túneles de la defensa rebelde. La luz del Pulsante BH revelaba los rostros de los heridos que esperaban ser evacuados. Aquellos soldados rotos erguían dolorosamente el torso y saludaban a los muertos llevándose la mano derecha a la frente. El olor en las galerías era insoportable. Una esencia ácida que se clavaba en el cerebro e impregnaba los uniformes. El ruido metálico de las armas y las respiraciones agitadas eran la única marcha fúnebre de la ceremonia.

Revenge reculaba delante del grupo de cabeza transmitiendo imagen y sentido. El rigor mortis tenía su propia banda sensorial. Captaba el tacto epidérmico de los cadáveres, su temperatura y cualquier actividad cerebral, por ejemplo un coma inadvertido. Peter transmitía aquellas sensaciones alternándolas con las emanaciones sensoriales de los porteadores; el asco físico que les provocaba esa modalidad de enterramiento y la opacidad de sus vibraciones biológicas. No estaba mal como apertura del World Report. La cobertura de la Guerra Civil europea pulverizaba todos los récords de audiencia en la UCA.

El largo cortejo fúnebre penetró rápidamente en las Fosas Comunes. Revenge no descartaba que aquellas sensoimágenes fueran censuradas por su dureza. La moral del siglo XXI no toleraba la visión de despojos humanos sin desintegrar. Su presencia provocaba un impacto mayor que la muerte en directo. La exposición pública de un cadáver era violencia psíquica en estado puro. Incluso para el propio Revenge.

La luz del Pulsante BH iluminaba el contenido de las fosas del siglo XX. Los esqueletos de los cántabros reposaban en las 105 bóvedas con los brazos cruzados sobre los pechos. Sobre ellos, formando una segunda plataforma de cadáveres que se elevaba hasta los techos de roca, se pudrían los novecientos defensores caídos en Brez ochenta años después.

El cortejo aceleró el paso en las inmediaciones de la fosa reservada a los niños. Les producía un miedo atávico. Revenge dejó de filmar y corrió con el resto de los errehaches hasta la fosa 106. El pulsante inundó el interior con un poderoso haz de luz virginal. La bolsa desintegradora de Cerceda, el primer prisionero cerebral ejecutado en Brez, yacía sepultada por decenas de hombres y mujeres de la Resistencia.

—Colocarlos unos sobre otros —ordenó Irene Salazar.

La cadena humana de porteadores se puso en movimiento. Acomodaron los despojos de Txiki junto al medio cuerpo de Mónica Carlés. Los cadáveres pasaban de mano en mano. Algunos aún conservaban un rastro de calor. La larga melena negra de Laura McGregor se deshizo en el aire mientras era depositada en la cima de la pila mortuoria.

El encargado del Memorial trabajaba velozmente sobre un trozo de roca previamente alisada. Las letras grabadas por el láser en la piedra caliza eran claras y profundas: «Aquí yacen mil doscientos setenta y cinco soldados de la Resistencia Humana caídos por la democracia. Año 2081 dc. *Honor et gloria.*»

La voz sonó en el comunicador de Irene Salazar cuando aún quedaban 37 errehaches esperando un puesto en la fosa 106.

«La *Rolling Stones* está regresando, presidenta.»

El viento frío de los suspensores gravitacionales barrió la ZP provocando remolinos de escoria bélica. Polvo, metal y escombros se agitaron animados por la masa aún invisible de la nave americana. Pero aquella vez los cañones inteligentes de los liquidadores estaban prevenidos. Abrieron fuego cuando la *Rolling Stones* empezó a materializarse a cincuenta metros del suelo.

Copelan confió su vida al piloto automático de evasión, un sistema experimental de Noventa Minutos instalado por primera vez en su avión. El PAE detectaba el disparo, calculaba la trayectoria y alteraba la posición de la nave. Aveces la maniobra evasiva sólo implicaba centímetros. Pero también proyectaba saltos que consumían una inmensa cantidad de energía subatómica.

El PAE reaccionó al ataque bajando su flanco sur mientras giraba noventa grados en el aire. El borde exterior de la *Rolling Stones* arrancó restos de muros y tejados en la maniobra provocando un alud de rocas sobre Brez. Copelan descendía demasiado deprisa entre las últimas casas del pueblo y la primera barrera de montañas, que absorbieron la andanada unionista destinada a la nave. La guitarra eléctrica de Hendrix tronaba en el interior de la cabina de mando. El viejo gurú negro le arrancaba magia. Aquellos himnos creados en la frontera de la muerte por sobredosis sonaban en los oídos de Tom como una ópera renacentista de Monteverdi.

—Desalojen la zona o aplastaré a los heridos —gritó por la radio el magnate de Noventa Minutos. Cinco evasónicas eran demasiado combustible incluso para un discípulo de Ginsberg.

Antes de tocar el suelo la *Rolling Stones* recibió dos impactos indirectos que destrozaron los suspensores gravitacionales de estribor. La nave se desplomó hacia su banda derecha envuelta en llamaradas de fuego. Revenge pensó que acababa de filmar el último viaje de la *Rolling*.

La rampa de carga exhaló una bocanada de humo al ser abierta por Copelan. Decenas de errehaches corrieron hacia el interior transportando a los heridos mientras otro grupo arrojaba salvavidas biológicos para evitar la muerte de los más graves.

Las sirenas de los Prolemak lanzaron la clave sonora de evacuación general. Los últimos soldados de la Europa libre abandonaron sus posiciones de combate y se precipitaron en el laberinto de galerías corriendo hacia la zona de embarque.

—Largaos de aquí. No habrá otra oportunidad —gritó Navarro a los supervivientes de las ocho compañías que aún resistían en la ZP. La orden del comandante no obtuvo resultado. Nadie se movió en la primera línea que se extendía hasta el centro de la muralla.

—¡No se trata de una sugerencia, es una orden del Estado Mayor! Os ordeno que abandonéis vuestras posiciones y que cada comandante me confirme individualmente la retirada —gritó de nuevo Navarro por el comunicador.

Las voces de soldados anónimos, ascendidos en plena batalla para reemplazar a los oficiales muertos, empezaron a llegar desde las trincheras de la Resistencia.

—España, recibido, pero no puedo obligar a todos... —dijo el primero escupiendo las palabras.

—Inglaterra... acatamos la orden —respondió Anderson.

—Aquí Rusia, ha sido un placer, comandante —informó la voz de un desconocido.

—Los franceses han cumplido —anunció Lafayette.

—Irlanda y Escocia; no me obedecen, comandante. Es mejor que venga usted... yo sólo soy un mecánico.

—¡Tenéis sesenta segundos, cabrones! —gritó Navarro a los miembros de la compañía rebelde.

—Aquí Alemania, nos replegamos en orden de batalla hacia la zona de evacuación, mi comandante —informó la voz metálica.

—Vale, pero daos prisa que nos follan —respondió Navarro.

—Holanda, no queda nadie en la posición... nos hemos divertido, jefe.

—Aquí Italia. Los dieciséis supervivientes de la compañía se retiran con sus armas —transmitió Claudia Contardi.

—Recibido, comandante... espérame. Nos iremos juntos de Brez —respondió Navarro con la voz más suave que era capaz de entonar.

Mateo Peña se detuvo ante la puerta blindada de la Secretaría General. Doscientos comandos de Interior le escoltaban eliminando cualquier foco de vida humana. La división de elite Skorpion había asaltado el Paraíso sin encontrar resistencia. Los comandos controlaban los cien kilómetros cuadrados del megaedificio de la UEC, corazón y mente del imperio europeo en Bruselas. Sólo la Resistencia Humana, que combatía en las ciudades, y la Fuerza Aeroespacial al mando del general Mackenzie, se enfrentaban al Nuevo Orden.

La sangre de los eurócratas alimentaba las deliciosas terrazas forestales. Las Damas de la Unión fueron violadas y quemadas vivas por expreso deseo de Peña. «¡Redención, Redención!», gritaba el inquisidor mientras sus soldados consumaban el sacrificio en la ciudad prohibida de los secretarios. La Resistencia, que controlaba los suburbios y el subsuelo de Bruselas, le dejó hacer. La Cúpula de los Viejos jugaba sus propias fichas en aquel golpe de Estado.

Klaus Hohenfriedberg esperaba a Peña erguido en su sillón

de mando. Sólo tres de los treinta secretarios que formaban la Asamblea Suprema acompañaban al jefe de Estado europeo. Los demás estaban muertos o habían jurado fidelidad al euroclan golpista. El secretario general observó fríamente a Peña. Sus ojos de hielo aún transmitían grandeza y desdén.

—¡Crucificadlo! —ordenó el inquisidor a sus soldados.

Los centuriones de Interior vacilaron. Les estaban ordenando matar a Dios.

Peña penetró mentalmente en el temor reverencial que Hohenfriedberg provocaba en los corazones de aquellos matadores. El secretario general les dominaba. No podía sucumbir en aquel duelo final. El inquisidor avanzó resueltamente hacia su enemigo. Uno de los secretarios leales intentó detenerle alzando los brazos. Peña le traspasó el cuello con su daga de doble filo. El noble se derrumbó con la aorta cercenada. Ya nadie se interponía entre su ambición de poder y el indefenso hombre que la encarnaba. El inquisidor ascendió los cinco escalones de metal y blandió el antiguo cuchillo español ante los ojos de Hohenfriedberg.

—Tu corona no vale mi espada —le dijo en voz baja antes de rajarle el rostro desde la frente hasta el cuello. El secretario general intentó detener la explosión de sangre con las manos. Logró ahogar un aullido de rabia y dolor apretando los dientes. Pero su cuerpo le traicionó. Hohenfriedberg resbaló en la silla hasta postrarse ante el inquisidor. La sangre brotaba entre sus dedos empapando el suelo. Dios temblaba.

—Observad a este payaso; es mucho más humano que cualquiera de vosotros. ¡Crucificadlo! —gritó Mateo Peña señalando con su daga al secretario general.

Un grupo elegido de soldados alzó a Hohenfriedberg por los brazos y lo estampó boca arriba sobre una exquisita mesa de madera estilo Imperio. Su ropa fue arrancada. El cuerpo pálido y cebado del superhombre genético quedó al descubierto revelando la fragilidad de aquella raza de inmortales. Sus manos y sus pies fueron atravesados por tornillos de acero remachados con la culata de una pit de asalto. Dios gritaba. Muy fuerte. Y los gritos de dolor siempre excitan a los soldados. Apoyaron la mesa Imperio sobre los escalones metálicos y contemplaron su obra. Un hombre desnudo que pedía clemencia. Uno más.

Mateo Peña esperó a que el último de sus centuriones abandonara la cámara privada del secretario general. Miró por última vez a Hohenfriedberg antes de atravesarle el corazón de parte a parte con su daga de doble filo.

El mando de la Unión dio la orden de ataque a los batallones de asalto cuando Navarro y los últimos setenta errehaches abandonaban sus posiciones en la primera línea de Brez. Los Captor se lanzaron sobre la muralla apoyados por el fuego de los liquidadores. La batería central al mando de Nesterenko disparó la última descarga y enmudeció. Las naves de asalto unionistas proyectaron sus sombras sobre la desgarrada bandera de Europa que aún ondeaba sobre la muralla.

—Carga completa. Si sube más gente este avión no se levantará del suelo —informó Copelan a Irene Salazar.

La *Rolling Stones* albergaba a mil errehaches, el doble de su capacidad máxima. Los defensores, en su mayoría heridos y moribundos, se apiñaban desde la proa hasta la popa llenando las bodegas de carga, los baños y hasta la cabina de mando, donde la presidenta de Brez intentaba tomar una decisión.

—El General aún no ha embarcado y otros setenta están cubriendo nuestra retirada. No podemos despegar sin ellos —respondió Irene Salazar.

—Como usted diga. Le sugiero que bajemos a ayudarles. Creo que la *Rolling Stones* va a quedar fuera de servicio en cuestión de minutos —dijo Copelan observando el desembarco de los soldados unionistas en el límite inferior de la ZP.

Peter Revenge filmaba el ataque final de la UEC desde las galerías ocupadas por los 570 soldados heridos de la Unión. Aquellos zombies flotaban en límite de la vida y la muerte conectados a sus salvavidas biológicos. La RH les había acomodado en la zona más profunda y resguardada de Brez.

«En nombre de la Resistencia Humana y cumpliendo con el Tratado de Ginebra, le entrego el mando de los prisioneros y la responsabilidad por sus vidas», había comunicado el comandante Anderson al oficial de mayor graduación de la UEC cuando comenzó la evacuación.

Se quedaron encogidos en sus agujeros. No temían al enemigo, sino a los fanáticos comisarios de la Unión que en aquel momento desembarcaban en Brez. Revenge dio por concluido su trabajo. Era demasiado como forma de ganarse la vida. El cámara emitió las últimas imágenes y abandonó la Sony Sensorial para correr más deprisa. Pensaba en Emma Morris. Siempre estaba pensando en ella.

La reportera americana pensaba en el General a bordo de la *Rolling Stones.* Se habían despedido en el búnker del ayuntamiento.

—No volveremos a vernos, Emma, nunca más. Pero por una noche me has devuelto el amor por la vida. Has probado el peligro y conquistado la gloria, pero también a un viejo soldado. Vete y no mires atrás —le dijo aquel desconocido besándola suavemente en los labios.

—Nunca digas... nunca más —respondió Morris. Se alejó del soldado que la miraba a través de la máscara, pensando en el prisionero al que se había entregado en la espectral noche de la guerra. ¿Por qué? Era demasiado pronto para saberlo. La respuesta, si existía, sería descodificada lejos de aquel pueblo engullido por el fuego y la muerte.

Los últimos setenta errehaches al mando de Navarro intentaban contener el asalto de la Unión disparando a quemarropa los lanzagranadas M-203 emplazados en la segunda línea de reserva, excavada a mil metros de la zona de embarque. Los gruesos proyectiles explosivos de 40 mm, rellenos de plomo pesado, se consumían en los contenedores laterales de los cinco lanzagranadas. Su efecto era devastador. Los cuerpos de los atacantes implosionaban al desembarcar de las Captor. Las granadas frenaron el primer asalto en ascenso de los atacantes, pero la batería estaba siendo desbordada por los laterales.

—Soy culpable de que aún estés aquí, Claudia... nunca me lo perdonaré —dijo Navarro tras recibir de sus manos dos cajas de munición. Contardi se pegó al cuerpo del comandante reemplazando con torpeza el contenedor de 50 tiros.

—No quería morir virgen —respondió ella en un susurro.

El General observaba el ataque a quinientos metros de la *Rolling Stones.* Sus prismáticos asomaban tras un improvisado montículo de tierra y placas de cemento. Un cigarrillo Imperio se consumía en sus labios. Lacochandegui y los hombres que formaban la guardia del Estado Mayor se mantenían inmóviles detrás de seis morteros españoles de 81 mm emplazados en batería a lo largo de la barricada. Junto a ellos había veinte cajas con proyectiles alucinógenos B2, un derivado del LSD para guerra química.

—Preparados a mi señal —ordenó sin soltar los prismáticos.

La primera oleada de soldados unionistas estaba quebrando la línea defendida por Navarro a un costo humano que sólo podía permitirse una dictadura. El segundo frente de asalto abandonaba las Captor y ascendía por la pendiente. A su espalda, la *Rolling Stones* rebasaba su punto crítico de resistencia bajo el fuego de los liquidadores.

Una vez más tenía que decidir a quién sacrificar. Condenar vidas que no le pertenecían en nombre de la Causa Suprema, como el secretario Mateo Peña. Odiaba aquel trabajo.

Sintonizó la frecuencia de Irene Salazar. La Fusiomac sostenía el cigarrillo en el extremo izquierdo de los labios.

—Despegue, presidenta. ¡Ahora! —ordenó el General de la Resistencia Humana.

Salazar recibió el mensaje erguida en la cabina de mando de la *Rolling Stones.* Las explosiones batían el flanco derecho de la nave americana desencadenando el lamento de los heridos. El comandante Kulikov avanzó tambaleante hacia ella con un salvavidas biológico oprimiéndole el pecho. El frío cañón de su Kalashnikov se clavó en la nuca de Salazar. Lo sostenía con el brazo derecho. El izquierdo era sólo un agujero taponado a la altura del hombro.

—Si les abandonas te mato —le dijo oprimiendo el gatillo hasta el límite de disparo. La fiebre bañaba su rostro en sudor.

La presidenta provisional de Brez giró lentamente hacia el comandante ruso y aferró con fuerza el negro cañón del AKA. Sus ojos grises penetraron el viaje alucinado del soldado.

—Máteme ahora. No traicionaré a la Resistencia —respondió. Una explosión sacudió la nave derribando a Kulikov. La ráfaga del fusil agujereó el suelo de la cabina.

Salazar oprimió los párpados hasta sentir un estallido de luces rojas y blancas en el fondo profundo de los ojos. La jefe de Inteligencia de la RH repitió sollozando la orden del General.

—¡Despegue, soldado. Sáquela de Brez!

Tom Copelan se aferró a los mandos de la *Rolling Stones*. Se sentía poseído por el resplandor de la tragedia consumada ante sus ojos. Era mejor morir como un soldado de la Resistencia Humana que adorando a los dioses psicodélicos del siglo XX.

—A la orden, presidenta —respondió acelerando a máxima potencia los motores subatómicos.

La *Rolling* levantó la cabeza escorada a babor. Un torbellino de polvo y escombros bullía a presión bajo su desgarrado fuselaje.

—¡No me falles, pequeña. Eres la más bonita mariposa de América! —gritó Copelan integrando cada músculo de su cuerpo en el supremo esfuerzo de la nave.

Peter Revenge detuvo su carrera repelido por aquel muro huracanado de viento y polvo. El cámara de Unión CNN contempló el largo adiós de la nave americana cubriéndose los ojos con las manos. Era la segunda vez que llegaba tarde a una cita en Brez. Me estoy haciendo viejo, pensó con una triste sonrisa en los labios.

Su última conversación con Emma había sido la historia de

una mentira. Le dijo por radio que estaba a bordo de la *Rolling* y ella le creyó. Morris ya nunca podría saber cuánto la amaba. Cada maldito minuto de su vida desde que hicieron el amor en un crucero de guerra americano.

—Gracias por nada, Emma —dijo en voz alta antes de morir traspasado por los disparos pit de un comando de la Unión. La MiniSony que siempre llevaba colgada del cuello filmó su propia muerte. Fue la última comunión entre Revenge y su cámara. Una ceremonia íntima de suprema fidelidad.

Los soldados coloniales habían superado la primera línea de Brez y ascendían sin resistencia hacia la *Rolling Stones* bajo el fuselaje de los Captor, que volaban a pocos metros del suelo. Navarro tiraba de la mano de Claudia Contardi a través de los pasadizos que comunicaban las galerías excavadas en el centro de la ZP. Treinta y dos errehaches españoles e irlandeses corrían tras ellos. El resto pereció disparando los lanzagranadas. Los comandantes Anderson y Nesterenko cubrían la retirada con dos ametralladoras ligeras Beretta M-70. Las botas de los comandos de la Unión golpeaban el suelo sobre sus cabezas.

Un pelotón de soldados unionistas surgió disparando sus pits en el cruce de tres galerías. Las descargas láser de 20 mm destellaron en las paredes del túnel. Tres errehaches cayeron. Anderson giró sin dejar de correr vaciando el cargador de su potente M-70 mientras Nesterenko lanzaba una granada de explosivo plástico. El inglés intentó evitarlo demasiado tarde.

—¡No lo hagas! —gritó con todas sus fuerzas.

Aquél fue el único error de la comandante rusa. La explosión tronchó las paredes de la galería. Una avalancha de tierra y roca cercenó el túnel dejándoles aislados. Anderson encendió su linterna. Tenía aplastada la mano derecha. Nesterenko perdía sangre por ambas piernas. Ambos se miraron en medio de la espesa nube de polvo.

—¿Les oyes? —preguntó el inglés.

La comandante Nesterenko asintió con la cabeza. Sus rodillas se habían convertido en una pulpa de carne y huesos triturados. Anderson extrajo dos pastillas del bolsillo de su uniforme. Introdujo una en la boca de Nesterenko y se tragó la otra. El violento dolor que sentía en su mano se aplacó de inmediato.

—Comandante Anderson, le recuerdo que ha empeñado su palabra de honor... El enemigo llegará aquí en pocos minutos —dijo Nesterenko mirándole con sus altivos ojos azules.

El duro jefe británico de la Resistencia le devolvió la mirada con una sonrisa.

—Un caballero inglés cumple siempre su palabra, pero quiero despedirme de la vida sin odio. ¿Puedo pedirle un beso, comandante?

Nesterenko también sonrió. Sus dientes blancos brillaron por un instante bajo el resplandor de la linterna.

—Aunque usted no lo crea, los rusos somos también muy sentimentales —respondió Tatiana acercando sus labios a los de Anderson mientras extraía de su chaleco de combate la última granada de explosivo plástico. Ambos unieron sus manos sobre el frío metal de la bomba del siglo XX y se besaron como hermanos. Tres pelotones de soldados unionistas quedaron sepultados junto a los dos comandantes rebeldes en las entrañas de Brez.

La onda expansiva hundió el último tramo de la galería principal cuando el grupo de Navarro alcanzaba la superficie bajo una tormenta de fuego unionista. Los últimos errehaches volvieron a plantar cara al enemigo disparando sus Kalashnikov. No había alternativa. Estaban completamente rodeados. Claudia Contardi cayó al suelo lejos de Navarro, que buscaba la muerte abriéndose paso hacia la *Rolling Stones.* La nave americana luchaba por elevarse en la cumbre de Brez.

Un oficial de la Unión arrancó la antigua bandera azul de estrellas amarillas que aún ondeaba sobre los restos del ayuntamiento, y la arrojó sobre las llamas.

—Fuego —ordenó sombríamente el General en aquel momento.

Los errehaches deslizaron los proyectiles BZ en el interior de los cilindros a doscientos metros de la *Rolling Stones.* Las seis potentes detonaciones de salida, secas y profundas, se diluyeron en el fragor de la batalla. Los proyectiles describieron una curva cerrada en el aire y cayeron casi sin ruido entre los unionistas, que avanzaban desplegados hacia la nave americana.

Durante algunos segundos no sucedió nada. Los soldados seguían avanzando. El General ordenó una nueva andanada. Mientras los errehaches cargaban los morteros, la tierra sobre la ZP se tiñó de un sutil tono amarillo. Las bombas exhalaban a alta presión su carga alucinógena. El derivado militar del LSD se aventó en el aire penetrando en los pulmones y el cerebro de los soldados unionistas. El efecto fue inmediato. Fulminante.

—Poneos las máscaras antigás —ordenó el general a los servidores de los morteros.

Los centuriones del imperio se derrumbaban en pleno avance sobre los escombros de Brez. El gas alucinógeno penetró por los sistemas de ventilación de los cinco Captor que cubrían el avance desde la retaguardia. Tres de sus pilotos dejaron caer pesadamente las pequeñas naves de asalto y otros dos perdieron el control estrellándose con toda su carga humana.

El efecto del BH era violento, pero no mataba. Los unionistas penetraron en una agradable dimensión de imágenes deformadas y tiempos alterados. Soñaron en el acto. Sus mentes se abrieron hacia el interior dejándoles fuera de servicio como soldados. La droga del siglo XX les había devuelto la humanidad deformada de los sueños.

La Maxi Noventa se desprendió lentamente del sudario que la anclaba a la tierra y se proyectó hacia el cielo de Brez. Sus motores alcanzaron la fase de ignición a cincuenta metros de la superficie, calcinando los muros del ayuntamiento. Los cañones de los liquidadores esculpieron en metralla su silueta hasta que la *Rolling Stones* se fundió en el azul de la mañana.

—Llévanos a África, mariposa —murmuró Copelan exhausto.

Lacochandegui sostuvo al General por el brazo cuando saltaba la barricada en busca de Navarro y su grupo de errehaches.

—Lo siento señor, pero no puedo permitirlo. La Cúpula de los Viejos me ha ordenado expresamente que le saque de Brez, usando la fuerza si es necesario. Todos hemos recibido la misma consigna —dijo señalando a los seis soldados de la Resistencia.

El General les observó con las máscaras antigás del siglo XX ciñéndoles los rostros. Habían sustituido los Kalashnikov por modernas armas pit largas capturadas al enemigo.

—Son comandos del Consejo Supremo de la RH y están aquí para rescatarle. Han conservado intencionalmente sus vidas hasta el final, mi General —agregó Lacochandegui.

—Qué pasa si me niego, comandante.

—Con todos los respetos, tenemos orden de reducirlo y, en caso de que cayera prisionero, eliminarlo. No podemos permitir que caiga en manos del enemigo. Le ruego que se apresure porque carecemos de tiempo, señor.

El General dio la espalda a Lacochandegui y observó con sus prismáticos a los soldados de la Resistencia que yacían sobre el campo de batalla. Navarro dormía boca abajo con la sangre llena de LSD, entre decenas de enemigos. Su larga melena rubia cubría la culata de su Kalashnikov. A pocos metros yacía el cuerpo de Claudia Contardi con un profundo agujero rojo sobre el pecho. Los capitanes se presentan, Vercingetórix se entrega, se arrojan las armas, pensó contemplando el cuerpo inerte de su comandante favorito.

—Me declaro su prisionero, Lacochandegui. No lo olvide —respondió el General.

Abandonaron la batería de morteros sumergiéndose en el túnel que conducía hasta la puerta secreta, excavada a treinta metros de profundidad sobre la pared de la montaña. El arsenal de los cántabros permanecía intacto, como el día que lo encontraron. Centenares de cajas y contenedores de armas se amontonaban vacíos en el interior de la bóveda de roca y acero. Tan sólo las armas de destrucción masiva química y biológica permanecían embaladas.

Los soldados del Consejo Supremo instalaron cargas de explosivo en la puerta metálica del arsenal y siguieron avanzando hacia la estrecha gruta natural que comunicaba la cueva con la pared oriental de los Picos de Europa. El Comandante General de la Resistencia Humana leyó por última vez la palabra «volveremos» escrita sobre la puerta metálica del arsenal y comprendió su significado. Los Cántabros cumplieron su promesa. Volvieron ochenta años después para librar la última batalla por su libertad. Los errehaches que empuñaron las armas en Brez lo hicieron, sin saberlo, en nombre de aquellos guerreros que perecieron luchando por una Europa humana. Se habían reencarnado en el futuro.

El General se detuvo ante el cadáver del cautivo cerebral. Diego Alvarado yacía tumbado sobre el banco que había ocupado Nabuco para interrogarle. Se inclinó sobre el cuerpo pulsando suavemente la Fusiomac del muerto en la zona de retracción. La máscara comenzó a descorrerse lentamente revelando el rostro hinchado de un desconocido.

—Gracias, soldado —murmuró Diego Alvarado cerrándole los ojos.

Moscú, 20 de mayo de 1997